Alain Thoreau

Une histoire de famille

Copyrightdépot
00063520-1
Février 2018

A mes parents, Jean et Yvette

Remerciements

A mon épouse, pour ses corrections et ses remarques avisées.

A Laurence, pour sa relecture

A Alain Diancourt pour la couverture,

 Vous pouvez retrouver ses autres œuvres sur son blog :
http://alaind.eklablog.fr/

Le passé ne meurt pas. Il fait le mort. L'oubli est transparent. Derrière lui le passé reparaît, plus mélancolique d'être insaisissable, de n'être qu'une ombre.

Henri de Régnier

Chloé

v. wonky punctuation } partly
some wonky grammar } noted

La photo

La porte de la maison grinça quand elle l'ouvrit et une odeur de renfermé lui sauta à la gorge. Depuis l'accident, c'était la première fois que Louise revenait dans la maison de ses parents. Jusqu'à maintenant, c'était Gaëlle, la sœur de sa mère qui s'était occupée de tout, des papiers, des démarches administratives, de l'enterrement. Louise n'avait pas pu. Trop de chagrin. Elle s'entendait bien avec ses parents, surtout sa mère, éternelle optimiste qui ne voyait le mal nulle part. Et puis, il y avait son père, Marc, un ancien ouvrier de chez Peugeot, en retraite depuis 2003.

Dès que sa mère Agathe était partie en retraite, le couple Leguen avait acquis une petite maison de campagne à Plouézec dans les Côtes-d'Armor. Bon bricoleur, Marc en avait fait une maison douillette et agréable à vivre. À cette époque, Louise venait d'aménager dans un deux-pièces au Guilvinec avec Loïc, un marin pêcheur. Leur histoire avait duré deux ans. Deux années épiques aux soirées trop souvent arrosées. Louise en avait vite eu assez de cette vie remplie de vide et de beuverie. Cela étant, elle s'était trouvée du travail dans une agence immobilière du Guilvinec. Elle s'était dénichée une pittoresque maison de pêcheur située tout à côté du port. Son père et sa mère étaient venus l'aider dans ses travaux. Ils avaient passé de bons moments. Il faisait beau et ils avaient enchaîné travaux, promenades, baignades à la plage de la grève blanche, pourtant l'eau n'était pas d'une chaleur extrême, même en été. Et le soir, restos et Festnoz arrosés de cidre. Trois semaines inoubliables. Les travaux terminés, ses parents étaient rentrés chez eux.

Ces dernières années, Louise était beaucoup sortie surtout avec Angeline, sa collègue de travail avec qui elle s'entendait super bien. Cette dernière année, sa copine s'était finalement trouvé un mari et depuis, les folles soirées entre copines s'étaient transformées en folles soirées, le plus souvent toute seule, à regarder des séries télé piratées.

Puis, deux semaines avant que le drame survienne, elle avait connu Antoine. Une rencontre cocasse. Son lave-vaisselle s'était mis à fuir comme si sa vie en dépendait. Elle n'avait eu d'autre choix que d'appeler un plombier. Le type était arrivé à peine deux minutes plus tard, à croire qu'il attendait le client dans sa voiture. Il avait réparé la panne, un tuyau mal serré, s'était lavé les mains avant que Louise ne lui mette la porte menant au sous-sol, dans la tête en remontant. La jeune femme était confuse. Elle avait voulu le soigner et lui avait renversé la bouteille de mercurochrome sur le bras. Une catastrophe ambulante. L'homme avait éclaté de rire avant de s'en aller quelques minutes plus tard en refusant qu'elle s'approche de lui. Un quart d'heure plus tard, la sonnette de la porte avait retenti. Le plombier ! Fraichement lavé, changé, deux bouteilles de bière à la main.

– En fait, je viens d'emménager, j'habite dans la maison d'à côté et comme je ne connaissais personne… Voilà qui expliquait sa venue hyper rapide, pensa Louise ! Je suis heureux d'avoir fait votre connaissance. Il avait tendu sa main encore teintée du mercurochrome. Antoine Leguérinel ! Elle l'avait invité à manger et ils avaient passé une super soirée. Une semaine plus tard, ils sortaient ensemble. Malgré le court laps de temps passé, Louise avait hâte de lui faire rencontrer ses parents surtout son père, qui jouait lui aussi de la clarinette, comme Antoine. Louise imaginait déjà des soirées musicales à chanter à tue-tête sur les paroles d'une chanson. Ses parents, en vacances en Espagne, devaient revenir le vendredi suivant. Louise et Antoine étaient ensemble quand elle avait appris la nouvelle. Un coup de fil de la gendarmerie. Ses parents avaient eu un accident en voiture juste après Bordeaux, elle devait descendre là-bas de toute urgence.

Antoine l'avait vu pâlir avant de la voir éclater en sanglots.

– Ce n'est peut-être pas grave ? Avait-il tenté de la rassurer. Même lui n'y croyait pas !

L'enterrement avait eu lieu une semaine plus tard à Plouézec, comme le désiraient ses parents. Antoine était à ses côtés, attentionné. Malgré tout, Louise avait du mal à se retrouver avec lui. Elle se referma sur elle-même et lui demanda de rester à distance, le temps que la douleur s'estompe. Deux jours plus tard, sa tante Gaëlle lui avait demandé si elle pouvait passer à la maison de ses parents, à Vernouillet dans les Yvelines, pour y chercher de vieux papiers.

Louise se surprit à aspirer bruyamment une grande goulée d'air. Elle se rendit compte qu'elle avait presque cessé de respirer depuis l'ouverture de la porte. Bon sang que c'était dur ! Elle referma la porte et entra dans la cuisine. Sur l'évier, deux tasses semblèrent la narguer soulignant un peu plus que ses parents ne reviendraient pas. Son cœur se serra. Elle prit les deux récipients sur lesquels les mots Papa et Maman étaient écrits d'une main malhabile. Des cadeaux de Noël faits à l'école quand elle avait huit ans. Une éternité ! Des larmes au bord des yeux, elle les rangea dans l'armoire en soupirant. Elle quitta la cuisine et déambula dans la maison. Les souvenirs lui parvenaient par bribes, certains joyeux, d'autres plus tristes. Les cadres photo accrochés sur le mur lui firent couler quelques larmes. Voilà, il ne resterait d'eux que des souvenirs. A jamais ! Elle sécha ses larmes et se reprit. Elle n'était pas venue ici pour s'apitoyer sur son sort. Sa tante lui avait demandé d'aller chercher de vieux papiers concernant la maison. Louise pensait avoir vu un carton dans le sous-sol, dans la petite pièce sous l'escalier. Elle descendit l'escalier, ouvrit la porte de la pièce et écarta quelques toiles d'araignées au passage. Ses parents ne devaient pas venir souvent dans cet endroit. La pièce contenait trois armoires métalliques industrielles, surement de la récupération. Elle ouvrit la première, tomba sur des boîtes en plastique remplies de diapositives. Elle en prit une au hasard et l'intercala entre ses yeux et l'ampoule du plafond. Une photo d'elle, à l'intérieur d'un château de sable alors qu'une vague menaçait l'édifice. Peut-être des vacances en Vendée ? Elle rangea la photo et referma la boîte aux côtés d'autres et du projecteur. Un peu plus haut se trouvait une grosse boîte en carton remplie de photos en couleur. De nouveau, des photos de vacances. Autant de souvenirs qu'elle pourrait regarder un peu plus tard quand elle aurait l'esprit apaisé. Elle sortit le carton de l'armoire et le posa sur le sol.

Où étaient donc ces papiers concernant la maison ? Elle fouilla plusieurs cartons et finit par tomber sur l'objet de ses recherches. Une fois revenue à l'étage, elle se fit un café, se posa dans un fauteuil et attira la boîte de photos vers elle. Papa, maman, ses cousins et cousines, ses oncles et tantes, ses grands-parents, des bribes d'un passé, figées dans l'éternité de la photo. Elle but une gorgée de café et tira en même temps une photo dans la boîte de souvenirs, une autre photo apparut. Petite, en noir et blanc, jaunie par le temps et, paraissant froissée par trop de manipulations. Y figuraient cinq personnes inconnues. Un couple et leurs enfants posant devant la tour Eiffel. Louise ne reconnut pas les monuments se voyant dans le prolongement du symbole français. Louise retourna la photo. Une annotation de l'écriture fine de sa mère ornait le dos. Cohen ? Chloé ? Exposition universelle de Paris en 1937 ?

– 1937 ? Qui étaient ces gens et cette Chloé ? pensa Louise.

Elle partit chercher la loupe que son père utilisait pour vérifier les timbres de sa collection et vint se poster devant la fenêtre, par laquelle pointait un rayon de soleil. Elle observa attentivement les membres de ce qui semblait être une famille. Si elle datait bien de 1937, cette photo avait été prise quatre-vingts ans auparavant. Quoi qu'il en soit, la majeure partie des personnes y figurant ne devait plus être en vie. Elle observa plus attentivement le visage de la jeune fille. C'est marrant, elle lui rappelait quelqu'un ! Son propre visage se refléta sur la vitre de la fenêtre. Et là, elle comprit, ce visage ressemblait au sien d'une manière incroyable !

Troublée, elle revint s'adosser au canapé du salon. Comment pouvait-elle ressembler à ce point à cette jeune fille, cette inconnue née vraisemblablement dans les années 1920 ? Ses grands-parents du côté de sa mère s'appelaient Dupray et ceux du côté de son père, Leguen. Elle se pinça les lèvres et émit ce petit bruit singulier qu'elle faisait quand elle était contrariée. Quelque chose ne cadrait pas, la gênait. Elle se remémora une séance d'hypnose faite pour éradiquer son envie de fumer, le thérapeute lui avait indiqué que notre inconscient enregistrait cent fois plus de détails que ce que nous nous rappelions. C'était ça, un détail la gênait. Qu'avait-elle vu ou lu ces derniers jours ? Puis, elle songea à l'acte de décès de ses parents. Aux noms inscrits. Elle traversa rapidement la salle et récupéra son sac à main posé au sol sous la patère. Elle en sortit son portefeuille, un truc gonflé par les trop nombreuses cartes de fidélité récupérées ou offertes dans presque chaque enseigne traversée et en tira les actes de décès de ses parents. Marc Leguen décédé le 14 juillet 2017, né d'Henri Louis Philippe Leguen et de Nathalie Véronique Bernadette

Thomas. Agathe Dupray-Mareil, décédée le 14 juillet 2017, née le 1er avril 1946 de Bertrand Mareil et de Chloé Darbois.

Les sourcils froncés, Louise réfléchissait. Ainsi, il y avait bien une Chloé. Mais elle s'appelait Darbois et non pas Cohen. Le plus surprenant était que sa mère portait deux noms de famille. Travaillant dans une agence immobilière, Louise savait que les enfants adoptés portaient souvent deux noms de famille, celui de la famille de naissance et celui de la famille d'adoption. Agathe avait-elle été adoptée ? Première nouvelle dont jamais sa mère n'avait parlé. Louise en parlerait avec Gaëlle, la tante avec qui elle s'entendait le mieux. Qui étaient donc ce Bertrand Mareil et cette Chloé Darbois ? Que s'était-il passé pour qu'Agathe soit adoptée par les Dupray ? Autant de mystères que Louise brûlait d'impatience de connaitre.

Mais peut-être y avait-il d'autres photos de la fameuse Chloé ou de Bertrand Mareil dans la boîte aux souvenirs ? Elle souleva les paquets de clichés survolant au passage des pans entiers de sa vie et de celles de ses parents. Elle déchanta rapidement. Il n'y avait pas d'autres photos de Chloé. Maintenant qu'elle avait les papiers demandés par Gaëlle, rien ne l'empêchait de revenir rapidement chez elle avant de passer voir sa tante et d'en savoir un peu plus sur l'étrange mystère de la vie de sa mère.

Chloé

– Tu me dis que tu as trouvé une photo étrange dans la maison de tes parents et que tu as des questions à me poser ? s'exclama Gaëlle. Hum… ça devait bien arriver un jour !

– Comment ça, ça devait bien arriver un jour ? répondit Louise. Elle sentait déjà la moutarde lui monter au nez. Comment se faisait-il que d'autres personnes soient au courant de sa situation et pas elle ?

– Tu veux me parler des parents de ta mère ? demanda Gaëlle.

– Agathe n'est pas ta sœur, n'est-ce pas ?

L'interpellée hocha la tête.

– Comment l'as-tu su ?

– J'ai trouvé une vieille photo et puis son acte de décès stipulait qu'elle s'appelait Dupray-Mareil comme si elle avait été adoptée.

– Une photo, dis-tu ? Tu l'as avec toi ? S'enquit Gaëlle en chaussant ses lunettes pour voir de prés.

Louise fouilla dans son sac à main et en sortit une photocopie de la photo au format A4.

– Je l'ai scannée avant de l'agrandir. Hum… la définition n'est pas terrible, mais regarde, là. Elle montra une silhouette du doigt.

– La jeune fille ? Gaëlle rapprocha son visage de la photocopie, puis regarda Louise avant de regarder de nouveau la photocopie. Ça alors ! s'exclama-t-elle. Mais, c'est toi ! Je ne comprends pas, c'est une photo trafiquée ?

Louise soupira. Non, c'est une photocopie exacte de la photo trouvée chez mes parents. Explique-moi, que sais-tu sur ma mère ? Comment s'est-elle retrouvée dans ta famille ? Et quand ?

– En fait, je ne sais pas grand-chose. Maman m'avait dit qu'Agathe était une enfant adoptée. Tout le monde s'en doutait un peu. Tous les Dupray, qu'ils soient masculins ou féminins, sont construits sur le même moule, même forme de tête, même chevelure, des joues rouges de Normands, bref, Agathe détonnait avec ses traits fins et sa haute taille. Quant à savoir la date exacte de son adoption, c'est une vieille histoire. Gaëlle se tut quelques secondes le temps de se souvenir des paroles de sa mère. Je crois que ça s'est passé dans les années 1945 ou 46. C'était juste après la fin de la guerre. Maman et papa avaient un voisin qui s'appelait Bertrand Mareil, un bel homme d'après maman. Elle sourit. Je pense qu'elle avait le béguin pour lui. Enfin bref, ce voisin était peintre. Pas un peindre en bâtiment, non, un artiste. Bon, je ne crois pas qu'il ait réussi à percer… mais, en tous cas, il arrivait à vivre de son art. Cet homme passait son temps entre un petit appartement qu'il possédait à Paris et la maison qu'il louait à Quimper. La guerre venue, je ne sais pas comment il a réussi à subsister. Mais bon, là n'est pas la question ! De nouveau, elle se tut pour rassembler ses idées et ses souvenirs. Je crois que c'est fin 1944 ou début 45, je ne sais plus, qu'il est revenu de Paris avec elle.

– Elle ?

– Chloé. Une jolie jeune femme d'après maman, Bertrand leur a présenté comme étant sa muse. Toujours d'après maman, elle était belle même, si elle avait cet air de chat écorché qu'elle a conservé tout au long de sa courte visite dans notre belle région bretonne. Écoute, Louise, je n'en sais pas beaucoup plus sur Chloé, mais, je connais quelqu'un qui en sait surement davantage. Va voir mon frère Justin, il avait sept ans quand Chloé est arrivée avec Bertrand Mareil. Il trainait sans arrêt dans l'atelier. Elle sourit.

– Pourquoi ce sourire, Gaëlle ? demanda Louise.

– Justin était surtout attiré par Chloé, elle servait de modèle à Mareil et une ou deux fois, il l'a vue dans le plus simple appareil, de quoi surprendre un enfant de sept ans, tu ne crois pas. Va le voir, je pense qu'il t'en dira plus que moi.

La muse de Mareil

Justin habitait à côté de Loctudy, une petite maison de ville située non loin du centre. Louise le rencontrait surtout lors de réunions de famille, aussi, fut-il surpris de voir arriver Louise d'autant qu'il l'avait vue récemment lors de l'enterrement de ses parents. Quand elle eut exposé les raisons de sa venue, les yeux de Justin se remplirent d'étoiles.

– Ah Chloé ! Je ne t'ai jamais dit Louise que tu ressemblais à cette délicieuse jeune femme ?

– Ben, c'est peut-être normal, je viens d'apprendre que c'était ma grand-mère.

– Ta grand-mère ? Il se tut, semblant réfléchir aux paroles de la jeune femme. Pour finir, il secoua la tête. Tu as raison ! Alors, Gaëlle t'a mise au courant qu'Agathe avait été adoptée par mes parents. Je ne pensais pas qu'elle t'en parlerait un jour. Ses yeux basculèrent dans le vague quelques secondes. C'est de l'histoire ancienne. Après tout ce temps, je ne pensais plus parler d'elle avec qui que ce soit. Pour moi, Chloé n'a été qu'une étoile filante dont je ne garde que quelques souvenirs troublants, sûrement enjolivés par le temps et la mémoire. Comment as-tu su ?

– J'ai découvert une photo dans l'ancienne maison de maman. Gaëlle s'est souvenue de quelques bribes de son histoire, elle m'a aussi dit que tu en savais un peu plus qu'elle pour avoir côtoyé Chloé fréquemment.

De nouveau, des étincelles semblèrent faire scintiller les yeux du vieil homme.

– Chloé est arrivée avec Bertrand Mareil en janvier 1945. On avait l'habitude de le voir de temps en temps et tout le monde l'appréciait. C'était notre voisin et il louait la petite maison située juste à côté de la nôtre. J'aimais bien aller chez lui, il était très patient avec nous et parfois, nous lui servions de modèle, notamment l'été quand nous allions sur la plage au Guilvinec. D'ailleurs, il a réalisé quelques portraits de maman. À chaque fois, elle en était tout chose. Servir de modèle à un peintre, c'était presque comme une consécration !

– Et ton père ? Il ne disait rien ? s'étonna Louise.

– Non, il n'était pas jaloux et il se moquait de Maman. Lui ne voyait pas l'art de Mareil comme un vrai travail. Pour lui, Mareil n'était qu'un doux rêveur s'imaginant un jour être reconnu comme un maitre. Cela n'a jamais été le cas. Toujours est-il que quand Chloé est arrivée, il a tout de suite compris que les séances de pose de sa femme sur la plage avec les enfants étaient révolues. Chloé, malgré son visage aux traits souvent soucieux, tristes, illuminait les lieux de sa présence. Il soupira. Bref ! Les peintures de Mareil ne se sont désormais plus axées que sur sa muse et si je passais encore quelquefois dans son atelier, ce n'était plus sans avoir eu son autorisation. Surtout, depuis que je l'avais surprise, nue, en train de poser pour Mareil ! Un beau souvenir, ne put-il s'empêcher de rajouter. Aussi, quand elle s'est retrouvée enceinte, personne n'a été surpris. Pourtant, Mareil aurait eu l'âge d'être son père ! À cette époque, Chloé paraissait reprendre goût à la vie. De l'autre côté du mur nous séparant de la maison de Mareil, on l'entendait parfois rire ou bien crier comme si Mareil s'amusait avec elle. Ta maman est née le premier avril 1946. La guerre était finie et nous subissions tous le rationnement en nourriture imposé par les manques en tous genres. Heureusement, nous avions le jardin et l'un de nos oncles, pêcheur, nous fournissait en poissons. À chaque fois que nous avions suffisamment de nourriture, maman invitait Mareil et Chloé. Elle en profitait surtout pour accaparer Agathe qui était un bébé adorable. Elle servait souvent de poupée pour mes sœurs qui l'accoutraient de vêtements rigolos. Puis, Mareil a eu une attaque et en est mort.

Personne ne s'y attendait, surtout pas Chloé qui s'est retrouvée du jour au lendemain sans aucune ressource. Passée la peine, elle a envoyé plusieurs lettres. L'une d'elles est revenue, faute d'avoir pu être remise à son destinataire. Ce jour-là, Chloé a beaucoup pleuré. Moi, j'avais du mal à comprendre, j'avais huit ans et demi et à ce moment-là, je passais beaucoup de temps sur la plage à chercher de quoi manger. Mais, je me souviens de ce jour. Celui où j'ai aperçu Chloé pour la dernière fois. Elle se tenait dans la grande pièce de la maison et était vêtue d'une longue veste bleue. Ses cheveux étaient noués en une couronne blonde et un chapeau les cachait en partie. À ses pieds, il y avait une petite valise. Elle a tendu la petite à maman, lui a dit qu'elle allait à Paris et qu'elle reviendrait très vite. Quand elle a franchi la porte, jamais, je ne l'avais vue aussi belle qu'à ce moment-là.

– Et après ? Vous avez eu de ses nouvelles ?

Justin secoua la tête.

– On n'a jamais su ce qu'elle était devenue. Les jours, puis les semaines sont passés. Les parents et les sœurs sont partis fouiller la maison du peintre. Ils n'ont rien trouvé. Une année plus tard, presque jour pour jour après le départ de sa mère, Agathe a été adoptée par ma famille.

Il haussa les épaules en prenant un air fataliste. Voilà toute l'histoire de cette étoile filante.

– Et les tableaux représentant Chloé ? Que sont-ils devenus ?

– Les tableaux ? Justin souleva son béret et se gratta la tête. Maman en a récupéré quelques-uns, d'autres ont été vendus. À qui ? Je n'en sais trop rien. On avait besoin d'argent à cette époque et on n'était pas trop regardant sur la manière de s'en procurer. Et puis papa et l'art, ça faisait deux ! Bref, on pensait tous que les tableaux étaient partis aux quatre coins de France orner quelques maisons d'inconnus. Quand maman est décédée, il y a dix ans de cela, mes sœurs et mes frères ont vidé la maison. Et là, surprise ! Certains des tableaux étaient restés soigneusement rangés dans la cave. Surtout ceux représentant Chloé. Maman s'était toujours dit qu'Agathe serait contente de voir qui avait été sa mère, comment elle était ! Finalement, elle n'y a plus pensé ou n'a pas voulu le faire, on ne le saura jamais, les toiles sont restées cachées. Comme la maison avait besoin d'une nouvelle charpente, les toiles ont été vendues au possesseur d'une galerie d'art de Pont Aven.

– Mais, ni toi ni Gaëlle, n'avaient voulu en récupérer au moins un ? s'étonna Louise.

– On était tous deux absents, Gaëlle était au Canada avec son mari tandis que moi, j'étais à l'hôpital pour des problèmes de cœur.

– Et maman ? Personne n'a pensé à lui parler de ces tableaux ?

Sur le visage de Justin, un air contrit s'afficha.

– A part Gaëlle et moi, Agathe était considérée par le reste de la famille comme le vilain petit canard.

Louise resta silencieuse. C'est vrai qu'elle ne s'était jamais vraiment sentie à l'aise avec les frères et sœurs de Justin et Gaëlle. Elle reprit. Tu connais l'adresse du marchand de tableaux de Pont Aven ? Louise crut deviner comme une lueur incertaine dans le regard de son oncle.

– Euh… oui, je la connais.

Le portrait

Heureusement, Justin avait gardé l'adresse du marchand, car Pont-Aven regorgeait de galeries d'art. Louise s'était garée sur la place de l'hôtel de ville et flânait, passant d'une rue à une autre. Elle arriva peu après à sa destination, une galerie située dans la rue du pont. Elle était énervée et son cœur battait la chamade. Devait-elle aller plus loin ou devait-elle laisser l'histoire de Chloé, tranquille ? Bien qu'elle ne sache pas ce qu'elle allait découvrir, elle savait cependant une chose, si elle laissait le temps ensevelir la mémoire de sa grand-mère, elle le regretterait toute sa vie ! Elle poussa la porte et entra dans la galerie.

Un grand tableau représentant une tête de mort chevelue et colorée ornait l'un des murs. Louise l'évita, elle n'avait jamais été fan de ce genre de représentation. Quantité d'autres objets décoraient les lieux, des sculptures de femmes, d'animaux, des tableaux sur lesquels figuraient des peintures plus ou moins réalistes de vagues et de femmes, peu ou pas habillées. Au détour d'une pièce, elle l'aperçut brusquement et le temps sembla se figer. Chloé était là, devant elle, vêtue de blanc, une chemise ouverte sur sa poitrine dénudée. Difficile de se dire que cette jeune femme, si belle, soit sa grand-mère, Louise était plus âgée qu'elle sur cette toile. Un homme s'approcha d'elle. Une cinquantaine d'années, vêtu comme un artiste pourrait l'être. Louise décela aussitôt que ce n'était qu'un leurre. L'homme n'était qu'un marchand.

– Ce tableau vous plaît ? s'enquit-il. Il resta aux côtés de la jeune femme tout en observant le tableau lui aussi. C'est amusant comme cette femme vous ressemble, ajouta-t-il peu après. Pourtant, il a été peint par un artiste de la région en 1946. C'est troublant. Quelqu'un de votre famille ? Votre grand-mère ?

Finalement, l'homme était plus fin qu'il n'y paraissait au premier abord, pensa Louise. Elle décida de ne rien dire de son lien de parenté sous peine de voir le prix du tableau s'envoler vers des sommets inatteignables.

– Non, ce n'est pas quelqu'un de ma famille, répondit Louise même si je dois en effet admettre que la ressemblance est troublante. C'est l'un de mes amis qui m'a parlé de ce tableau au personnage me ressemblant. Du coup, je suis venue voir si c'était vrai ! Ce peintre, Louise se pencha vers le bord inférieur du tableau, ce B Mareil, il n'a peint que ce tableau ?

Un sourire naquit sur les lèvres de l'homme. Un charmeur, pensa Louise qui se sentit rougir malgré elle. L'homme la regarda dans les yeux.

– Un ami, dites-vous ? Il se redressa. Oui, j'ai d'autres tableaux malheureusement, celui-ci est le mieux préservé, les autres ont quelque peu souffert de l'humidité ou du froid. Enfin, pas tous. Vous voulez les voir, je pense ? Non ? Madame... ou plutôt... mademoiselle Leguen ?

Louise écarquilla les yeux.

– Comment... euh... pourquoi connaissez-vous mon nom ? Puis, une certitude naquit. Sa mère était déjà venue ici. Elle comprenait maintenant la lueur incertaine lue dans le regard de son oncle, il savait qu'Agathe était passée dans la boutique. Sans qu'elle puisse la retenir, une larme coula sur sa joue, contourna la commissure de ses lèvres, laissant au passage un goût salé.

Ce fut au tour de l'homme d'écarquiller les yeux. *Pourquoi cette tristesse. ?*

– Qu'est-ce qu'il y a ? demanda-t-il d'une voix douce.

– C'est ma mère Agathe ! C'est elle qui est passée. Elle est… elle est morte ! Cette fois-ci, des sanglots éclatèrent et Louise se retrouva dans les bras de l'homme sans avoir su comment. Il la fit s'asseoir dans un fauteuil et partit chercher une boite de mouchoirs en papier.

– Je suis désolé, je ne savais pas, murmura-t-il en tendant la boîte.

Louise soupira longuement. Elle se tamponna les yeux et s'excusa de sa conduite. L'homme lui fit un signe de la main. Il comprenait.

– Dans ce cas, je dois vous donner quelque chose. Attendez-moi ici.

Il la laissa, perplexe, sur son fauteuil. Quelques minutes plus tard, il était de retour, un carton dans les bras.

– Tenez, c'est pour vous. Votre mère, une femme charmante par ailleurs, avait acheté ce tableau pour l'offrir. Je pense que c'était pour vous. Cette toile a été restaurée.

Louise prit l'objet et ôta délicatement le carton entourant la toile. Elle resta immobile en apercevant Chloé, assise devant une table en bois, écrivant sur un cahier, de manière appliquée. Son profil se découpait sur la lumière du jour éclairée par le soleil couchant passant, au travers de la véranda de l'atelier de Mareil, non, de son grand-père. Le portrait était si précis qu'une seconde, Louise eut l'impression que Chloé allait reposer son porte-plume sur la table en bois et tourner son visage vers elle.

– Vous avez raison, c'était ma grand-mère et Mareil, mon grand-père, murmura Louise.

Celui-ci hocha la tête.

– Vous et votre grand-mère, êtes aussi belles, l'une que l'autre, dit l'homme d'une voix rauque. Lui aussi était ému et Louise lui sut gré de s'éloigner juste après, la laissant avec ses pensées et le regret de ne pas avoir sa mère à ses côtés à cet instant.

Il réapparut un quart plus tard avec un autre tableau de petite taille représentant un portrait de Chloé.

– Je vous le donne, le vendre à quelqu'un d'autre que vous me semblerait malhonnête.

Surprise, Louise accepta le cadeau avec plaisir. Peu après, elle reprit le chemin de Quimper, quelque chose la turlupinait sans qu'elle sache dire de quoi il s'agissait.

Gaëlle fut heureuse de revoir ces tableaux. Elle ignorait qu'Agathe avait fait restaurer le premier. Louise le posa sur un chevalet et tirant Gaëlle par le bras, elle l'attira quelques mètres plus loin.

– Dis-moi Gaëlle, il y a quelque chose qui m'interpelle dans ce tableau. Je n'arrive pas à savoir quoi ? Comme si, il y avait un message.

– Un message ? Je ne vois qu'une jeune femme en train d'écrire dans un cahier. Penses-tu que Mareil aurait réussi à écrire quelques mots dans le cahier.

Louise secoua la tête.

– Non, j'ai déjà regardé avec une loupe, il n'y a que quelques traits de dessinés sur ce cahier, pas de mots, rien.

– Je ne crois pas qu'il s'agisse d'un cahier, on dirait plutôt un journal intime, dit Gaëlle.

– Tu crois ? Un journal intime, qu'est-ce qui te fait dire ça ?

– Tu ne vois pas que ton grand-père a dessiné un fermoir. Elle s'approcha du tableau et montra l'ustensile du doigt. Tu vois.

Un espoir insensé envahit Louise. Sa grand-mère avait peut-être effectivement tenu un journal intime. Le retrouver lui apporterait sûrement tout un tas d'informations importantes. Les pensées de sa tante paraissaient avoir suivi le même cheminement.

– Je n'ai jamais aperçu un tel journal, Louise.

– Si ce journal existe, où aurait-il pu être rangé ? L'interrogea Louise. Elle s'arrêta brusquement de parler et observa sa tante qui regardait d'un air fixe le tableau. Qu'est-ce qu'il y a, Gaëlle ? T'as trouvé quelque chose ?

L'intéressée hocha la tête et tendit son index vers le meuble situé en arrière-plan de la peinture. Louise s'approcha aussitôt. Et là, elle aperçut ce que regardait sa tante. L'un des tiroirs de la commode dessinée derrière Chloé était ouvert comme si le journal venait de là !

– Tu sais où est cette commode ! hurla presque Louise, surexcitée.

Gaëlle acquiesça.

– Elle est dans le sous-sol de la maison de maman, c'est sur elle que sont posés tous les pots de confiture !

À peine une poignée de secondes plus tard, les deux femmes étaient dans le sous-sol de la vieille maison de Marcelle Dupray. Couverte de poussière, la commode s'y trouvait. Louise dut prendre un tournevis pour parvenir à ouvrir le fameux tiroir coincé par l'humidité. Quand le tiroir s'ouvrit dans un grincement strident, les deux femmes eurent le plaisir d'apercevoir l'objet de leurs curiosités. Soigneusement fermé par un petit fermoir en laiton, le journal, protégé par une jolie couverture en carton recouverte d'une aquarelle, attendait là depuis plus d'un demi-siècle le moment de dévoiler ses secrets. Le cœur battant, Louise s'en empara comme s'il s'agissait de la huitième merveille du monde. Les deux femmes remontèrent à l'étage et s'installèrent sous la petite véranda de la maison. Par les vitres ouvertes, l'odeur des fleurs du jardin embaumait la pièce alors qu'un rayon de soleil illuminait les lieux. Le moment était vraiment bien choisi pour ouvrir le cahier. Louise manœuvra le fermoir. Ouh ! Collées par l'humidité, les feuilles semblèrent s'arracher de la couverture. Dépitée, Louise reposa la précieuse relique.

– Il va falloir attendre un peu pour en savoir plus. Louise attrapa son smartphone et rechercha des renseignements sur le net. Elle referma l'application peu après. Bon, je vais l'emmener à la maison et je vais faire ce qu'ils préconisent pour sécher des livres. Elle sourit en voyant l'air pincé de sa tante. Moi aussi, j'aurais aimé pouvoir le lire tout de suite !

Gaëlle haussa les épaules.

– Bon, tant pis, tu me tiens au courant, Louise ? Finit-elle par dire.

– Pas de problème ! répondit la jeune femme.

Elle lui fit la bise, s'empara des deux tableaux et quitta la maison en laissant Gaëlle sur sa faim.

Quand Louise parvint au Guilvinec, le soleil était déjà bas sur l'horizon. Pschitt ! fit-elle comme quand elle était petite et imaginait que le soleil s'éteignait en touchant la mer. Une fois de plus, rien de tel ne se produisit.

Elle aurait bien voulu rencontrer Antoine, afin d'avoir quelqu'un pour raconter les derniers rebondissements de la journée.

Malheureusement, son copain n'avait laissé comme trace de sa présence qu'un morceau de papier posé sur la table de la cuisine de Louise. L'un comme l'autre n'était pas très fan des messages sur les portables.

Je suis sur un chantier à Rennes, je ne rentrerai que samedi matin.
Je t'embrasse et espère que tu vas mieux.
J'aurais aimé être à tes côtés. Désolé, je t'embrasse.
Antoine

Louise soupira. Dommage ! Elle partit chercher un fil de couture, l'accrocha entre deux dossiers de chaises, ouvrit le journal avec précaution et le posa sur le fil. Elle positionna ensuite un ventilateur et le mit en marche en position lente. D'après les renseignements postés sur Internet, c'était l'une des méthodes à employer pour sécher un livre ou un cahier légèrement humide. Délaissant ensuite la précieuse relique, elle posa le portrait de sa grand-mère sur le dessus du buffet, s'assit finalement dans son fauteuil et regarda la peinture.

– Que t'est-il arrivé, Chloé ? Pourquoi as-tu abandonné maman ? Pourquoi n'es-tu jamais revenue la chercher ?

Ses yeux se perdirent dans le vague et ses pensées se mirent à vagabonder. Elle se rendit à peine compte qu'elle s'endormait.

Le journal

Le Guilvinec
Le 3 aout 2017

Louise avait passé sa nuit à rêver qu'elle posait nue devant un peintre. Même dans son rêve, elle ressentait un mélange de honte ou de timidité, elle n'aurait su le dire, et d'excitation. Si Chloé était dans le même état d'esprit, pas étonnant qu'elle se soit finalement retrouvée enceinte. Malgré tout, Louise ne se serait pas vu coucher avec un homme qui aurait pu être son père. Mais bon, elle ne connaissait rien de la vie de sa grand-mère, peut-être s'était-elle trouvée dans une période de sa vie où elle avait apprécié se retrouver avec cet homme. Une pensée plaisante lui tarauda l'esprit.

– Le journal ! cria-t-elle en se levant d'un bond de son lit, rejoint pendant la nuit.

Elle gagna rapidement sa cuisine et éteignit le ventilateur. Elle ôta le journal de son support fragile et eut le plaisir de constater que la plupart des feuilles, bien qu'un peu raidies par le souffle d'air, étaient détachées les unes des autres. Enfin, pas toutes, quelques-unes, récalcitrantes, semblaient s'être liées de façon irréversible à la feuille suivante. Louise s'en pinça les lèvres de contrariété. Bon, lâcha-t-elle avec un certain fatalisme, au moins pourrait-elle apprendre une grande partie de l'histoire de sa grand-mère. Plusieurs fois, elle s'était réveillée en pleine nuit en pensant que le journal n'était rempli que de pensées fleur bleue sans aucun intérêt. Le moment de vérité était enfin arrivé. Elle souleva la couverture en carton et ouvrit la première page qui se détacha de la suivante dans un bruit de pétale séchée.

Je m'appelle Chloé et j'ai 13 ans et demi. Un âge déjà avancé pour commencer à tenir un journal intime. C'est mon amie Sarah qui me l'a offert pour me faire plaisir. En fait, je ne sais pas ce que je vais pouvoir raconter dans ce journal, je verrais bien.

27 avril 1937
Je ne vais plus très souvent suivre des cours de piano chez la voisine, je n'en ai plus envie, il y a trop d'évènements graves qui se passent dans le monde. Je vois bien que mes parents sont inquiets. Il y a de quoi. Hier, des avions allemands et italiens ont bombardé une ville en Espagne pour aider leurs alliés. La ville s'appelait Guernica, je n'en avais jamais entendu parler avant ce jour. Il y a eu plus de mille six cents morts ! C'est horrible !

28 juillet 1937
C'est officiel ! a dit le commentateur à la radio, le Japon a envahi la Chine à cause du Pont de Marco Polo ? Je n'ai rien compris, il faudra que papa m'explique. Cet après-midi, on va aller à l'exposition universelle. Il paraît que certains pays ont fabriqué des bâtiments énormes rien que pour cette occasion, je suis pressée de les voir, même si je suis un peu déçue qu'il n'y ait pas d'animaux

d'Afrique. Papa nous a dit que les thèmes de l'exposition étaient les arts et techniques appliquées à la vie moderne. Je l'ai aussi entendu murmurer à l'oreille de maman que le gouvernement français voulait profiter de l'occasion pour promouvoir la paix. Je suis un peu sceptique quand on entend tous les malheurs se déversant dans le monde.

29 juillet 1937

C'est décidé, je serai écrivain ou bien écrivaine... je ne sais pas si on peut dire ça, enfin voilà, à partir d'aujourd'hui, je vais essayer d'écrire comme si je préparais un roman. Ça me fera un entraînement. Quand je serai prête, je pense que mon premier livre sera un roman d'amour !

Papa est inquiet, je l'entends parler à voix basse à maman. Je dois tendre l'oreille pour entendre ce qu'il dit. Le cousin Gustave qui vit en Autriche a été arrêté par la police, plus personne n'a de nouvelle de lui. Oh ! Pierre, le fils de la voisine, frappe à ma fenêtre. Quel casse-pied ! Je vais aller voir ce qu'il veut.

– Qu'est-ce que tu veux ?

Il secoue deux billets qu'il tient au bout de ses doigts

– J'ai eu des billets pour l'exposition. Tu crois que tes parents te laisseraient y aller avec moi ?

Je secoue la tête.

– Avec toi ? Tu crois que mes parents vont laisser une jeune fille comme moi partir avec un garçon de quatorze ans ? Et puis, je suis déjà allée voir l'exposition avec mes parents.

– Ah bon ?

Le bras de Pierre redescend mollement tandis que son désappointement marque son visage.

Qu'est-ce qu'il croyait ? Jamais, je ne prendrais le risque d'être vue avec ce garçon, non qu'il soit moche loin de là, mais... en fait, je ne me sens pas à l'aise avec lui. Sa façon de regarder ma poitrine me déplaît !

Je secoue une nouvelle fois la tête clôturant ainsi toute discussion avec lui. Au loin, je vois arriver son copain Jean Tremblay, il a *toujours les mains pleines de cambouis, celui-là. Comme je ne veux pas le voir, je referme ma fenêtre au nez de Pierre !*

Malgré moi, je les entends discuter entre eux, ils parlent d'un poignard que le père de Jean a gardé en sa possession. Je n'en saurais pas plus, car ils s'éloignent tous deux de l'immeuble. Sûrement des histoires de garçons ! De toute façon, je ne serais pas sorti avec lui ce soir. Ma copine Sarah et son cousin Carl passent me prendre en voiture.

Louise fronça les sourcils quand elle aperçut la page suivante. L'encre avait coulé sur une partie de la page, effaçant la presque totalité des mots, rendant le texte indéchiffrable. Elle passa à la page suivante. Bien que quelques mots se soient dilués dans le papier, le texte restait lisible. Elle poussa un soupir de soulagement.

Paris, mai 1939
Désormais, c'est une habitude que nous avons prise. Tous les soirs, papa, maman et moi, on écoute la radio tandis que mes frères, Simon et Joseph, jouent dans leur chambre.

Même si je me sens grande, j'avoue que je ne comprends pas tout de la situation. D'après ce que j'entends, les pays européens n'arrêtent pas de signer des traités de non-agression ou des traités d'alliance défensive comme celui entre l'Allemagne, le Japon et l'Italie. D'autres pays se déclarent neutres. Comment peut-on rester neutre ? Tandis que certains signent des pactes d'assistance entre eux. Au fur et à mesure de l'année, les pactes ont été rompus, signés, un vrai bazar auquel même mon père ne comprend rien. Lui, son truc, c'est la banque, pas la politique ! Tout ce qu'il retient, c'est que la situation s'aggrave de jour en jour et que l'entrée de la France en guerre contre l'Allemagne ne fait aucun doute. Quand ? Il ne le sait pas. À chaque fois qu'il parle de la guerre, j'ai peur et maman aussi. Je sais que papa se réveille parfois la nuit. Je l'ai entendu dire à maman qu'il avait entendu des bruits de pas dans l'escalier comme si des gens venaient nous arrêter. Heureusement que ce n'est pas vrai, un truc comme ça, ça ne peut pas arriver ! Enfin, je l'espère !

On n'a plus aucune nouvelle des membres de notre famille qui vivent en Allemagne. Des bruits tellement effrayants circulent qu'on ne veut pas y croire. Le cousin de maman, Ephraïm, qui vivait en Allemagne, est parti avec sa femme et ses enfants aux États-Unis en laissant sa maison et son usine de textile. Maman m'a laissé lire l'une de ses lettres.

« Jules, disait la lettre, n'attends pas que la guerre éclate, les Allemands sont devenus fous, cet Hitler est un illuminé. Rejoins-nous en Amérique avant qu'il ne soit trop tard. »

Maman en a parlé à papa le soir même alors que nous écoutions la radio.

– Ne crois-tu pas qu'on devrait partir là-bas, Jules ? Si Ephraïm a raison, qu'allons-nous devenir ? Dis maman en le suppliant.

– Ne t'en fais pas, répond papa. L'un de mes clients à la banque est général dans l'armée française. Il est catégorique. Jamais les Allemands n'envahiront la France, notre armée est trop puissante !

Papa tapote la main de maman pour la rassurer.

– Et s'il avait tort ? Réponds maman. Regarde, ils ont envahi la Tchécoslovaquie et ils cherchent à entrer en Pologne. Le ministre a dit que la France défendrait la Pologne.

Là, je dois reconnaitre que maman a raison.

– Tu n'y connais rien, Joséphine, répond papa. Crois-moi, ces histoires sont des affaires d'hommes, les femmes n'y connaissent rien ! Aie confiance en moi !

Le visage de maman est devenu tout rouge. Je sais qu'elle n'aime pas quand papa prend cet air condescendant. C'est vrai aussi. Qu'est-ce qu'il y connaît, papa ? Son travail, c'est de gérer l'argent des bourgeois ! D'ailleurs, elle lui répond, ce qui n'est pas dans ses habitudes !

– On peut toujours écouter Pierre, Paul ou Jacques ! Moi, mon instinct me dit que les enfants risquent d'être en danger. Je veux partir en Amérique avec eux !

– Et mon travail ? Répond papa. Je risque de le perdre ! Non, on ne partira pas rejoindre cet imbécile d'Ephraïm en Amérique.

Il se rend brusquement compte que je suis là et me fait signe de déguerpir. Maman en profite pour partir aussi et fait claquer la porte en partant. Je vois encore la tête de papa, médusé par tant de violence.

Louise soupira de nouveau, encore deux pages collées si fortement qu'elle ne tenta pas de les séparer, elle avait bien essayé la fois précédente où pareil problème était apparu et les feuilles s'étaient déchirées sans dévoiler le secret de leurs pages. Elle passa à la page suivante, une année s'était écoulée. Parallèlement à la lecture du journal de Chloé, elle lisait la montée en force de l'arrivée de la seconde guerre mondiale sur Wikipédia. Même si de loin, la situation était excitante, elle devait aussi être terriblement angoissante à vivre au quotidien.

Paris, mai 1940
La porte d'entrée de l'appartement vient de claquer brutalement contre son chambranle et la voix stridente de mon frère Simon se fait entendre.

– Les boches sont entrés en Belgique !

En un instant, nous sommes tous regroupés autour de lui. Je vois qu'il n'est pas peu fier de sa nouvelle percutante.

– Qui t'a dit ça ? Demande papa. En plus, on ne dit pas des boches, mais des Allemands !

– Tout le monde en parlait à l'école même les maîtres entre eux !

Le téléphone sonne au même moment et papa court le décrocher. Il devient presque aussitôt pâle comme un mort. Je le sais, car j'ai vu la dépouille de grand-père, il y a trois semaines de cela. Suspendus à ses lèvres, nous buvons les mots comme des buvards, chacun de nous tentant de s'inventer un scénario au fur et à mesure que les paroles s'égrènent dans la bouche de papa. Allemands, Ardennes, belges en fuite. Déroute.

Le plus troublant, c'est sa main qui tremble quand il raccroche le combiné.

– C'est Bernstein, le directeur. Il me dit que la banque restera fermée aujourd'hui, il ne sait pas quand elle rouvrira. Il nous regarde et semble perdu comme jamais je l'ai vu. Pour se donner une contenance, il toussote. Simon dit vrai. Les Allemands sont entrés en France.

Je n'en reviens pas.

– Et la ligne Maginot ? lui dis-je. Le général que tu vois à la banque, t'a dit qu'ils ne passeraient jamais cette ligne ?

– Il avait raison, les Allemands les ont contournés, ils sont passés par les Ardennes belges. Il parait que les Luxembourgeois, les Belges et toute la population du nord de la France sont en train d'être évacués vers l'intérieur du pays.

– Qu'est-ce qu'on fait ? Demande maman. Elle aussi est toute blanche cependant, moins que grand-père. Est-ce que je dois préparer des bagages ?

À ce moment-là, je me suis dit chouette, on va partir en Amérique. On attend tous la réponse de papa, mais il reste silencieux, peut-être pense-t-il aux paroles du Colonel Thierry qui lui disait que les Allemands ne mettraient jamais les pieds sur le sol français. Et voilà qu'ils étaient sur le territoire !

– On va attendre encore quelques jours, le temps que l'armée s'organise, répond-il sans trop y croire lui-même.

– On pourrait partir chez ma sœur, à Bordeaux, insiste Joséphine.

Je connais papa, je sais qu'il ne va pas changer d'avis, surtout si maman lui propose une solution. Je ne peux m'empêcher de soupirer de dépit.

– Non ! répond papa, les autorités savent ce qu'elles font. En cas d'invasion, il y a des plans d'évacuation. Je le sais ! J'en ai discuté avec le Colonel Thierry. Tout est prévu pour que les gens vivants dans le nord puissent se replier vers des départements d'accueil. Les routes ont même été balisées en ce sens. Non, s'ils évacuent, c'est pour éviter que des innocents soient tués lorsque l'armée interviendra.

C'est au tour de maman de secouer la tête. Elle sait que son mari prend les paroles de son Colonel pour argent comptant. Je vois dans *son regard qu'elle a peur, peur de l'Allemand, peur pour nous. Elle, elle aurait bien voulu partir, là, tout de suite !*

– Allez, regagnez vos chambres, cette invasion ne sera bientôt plus qu'un mauvais souvenir, ajoute papa d'un ton plus calme que le laisse croire son regard inquiet. Un à un, nous quittons la salle et regagnons nos chambres à regret. Derrière la porte fermée, j'entends papa et maman qui se disputent et crient.

Au fur et à mesure de sa lecture, Louise notait sur une feuille de papier les éléments révélés par le journal.

Chloé vivait à Paris dans un immeuble.

Sa mère s'appelle Joséphine et son père Jules. Il est banquier et son patron s'appelle Bernstein. Ils ont trois enfants : Chloé, Simon et Joseph.

L'une de ses amies s'appelle Sarah et le cousin de celle-ci s'appelle Carl.

La famille de Chloé semble posséder un autre appartement loué à une professeure de piano vivant avec son fils Pierre, le copain de celui-ci s'appelle Jean Tremblay. Il a souvent ses mains pleines de cambouis. Un métier manuel dans la mécanique ? Nota Louise.

L'un des cousins de Joséphine s'appelle Gustave et vit en Autriche, un autre de ses cousins s'appelle Ephraïm et possède une usine de textile en Allemagne, il semble être parti en Amérique avec sa femme et ses enfants.

Ephraïm, un nom à consonance juive, nota Louise. Toujours aucune trace de Cohen comme le nom inscrit sur la photo.

Joséphine a une sœur qui habite vers Bordeaux.

Paris, 5 juin 1940

Assis sur des chaises à côté de la radio, je vois bien que mes parents sont atterrés par les nouvelles. Il y a de quoi ! Malgré les paroles rassurantes des commentateurs radio, ils savent que les armées françaises et britanniques ont été débordées par l'armée allemande. Prises en tenaille, elles se sont repliées vers Dunkerque avant de s'embarquer in extrémis vers l'Angleterre. L'armée allemande continue son avancée en direction de Paris.

– La boulangère m'a indiqué que son mari lui avait dit que les Allemands seraient à Paris dans moins d'une semaine ! s'exclame maman en se tordant les mains d'angoisse.

– Ce sont des histoires ! Ils ne passeront pas Amiens ! La rassure papa.

– Mais enfin ! Tu ne vois donc rien ! Les gens s'enfuient de la capitale comme s'ils avaient le diable aux trousses ! ! On doit descendre dans le sud ! Il faut rejoindre les colonies et attendre que la guerre s'arrête ! S'emporte maman.

Debout, un peu plus loin derrière mes parents, j'ai l'impression d'être transparente.

– Ah ! Mais ! Arrête donc d'écouter ces bonnes femmes, elles n'y connaissent rien ! Le Général Thierry...

– Arrête avec ton Général Thierry ! Il faut partir !

Le téléphone sonne interrompant la dispute que je sens poindre et papa se hâte de répondre. Il reste silencieux et je vois l'incrédulité se peindre sur son visage. Quand il repose le combiné, il a un air perplexe sur son visage.

– C'était qui ? L'interroge, maman, inquiète.

– Bernstein ! Il me demande de venir à la banque tout de suite ! Avec la voiture !

Maman et moi regardons papa avec étonnement.

– Avec ta voiture ? Mais pourquoi ?

Papa hausse les épaules. Il n'en sait rien !

– Je pars tout de suite, je vous en dirai plus tout à l'heure.

Il prend son chapeau et sort sans attendre. Pourquoi Bernstein lui a-t-il demandé de prendre sa voiture ? Nous demandons-nous avec maman.

J'entends sa belle Peugeot 202 noire qui s'en va dans la rue en direction de la banque.

Parfois, papa m'énerve. S'il est gentil, il est aussi un peu trop aux ordres de son chef comme si sa vie en dépendait. On va attendre qu'il revienne, on en saura un peu plus. Je suis contente que maman me permette d'assister à leurs conversations. Cette année, j'aurais dix-sept ans et maman a insisté auprès de papa pour que je sois tenue au courant de presque tout. Comme elle le dit ; « Ça peut servir, on ne sait pas de quoi l'avenir sera fait ».

Papa est revenu une heure plus tard, il tire derrière lui deux gros sacs qui semblent très lourds. Avec maman, on se demande bien ce qu'il y a dedans.

– Fermez la porte ! nous indique-t-il d'une voix tout essoufflée. Je vois qu'il est en nage et une odeur aigre de sueur sourde de ses vêtements.

– Qu'est-ce que c'est ? demande maman en désignant les deux gros sacs. Pourquoi Bernstein voulait-il te voir en urgence ?

– Quand je suis arrivé à la banque, monsieur Bernstein m'avait dit au téléphone de passer par-derrière. J'en ai compris la raison en voyant que des dizaines de gens faisaient la queue devant la banque. Papa ne le dit pas, mais je sens dans son intonation de voix qu'il a dû être très effrayé par cette foule bruyante. Je ne devrais pas l'écrire, mais papa n'est pas ce que l'on pourrait appeler quelqu'un de courageux. Bref, je suis entré par la porte de derrière et croisait monsieur Bernstein traînant deux énormes valises. Son visage était cramoisi et son souffle rauque me fit peur. Je m'attendais presque à ce qu'il s'écroule.

– Vous voilà enfin ! a-t-il soupiré. Des traces de sueur maculaient ses dessous-de-bras et son front dégoulinait comme s'il venait de prendre une douche. J'imagine bien la scène décrite par papa, déjà qu'en temps normal, j'assimile Bernstein à un gros phoque, là, je n'ai aucun mal à l'imaginer trempé et suant. Je dois réfréner un éclat de rire. Papa n'apprécierait pas. Il me jette néanmoins un regard noir et continue son récit. Mettez ça dans le coffre de ma voiture ! m'a-t-il indiqué en me donnant un trousseau de clés et en montrant une grosse berline noire, une Panhard Dynamique, garée juste devant ma voiture.

– Mais, c'est quoi ? lui ai-je demandé en montrant les deux valises.

– Ne cherchez pas, il faut sauver les contenus des coffres numérotés du sous-sol. Les gens sont devenus fous, ils veulent tous récupérer *leur argent ! Sans attendre de réponse de ma part, il a reposé les deux valises et est reparti dans la banque en soufflant bruyamment. Je ne savais que penser de cette initiative. Après tout, cet argent appartenait aux gens vitupérant bruyamment devant la porte. Néanmoins, je fis ce qu'il me demandait et rangeais les deux valises dans le coffre de la berline. Je m'aperçus avec effarement que l'habitacle était déjà rempli d'autres valises tout aussi bondées que les deux dernières.*

En revenant vers la banque, monsieur Bernstein est apparu de nouveau en tirant encore deux gros sacs. Après avoir essuyé son front dégoulinant à l'aide d'un gros mouchoir à carreaux, il m'a tendu les deux sacs.

– Prenez ces deux sacs, ce sont les derniers. Mettez-les dans ma voiture !

– Le coffre est plein, monsieur Bernstein. Pourquoi les avez-vous pris, je ne comprends pas ? lui ai-je demandé. Vous savez ce qu'il m'a répondu ?

– Non ? avons-nous répondu en chœur.

– Vous êtes bien naïf, monsieur Cohen. Croyez-vous que les Allemands vont laisser ces trésors dans la banque ? Non ! Alors, autant les garder avec nous ! Euh... je les rendrai après la guerre !

– Mais j'en fais quoi, monsieur Bernstein ? me suis-je exclamé.

– Débrouillez-vous comme vous voulez, planquez-les et ramenez-les quand cette foutue guerre sera terminée ! Il m'a laissé en plan sur le trottoir et est monté dans sa voiture. Il l'a mise en marche et a disparu en faisant crisser les roues.

– N'écoutant que mon courage, je suis entré dans la banque. De grandes quantités de papiers jonchaient le sol tandis qu'au loin, la porte résonnait des coups donnés par les clients. Puis, il y a un bruit de verre et j'ai entendu la porte s'ouvrir peu après. J'ai prudemment rebroussé chemin, mais, juste avant de partir, je me suis retourné et... je dois dire que ça me coûte de le dire, j'ai aperçu la silhouette du Colonel Thierry ! Bon sang, Joséphine ! La situation est-elle si désespérée que même les militaires veulent récupérer leur argent avant de partir, probablement dans le sud ou ailleurs ?

Maman et moi avons entouré papa de nos bras. Il s'est laissé faire.

– Joséphine, tu avais raison ! Il faut partir !

– Et ça ? Qu'est-ce qu'on en fait ? demande maman en montrant les deux sacs.

– Il n'y a qu'un endroit où les cacher, dit papa en regardant maman d'un air entendu.

Je fais celle qui n'a rien vu ni entendu. Ce n'était pas la première fois que mes parents font allusion à une sorte de cachette secrète.

Maman enfonce le clou.

– Et ton Bernstein, que va-t-il faire de cet argent ? De ces bijoux ? Crois-tu qu'on le reverra un jour ? Papa rougit. Lui aussi a pensé à cette éventualité.

– Écoute, on verra bien. Pour l'instant, on va faire nos bagages et on partira demain matin avec la voiture. On va essayer de rejoindre ta sœur à Bordeaux.

Maman manque lui dire quelque chose, probablement, qu'ils auraient dû faire cela quand elle le lui demandait, mais, elle se retient et sort de la pièce.

– Chloé, dit papa, ne dit rien à tes frères pour ces sacs, autant qu'ils ne connaissent rien de l'existence de tout cet argent. Allez, va aider ta mère !

Louise sursauta en lisant enfin le nom de famille de Chloé. Elle s'appelait bien Chloé Cohen et non pas Darbois comme le stipulait l'acte de naissance de sa mère. Cohen, un nom à consonance juive. En ces temps troublés, Louise commençait à entrevoir pourquoi Chloé avait changé de nom. Restait à savoir pourquoi, elle s'était retrouvée dans les bras de Bertrand Mareil, quelques cinq années plus tard ! Louise reprit la lecture du journal, l'écriture était plus hachée, moins calligraphiée comme si Chloé avait eu des difficultés pour écrire correctement. Elle en comprit rapidement la cause.

7 juin 1940

Hier a été une journée peu ordinaire.

Le temps que maman et papa préparent les bagages, que je fasse le tri dans les objets inutiles et improbables que voulaient emporter mes deux frères, la nuit était tombée. Bien qu'excités comme des puces par ce départ impromptu chez Élise, la sœur de maman, Simon et Joseph finirent par s'endormir.

Ce furent des bruits bizarres qui me réveillèrent. Des grincements de roues, des bruits de sabots et mille autres bruits comme si une foule passait silencieusement sous nos fenêtres. Je me levais et jetais un coup d'œil sur la rue. Je n'en revins pas ! En quelques heures, la rue s'était remplie de centaines et de centaines de personnes poussant des charrettes, des poussettes ou suivant des carrioles tirées par des chevaux. Quelques automobiles surchargées passaient au pas, suivant, par la force des choses, le rythme lent imposé par la marche des piétons.

Je partis rapidement dans la chambre de mes parents. Le teint hâve, eux aussi regardaient, atterrés, le flot discontinu des fuyards. Il y avait de tout, des femmes seules n'ayant que leurs vêtements sur le dos pour tout bien, des familles entières semblant avoir emporté avec elles la totalité de leurs affaires comme d'improbables pendules ou des piles d'assiettes. Les têtes de Simon et de Joseph vinrent s'encastrer dans la fenêtre.

– C'est qui tous ces gens ? demanda Joseph du haut de ses six ans. Eux aussi descendent à Bordeaux ? Il montra la porte de l'immeuble du doigt. Regardez ! c'est Camille Grandière et toute sa famille. Salut Camille ! La gamine regarda vers la fenêtre et esquissa un vague signe de la main. Les trois enfants et la femme étaient surchargés de bagages tandis que le père poussait une grosse brouette remplie de nourriture et aussi d'une foule d'objets comme un moulin à café et un balai ! Quelques secondes plus tard, ils s'étaient mélangés à la foule et avaient disparu.

– Allez, dit papa. Il faut qu'on soit parti dans dix minutes. On ne sait jamais. Dans sa bouche, ces mots sonnaient comme autant de menaces. « On ne sait jamais ». Quoi ? Que pouvait-il nous arriver ?

Une demi-heure plus tard, la Peugeot 202 de papa, débordante de bagages, démarrait doucement et s'éloignait de l'immeuble en se calant sur le pas de la foule.

Quand le jour se leva, nous étions encore aux portes de Paris. Impossible de rouler plus vite. Les routes étaient remplies de marcheurs, de cyclistes, d'enfants en pleurs, de femmes et d'hommes assis sur le bord des routes, le visage éteint et épuisé. Nul sourire n'était visible. Fatiguée d'être dans la voiture, je marchais avec maman à côté de l'auto. Le moteur sentait le chaud et des bruits bizarres résonnaient sous le capot. Papa s'arrêta sur le bas-côté. L'arrêt engendra aussitôt des protestations. À défaut d'aller plus vite que les piétons, la voiture offrait une sorte de havre de protection. Il fallait que je parle à papa. En circulant parmi la foule, j'avais entendu d'inquiétantes rumeurs. Même à côté de la voiture, je sentais la chaleur dégagée par le moteur brûlant.

– Papa, j'ai écouté les gens. Ils parlent de viols, d'assassinats. Il paraît que des avions survolent les routes et tirent sur la foule. Il y a aussi des types bizarres qui circulent. Ils vendent de tout à des prix exorbitants. Tu devrais faire attention au coffre de la voiture, je pense qu'ils n'hésiteront pas à voler des objets ou de la nourriture s'ils en ont l'occasion. La tête de Joseph apparut par la vitre baissée de la portière.

– Pourquoi on est arrêté ? C'est encore loin chez tata Élise ?

Je lui caressais la tête.

– Tu n'as pas envie de dormir ?

– Nan, j'ai pu sommeil. Simon arrête pas de m'embêter !

Maman se pencha vers son benjamin.

– On est encore loin d'être arrivés chez tata Élise, Joseph.

Mon frère la regarda avec étonnement.

– Pourtant, on est parti depuis la nuit et il commence à faire jour. Pourquoi tout le monde part-il en vacances ?

Pour lui, passer voir tata Élise, c'était toujours synonyme de vacances. Ils allaient se baigner à Biscarosse et pique-niquer sur la plage.

– On repart ! nous coupa papa. On va prendre la petite route là-bas, on dirait qu'il y a moins de monde.

– On devrait rester sur la grande route, intervint Joséphine.

Papa haussa les épaules et remit le moteur en marche. Il reprit la route en déclenchant de nouveau des cris parmi les marcheurs. Après avoir roulé pendant deux cents mètres, Jules prit la petite route qu'il avait repérée. Bonheur ! Il n'y avait presque personne, il accéléra, passa le virage et freina en catastrophe évitant de rentrer de justesse sur l'arrière d'une charrette tirée par un grand cheval noir en nage. Il poussa un long soupir de découragement. À ce rythme, il nous faudra plus d'une semaine pour rejoindre Bordeaux, pensai-je !

Nous reprîmes notre allure d'escargots. Au moins avec la voiture, nous n'avions pas à porter les bagages, restait à espérer que nous trouverions de l'essence sur la route.

La matinée était passée rapidement et l'estomac de Louise n'arrêtait pas d'émettre des gargouillements. J'ai faim ! J'ai faim, semblait-il dire. Toute à la lecture du journal, la jeune femme se rendit compte qu'elle était toujours en pyjama. Cette histoire était passionnante, d'autant qu'elle prenait des notes sur son bloc et piochait en même temps des renseignements sur cette époque riche en rebondissements. Comment l'armée française avait-elle pu se laisser surprendre à cette vitesse ? C'était incompréhensible ! Pourtant, tout le monde savait que l'Allemagne se préparait à la guerre. Ses usines tournaient à pleins régimes et son endettement était tel que le pays ne pouvait pas s'en sortir sans déclarer la guerre à ses voisins. Tous les indicateurs étaient dans le rouge et malgré les mises en garde de certains militaires, comme le Général de Gaulle, le pouvoir en place continuait à nier l'évidence. Bilan, la France avait été battue en à peine cinq semaines. Quelle déculottée ! songea Louise qui n'avait jamais trop aimé l'armée. Il lui fallait cependant reconnaître que depuis les attentats du Bataclan, l'image de l'armée et des forces de police était singulièrement remontée dans son estime.

Elle partit faire sa toilette, s'enfonça dans un jeans serré qui la moulait comme une seconde peau et enfila un tee-shirt. Elle avala un repas tout fait sorti de son congélateur et se replongea avec délectation dans l'histoire de sa grand-mère, dans son histoire. Elle poussa un cri de désespérance. Encore une fois, les deux pages suivantes étaient collées entre elles et le journal de Chloé passait directement du sept au onze ou douze juin !

... Joseph n'arrête pas de pleurer et de réclamer à manger et à boire. Moi aussi, j'ai soif ! Comme par un fait exprès, il n'est pas tombé une seule goutte de pluie depuis que nous sommes partis de la maison. Cette nuit, des hommes se sont emparés du restant de nos maigres provisions et du peu que nous avions. Papa et maman sont désespérés et je vois bien qu'ils ne savent pas quoi faire. Même, retourner sur nos pas paraît impossible. On ne sait toujours pas ce qu'il se passe. Au moins, à la maison, avions-nous des nouvelles par la radio. Là, c'est radio ragot, tout et son contraire, se disent. On dit que les Anglais ont gagné une bataille. Pourquoi dans ce cas, y a-t-il tant de militaires qui marchent avec nous, la plupart ont cet air abattu que seuls des hommes vaincus arborent. Eux aussi se traînent lamentablement sur les routes en rabâchant que les officiers sont des incapables. Le pire, ce sont ces cadavres qui jonchent les routes. Passés les premiers effrois, nous nous sommes habitués à leurs présences. Hormis les pillards sans scrupule, ce qui nous inquiète le plus vient du ciel. Des avions nous tirent dessus, fauchant impitoyablement tout ce que se trouvent sur la route, hommes, femmes, enfants, chevaux, tout y passe, sans aucun discernement. Beaucoup ont tenté de se protéger derrière l'illusoire protection de leurs matelas qu'ils ont apportés pour dormir. Ces objets font maintenant figure de cercueil tant ils sont rougis par le sang.

Pour couronner le tout, la voiture de papa vient de pousser un ultime grognement avant de s'arrêter sur la route. Indifférents à notre détresse, les gens contournent notre voiture et continuent leur chemin.

Je sens au fond de mon ventre comme une boule de peur. Que va-t-on devenir perdus au milieu de cette campagne inconnue et de tous ces gens, si nombreux ? Paradoxalement, jamais je ne me suis sentie aussi seule.

Nous sommes restés là des heures durant. Joseph a fini par s'endormir en mâchouillant un bout de pain donné par une âme charitable. Alors que je commençais à désespérer, le salut est venu par un biais inattendu.

Pierre, le fils de la voisine et son inséparable copain Jean, sont apparus brusquement devant nous. Eux aussi ont été étonnés par notre présence. Mon premier réflexe a été de les prendre dans mes bras, heureusement, je me suis retenue in extrémis.

– Vous êtes en panne ? A dit bêtement Pierre avant de s'apercevoir de sa Lapalissade. Nous aussi, on cherche de l'essence. Il se retourne et me montre une voiture noire surchargée de bagages et de gens. Jean me fait un signe de tête, je lui réponds de même, même si je sais pour l'avoir entendu qu'il me considère comme une... chieuse. Mes parents arrivent et reconnaissent Pierre. Maman le prend dans ses bras, heureuse de voir une tête connue dans cette foule de gens apathiques. S'ensuit une discussion entre Pierre, Jean et mes parents. Voici ce que j'en ai retenu.

Comme tant d'autres personnes, Pierre et sa mère sont partis le même jour que nous. Au bout de plusieurs heures de marche, ils se sont arrêtés sur le bord de la route et c'est là que Pierre a aperçu son copain Jean. Contrairement à eux, ils avaient une voiture. Jean était accompagné de sa mère, son frère, sa tante, son mari et ses enfants. Malgré le manque de place, ils avaient réussi à caser la mère de Pierre parmi eux tandis que Jean et Pierre continuaient la route en marchant. Comme ils étaient plus nombreux, ils avaient réussi à tenir à distance les voleurs et les profiteurs et avaient eu assez de nourriture et d'essence jusqu'à ce matin. Plus prévoyant que papa, Jean avait eu l'idée de se munir d'un bidon et d'un tuyau pour récupérer de l'essence. J'avoue que je ne savais pas comment Jean comptait récupérer le précieux liquide avant de le voir plonger le tuyau dans le réservoir des voitures abandonnées et d'aspirer le liquide avec sa bouche. Beurk ! À voir sa tête et ses crachats dans l'herbe, ça devait être vraiment horrible. Les deux copains se sont relayés jusqu'à arriver à remplir leur bidon. Les deux voitures ont redémarré. Nous nous sommes suivis pendant deux heures avant de nous arrêter à nouveau. Cette fois-ci, c'était pour la nourriture. Un peu au loin, Jean avait repéré une ferme. Il y est allé avec Pierre pour en revenir une heure plus tard, des victuailles pleins les bras. Du lait, des œufs, des lapins et des poules et même quelques conserves de pâtés de porc. Je crois que je n'avais jamais rien mangé d'aussi bon ! Du coup, je regarde Jean et Pierre d'un autre œil et les vois maintenant comme des copains et plus, comme des inopportuns.

14 juin

Les avions ont fait plusieurs passages. Je n'ai jamais eu aussi peur de ma vie et, comme beaucoup, je guette en permanence le ciel. Ce sont les Italiens ! m'a affirmé Jean, les avions viennent du sud ![1]

On entend d'abord les hurlements des moteurs avant de les distinguer, car ils volent en rase-mottes ! Aussitôt, c'est la débandade, les gens courent dans les champs, abandonnent leurs bagages et parfois même leurs enfants. Les tirs retentissent, des gens s'effondrent au milieu des hurlements. Et les avions reviennent, une fois, deux fois, trois fois, avant de disparaître à l'horizon vers d'autres cibles. Tandis que des gens hurlent, les autres reprennent leurs chemins récupérant au passage des bagages même s'ils ne leur appartiennent pas. Bien que je ne fasse pas de même, l'envie de m'emparer d'objets m'a tiraillé plusieurs fois. Passé l'attaque, je suis allée rassurer Marie, la maman de Pierre. Elle pleure pour un oui ou un non et ne supporte pas la vue des cadavres. Pauvre femme ! Je crains qu'elle n'ait perdu la raison !

---

[1] Ce point est sujet à controverse. D'après des extraits de documents de l'ouvrage de Giancarlo Garello « Regia Aeronautica de Armée de l'Air 1940 1943 sur les avions italiens, l'Italie étant entrée en guerre contre la France le 11 juin 1940, des avions ont mené des attaques seulement dans le sud de la France. Les attaques aériennes menées lors de l'exode de juin 1940 paraissent donc être le fait d'avions allemands or, un témoin personnellement entendu, m'a affirmé qu'il y avait des cocardes de l'armée italienne sous les ailes des avions !

16 juin

Impossible de passer la Loire, des avions volent très haut dans le ciel et larguent des bombes. Au loin, à l'horizon, des éclairs trouent la nuit de leurs éclats mortels. Papa pense que c'est l'aviation française qui détruit les ponts pour retarder l'ennemi. Il n'y a pas que l'ennemi qui est retardé ! Les gens sont coincés sur les berges de la Loire et ils les longent jusqu'au passage suivant avant qu'il ne soit détruit. Jean et sa famille sont partis dans une autre direction que la nôtre, ils ont de la famille non loin de là. Pierre est resté avec nous avec sa mère qui ne me quitte plus d'une semelle. Finalement, nous avons dû abandonner la voiture, impossible de trouver la moindre goutte d'essence. Jusqu'où va-t-on pouvoir aller ? Je n'en sais rien et mon imagination, pourtant féconde, est aussi vide que notre sac à provisions.

17 ou 18 juin

Je ne sais plus trop quel jour nous sommes. Nous sommes restés bloqués devant la ville de Sully-sur-Loire. Impossible de passer par le pont. Les Allemands sont arrivés en même temps que nous et c'est un déferlement de coups de feu, de bruits de mitrailleuses et de torpilles qui a accueilli tout le monde. Ce sont surtout les gens comme nous qui sont tués plutôt que les soldats allemands. Les balles ne font pas de tri et tuent indifféremment tout ce qui trouve sur leur passage. Terrorisés, nous nous sommes cachés dans la campagne environnante. La nuit a été terriblement longue et sanglante. Au matin, les Allemands semblent s'être arrêtés. Avec papa, nous nous regardons. Nous avons l'air de vagabonds affamés. Après tout, c'est ce que nous sommes. Je secoue la tête devant ce carnage et l'inutilité de cette fuite en avant. Voilà, les Allemands que nous fuyions, nous ont rejoint. Il n'y a pas eu de viols ni d'assassinats par ces soldats. Comme il ne sert plus à rien de continuer à descendre vers le sud, papa a pris la décision de remonter à Paris. Il n'est pas le seul à penser ainsi. La foule s'est arrêtée d'avancer et déjà beaucoup reprennent le chemin du retour. Je ne sais pas ce que l'histoire retiendra de cet exode. Moi, je m'en souviendrai comme d'un énorme gâchis. Pour la première fois de ma vie, j'ai été confronté à la mort, à la faim et à la peur. Je crois que j'ai aussi laissé derrière moi mon enfance et mes rêves. Pierre m'appelle. Jean est revenu vers nous, il nous a trouvé à manger et nous propose de venir dans une ferme de la Genevraye, appartenant à l'une de ses tantes. Même papa approuve ! De toute façon, rentrer à Paris va nous prendre du temps.

Louise reposa le journal de Chloé. Elle avait besoin de boire un truc afin de réfléchir à tout ce qu'elle venait de lire. Lors de la lecture, elle venait de faire plus connaissance avec d'autres personnages, d'autres lieux. Pierre, sa mère Marie, Jean. La ferme de la Genevraye. En cherchant sur Google, elle avait trouvé une petite ville située en Seine et Marne s'appelant ainsi. Grâce aux noms des villes, elle arrivait à situer les lieux de narration.

Son portable bipa annonçant un message. Antoine ! Il allait revenir demain après-midi. La nouvelle lui fit chaud au cœur. Bien qu'elle sorte avec lui depuis à peine quelques semaines, Louise tenait déjà énormément à lui. La seule question était de savoir si elle serait présente quand il reviendrait. Elle était sûre d'une chose. Maintenant que cette recherche sur sa grand-mère était engagée, elle voulait aller jusqu'au bout ! Elle grignota quelques morceaux de fromages accompagnés d'un verre de vin rouge, mangea un kiwi et une clémentine et se replongea dans le journal. Cette fois-ci, la situation semblait s'être quelque peu tassée et dans le journal, les jours et les semaines passèrent rapidement.

3 septembre
Nous voici revenus à Paris. Il me semble que des années se sont passées depuis notre départ. Papa et maman ont dû emprunter des petites routes secondaires et voyager de nuit pour éviter de nombreuses patrouilles. Les juifs ne sont plus les bienvenus. Comme en Allemagne, une sorte de chasse aux sorcières a été mise en place par l'occupant. Pour moi et mes frères, ça a été plus simple de rentrer, Jean nous a procuré de faux papiers au nom de Darbois comme ma tante Élise. Utiliser ce nom nous donne un historique, une

véracité que ni Simon ni Joseph ne sont capables d'avoir. Heureusement, le retour s'est bien passé grâce à Jean et Pierre, qui semblent avoir des connaissances. Je ne sais pas ce qu'ils fabriquent tous les deux, mais ils arrivent toujours à avoir des produits sans rapport avec le rationnement qui nous frappe tous.

Février 1941
Papa n'a pas repris son travail à la banque, désormais on ne survit que grâce à Pierre et à son ami Jean, ces deux-là sont une véritable bénédiction pour notre famille. Par un étrange retour des choses, c'est nous qui nous occupons dorénavant de Marie, la mère de Pierre. Elle ne s'est jamais remise des visions d'horreur vécues lors de l'exode. Pierre m'offre des tas de choses, des bas, du chocolat, des fruits et même des cigarettes. Bien qu'il sache que je ne fume pas, je trouve que ça donne une mauvaise haleine, je les prends et les donne à Sarah et à son cousin Carl. Ce soir, malgré les restrictions, nous sortons avec Sarah, Carl, Pierre, Jean et Huguette, la copine de Jean, écouter Django Reinhardt à la salle Pleyel. Bien que Pierre soit gentil avec moi, je n'arrive pas à sortir avec lui comme il le voudrait. Je vois bien que mes refus successifs l'agacent. Néanmoins, il ne dit rien et continue de me faire des cadeaux.

Louise pesta de nouveau. Au moins trois pages s'étaient comme soudées entre elles. Impossible à lire sans créer des dégâts irréparables. Tant pis ! Comme elle avait décidé de monter à Paris pour en apprendre plus sur Chloé, elle profiterait de l'occasion pour faire restaurer le précieux journal par une personne compétente.

Juillet 1942
Voici bien longtemps que je n'ai pas ouvert mon journal. Mais aujourd'hui, il s'est passé quelque chose de grave. Plus de treize mille juifs ont été arrêtés par la police française et ont été parqués comme des animaux au vélodrome d'hiver. Heureusement que Pierre nous avait prévenus qu'une opération de cette envergure se préparait et nous avons eu le temps d'aller nous cacher. Mon amie Sarah fait

partie de ces pauvres gens. Que vont-ils faire d'eux ? Je crains le pire. En tous cas, voici la preuve que le gouvernement français collabore avec l'occupant.

Septembre 1942.

Je ne sais pas où est passée Sarah. Est-elle encore vivante, je l'espère et n'ose croire aux histoires terribles qui circulent. On dit que les Allemands ont construit d'immenses camps dans lesquels travaillent les juifs et autres personnes disparues ces deux dernières années. Nous avons eu de la chance de ne pas être arrêtés. Comme la grande majorité des juifs français, nous sommes répertoriés dans un fichier appelé fichier Tulard du nom du chef des questions juives de la préfecture de Paris. Papa nous a montré une cachette existant dans l'appartement depuis des années. C'est une petite pièce de trois mètres sur trois située juste à côté de leur chambre. Il ne m'en avait jamais parlé avant.

Depuis ce matin, un nouveau décret est entré en application. Les juifs, tous les juifs même les enfants à partir de six ans, sont obligés de porter une étoile jaune sur leurs vestes ou leurs manteaux. La seule couleur jaune de cette étoile est déjà une insulte ! Chez les chrétiens, ce jaune signifie aussi la trahison, la folie, et est associé au soufre, au diable et aux traîtres !

Je déteste cette mesure et quand je sors le soir, je prends mes papiers au nom de Chloé Darbois. De toute façon, je n'ai pas le choix, porter cette étoile honnie m'interdirait de rentrer dans la plupart des endroits. Quand cette maudite occupation va-t-elle cesser ? Par Jean qui, je le sais, fait partie de la résistance, j'ai appris que l'armée allemande avait commencé à perdre des batailles. Depuis le bombardement de Pearl Harbor par les Japonais, l'Amérique est entrée en guerre et a commencé la fabrication de nombreux bateaux de guerre. Jean m'a dit que la guerre allait basculer dans les mois à venir, les Allemands et leurs alliés ne pourront pas tenir la cadence de fabrication de leurs armes de guerre. Petit à petit, j'ai appris à mieux connaître cet homme. S'il a encore souvent ses doigts noirs à force de trifouiller les moteurs des voitures, des camions et des motocyclettes, je sais aussi que je peux compter sur lui. Je sais que son père travaille à Bordeaux sur la construction d'abris aériens pour protéger les sous-marins allemands amarrés là-bas, c'est Jean qui s'occupe de sa famille. Pierre, de son côté, est plus secret. Je sais qu'il s'occupe du ravitaillement des forces d'occupations prélevant au passage des provisions qui servent à nous nourrir, nous et divers résistants. Un soir, j'avais un peu bu, j'ai laissé Pierre m'embrasser. Cela n'a pas été plus loin. Je n'ai pas trop apprécié ses mains sur ma poitrine. C'est un peu tôt ! Je sais que la copine de Jean, ce n'est plus Huguette, mais Sophie ou Martine, je ne sais plus, n'est pas très farouche de ce point de vue. Pierre a été déçu par ma réaction. À quoi s'attendait-il ? À ce que je me mette nue et que je couche ? Il ne me connaît pas assez bien ! Celui avec qui je ferais cela n'est pas encore né !

Un sourire naquit sur le visage de Louise à cette évocation. Bertrand Mareil aurait pu être son père ! Bon bref, reprenons, songea-t-elle.

Février 1944

Je viens de retrouver mon vieux journal qui s'était glissé derrière un coussin du canapé. L'année 1943 est passée emportant avec elle tout un lot d'événements tragiques. Les Allemands sont attaqués de toutes parts. En France, de nombreux résistants ont été arrêtés, torturés par la Gestapo avant d'être fusillés. Il en est de même pour le réseau auquel appartiennent Pierre et Jean. Celui-ci me confiait, il y a peu, qu'il pensait avoir une taupe au sein de leur mouvement. De nombreux compagnons sont tombés. Du coup, Pierre et Jean se tiennent à carreau ces derniers temps pour ne pas attirer l'attention.

Aujourd'hui, Pierre est venu manger à la maison. On lui doit bien ça ! C'est lui qui apporte la nourriture. Après le repas, lui et papa sont partis boire un verre dans le bureau. Je ne sais pas ce qu'ils se sont dit mais Pierre m'a paru particulièrement réjoui. Je sais que papa aimerait bien que je me marie avec lui. Maman n'est pas d'accord. Et moi ? Je n'ai pas mon mot à dire ?

En sortant, je suis tombé sur Jean, il m'a annoncé que son père venait d'arriver chez lui. Il a profité d'un bombardement des alliés sur le chantier de constructions des abris de sous-marins pour s'enfuir. Il est arrivé cette nuit avec, détail amusant, deux chaussures différentes. Mais Jean n'est pas là que pour m'annoncer cette nouvelle, il vient aussi d'apprendre que quelqu'un l'a dénoncé à la Gestapo, il vient avertir Pierre et après, avec son père, ils partent se cacher à la ferme de la Genevraye. Ils reviendront quand la situation se sera améliorée.

– Tu sais, me dit-il, les Allemands vont perdre cette guerre, c'est une affaire de quelques mois, un an tout au plus.

Il m'embrasse et passe voir Pierre en vitesse. J'espère que je le reverrai à la fin de la guerre, c'est un chic type !

Quand elle passe à la page suivante, Louise remarque des traces de gouttes d'eau sur la page. C'est curieux, c'est… comme si des larmes avaient coulé !

Mai 1944
La police est venue à la maison et a emmené papa et maman. Cachés avec mes frères dans la salle secrète, nous avons tout entendu de leurs arrestations. Pourquoi ont-ils été arrêtés ? Pourquoi tant de haine des juifs ?

Quand nous sommes sortis de la cachette, tout était étrangement silencieux. Dans un coin, les dossiers de comptabilité que papa remplissait pour des commerçants du coin, semblaient nous narguer. Le tablier de cuisine de maman, encore maculé de farine, traînait par terre. Je l'ai ramassé et serré contre moi. Joseph est venu se coller à moi comme une sangsue tandis que Simon tournait en rond dans la pièce en traitant les policiers de tous les noms. Je ne savais pas quoi faire et je suis passé voir Pierre à la sous-préfecture où il travaille au ravitaillement. Quand il a vu mes larmes, il est aussitôt sorti de son bureau et m'a amenée dans une pièce plus discrète.

– Que se passe-t-il Chloé ?

Au milieu de mes sanglots, il a enfin compris que la police était venue chercher papa et maman. Son visage était tout pâle quand il s'est éloigné de moi, j'ai cru que lui aussi allait pleurer. Il a repris son souffle et m'a promis d'essayer d'en savoir plus.

Quand il est passé à l'appartement quelques heures plus tard, son visage paraissait encore plus décomposé que le mien. Il a secoué la tête en me voyant.

– Ils ont déjà quitté Paris, ils sont dans un train en partance pour la Pologne.

– La Pologne ! Je n'ai pas pu m'empêcher de crier et mes pleurs ont redoublé de force. Pierre m'a tenu dans ses bras et a attiré mes frères vers lui. Tous ensemble, nous avons pleuré. Je savais que comme d'autres enfants avant nous, je ne reverrais vraisemblablement jamais papa et maman. Il me sembla qu'un pan entier de ma vie venait de se refermer, un pan derrière lequel toute ma vie d'enfant, tous mes souvenirs heureux, s'évanouissaient comme gommés par ce maléfice horrible qu'était cette pourriture de guerre !

Louise essuya les larmes qui coulaient sur ses joues comme des fontaines. Elle aussi pensait à ses parents et comprenait la douleur et le désarroi de Chloé. Elle aurait voulu être à ses côtés, la serrer dans ses bras et la soutenir ! Comme elle aurait aimé la connaître !

Septembre 1944
Trois mois, que papa et maman ont été volés à notre amour. Joseph m'appelle parfois maman avant de se reprendre. Chaque fois, je manque verser une larme. Pierre est à mes côtés tous les jours. Je sais qu'il doit faire attention à ne pas se trahir. Il me dit que les gars de son réseau de résistance sont de mieux en mieux préparés et armés. Le débarquement des Américains, des Anglais, des Canadiens et des Français en Normandie a redonné de l'espoir aux hommes. La fin de la guerre n'est qu'une question de mois. Je lui dis que j'ai reçu une lettre de Jean. Il me dit qu'il est toujours dans la ferme de la Genevraye avec son père et quelques autres hommes. Lui aussi me dit que la fin de la guerre est proche ! La question que je me pose,

c'est pourquoi Jean m'a envoyé la lettre à moi plutôt qu'à Pierre ? Celui-ci n'a pas su quoi me répondre.

Louise tourna impatiemment la page suivante, la fin de la guerre arrivait et l'explication de la présence de Chloé avec Bertrand Mareil allait arriver. Une question taraudait Louise : qu'étaient devenus Joseph et Simon Cohen ? Avaient-ils été eux aussi enlevés lors d'une rafle. De tout son cœur, Louise espérait que non. Elle poussa un cri de rage.

– Non ! Non, non !

Les pages suivantes étaient, elles aussi, complètement agglomérées les unes aux autres en un seul bloc compact couvert de traces de moisissures.

Dépitée, elle sauta le bloc compact et passa aux pages suivantes.

Janvier 1945

C'est la première fois que je viens en Bretagne. Le voyage en train s'est avéré très long et nous avons été contrôlés trois fois durant le trajet. Monsieur Mareil, il demande que je l'appelle Bertrand, est très gentil, il se fait passer pour mon oncle. Quimper est une jolie ville traversée par une rivière, l'Odet. Monsieur Mareil loue une petite maison pourvue d'une petite véranda. Ah oui, j'oubliais, monsieur Mareil, Bertrand, il faut que je m'habitue, est peintre. Il m'a dit que je pourrais lui servir de modèle. Je ne sais pas si j'en suis heureuse. Dans son atelier parisien, j'ai aperçu des toiles et quelques-unes d'entre elles représentent des jeunes femmes posant nues. Je ne sais pas si je pourrais faire pareil, à fortiori, devant un homme qui pourrait être mon père. Non, je préfère ne pas penser à papa, les souvenirs de ces dernières semaines me sont trop insupportables. D'ailleurs, ça y est, je sens les larmes qui me montent aux yeux en pensant à Joseph et Simon. Bertrand s'en aperçoit et il vient me prendre dans ses bras. Il est très grand, très beau aussi et sent toujours une odeur particulière, plutôt agréable. Il m'incite à écrire ce que je pense ou ce que je ressens dans mon journal, c'est un exutoire, me répète-t-il, une manière d'exorciser le malheur qui est en moi. Je ne sais pas si j'y arriverai un jour ! Parfois, je le regarde à la dérobée. Son visage parait torturé, triste aussi ! Comme s'il avait un lourd secret enfoui au fond de lui ! Quand il s'aperçoit que je le regarde, son visage s'éclaircit et il me fait son fameux sourire, celui qui a dû charmer plus d'une femme !

Donc, je reprends. Nous habitons dans une petite maison pourvue d'une véranda donnant sur un joli petit jardin ceint de murs en pierres sèches. Les voisins, les Dupray, sont aussi les propriétaires de la maison du peintre, ils sont très gentils et ont de nombreux enfants. Madame Dupray, appelle-moi Marcelle, m'a-t-elle dit le premier jour où je l'ai vue, me regarde d'un drôle d'œil comme si je prenais sa place. Je crois que monsi... Bertrand, lui fait beaucoup d'effet. Je n'ai pas encore réussi à voir tous ses enfants.

Mars 1945.
– Ça y est, j'ai sauté le pas ! Pour la première fois, je pose entièrement nue devant Bertrand. C'est un homme doux et gentil qui ne voit le mal nulle part. Je me sens en sécurité avec lui et mes cauchemars cessent peu à peu d'envahir mes nuits. Au début, j'ai posé habillée, il m'a dessiné alors que j'écrivais dans mon journal, d'autres fois quand j'étais accoudée sur un pont, regardant l'eau de la rivière passer paresseusement. Pour les nus, il m'a dit que dessiner un corps était un exercice difficile, délicat, parfois troublant. Je veux bien le croire, je suis en effet extrêmement troublée d'être là, à poser nue devant un homme. Lui parait trouver cela normal ! Je le vois qui s'applique à trouver les ombres, à déterminer la bonne lumière, les bonnes couleurs. Dessiner et peindre sont des choses plus techniques qu'il n'y parait au premier abord. Un jour, il a essayé de me faire dessiner une pomme posée sur une assiette. Quand il a vu le résultat, il a éclaté de rire avant de s'excuser, il ne voulait pas se moquer, mais ce que j'ai dessiné ressemblait tellement à rien qu'il n'a pas pu s'en empêcher. Son rire a résonné délicieusement en moi. J'en ai eu des frissons. C'est vrai qu'il est beau. Il faut que je me reprenne. Quand la guerre sera terminée, je pense que je resterai par ici. J'imagine que je me marierai et que j'aurais des enfants qui aiment

la mer, la pêche et le folklore de la région. Je ne sais pas si je pourrais revenir à Paris. Désormais, plus rien ne m'y retient hormis des souvenirs douloureux.

Devant moi, je vois le visage de Bertrand esquisser une grimace, j'ai encore dû bouger !

8 mai 1945.

– Ça y est, la guerre est enfin finie ! Les Allemands ont capitulé. Je croyais bien que je ne verrais jamais ce jour ! Je me sens légère, légère, légère ! Et ris pour un oui ou un nom. Dehors, le soleil brille. C'est le plus beau jour de ma vie ! Bertrand sourit, il aime quand je suis heureuse. Il s'approche de moi, m'enlace et nous esquissons quelques pas de valse. Ma robe tourne autour de mes jambes et j'ai envie de m'abandonner, de faire la fête. Je regarde son visage bienveillant, ses yeux doux. Je sens ses mains sur ma taille. Je ne sais pas qui a embrassé l'autre le premier, je crois bien que c'était moi. Nous nous sommes retrouvés dans la véranda, nos vêtements éparpillés sur le sol ou jetés sur des chevalets. Je suis heureuse ! Enfin !

Aout 1945

Je crois que je suis enceinte. Maman me manque. J'aurais tant aimé l'avoir à mes côtés en ce moment. Malgré les résolutions de ces derniers mois, je pense que je vais revenir à Paris. Je dois en avoir le cœur net. Des gens que l'on croyait disparus sont rentrés. Ils viennent d'immenses camps où ils étaient affamés, exploités comme s'ils avaient été moins que des animaux. Peut-être que papa et maman sont rentrés, peut-être aussi que Joseph et Simon sont revenus à la maison ? Mais, je ne vais pas y aller maintenant. Je ne me sens pas bien, j'ai sans arrêt envie de vomir. Je vais écrire des lettres, à maman, à sa sœur Élise aussi. Peut-être en saurai-je un peu plus ?

Septembre 1945,

Élise m'a répondu. J'ai appris que mon oncle Paul avait été arrêté et fusillé en mai 1944 par les Allemands. Heureusement que mon cousin Pierre veille sur elle. Elle est heureuse d'avoir eu de mes nouvelles, car, elle n'en a aucun de mes parents. Elle me dit aussi que Pierre va remonter sur Paris. Ainsi, il pourra dire ce qu'il en est de ma famille. Bien que je lui aie parlé de mon état, elle ne m'en a rien dit, ne s'étonnant même pas que je ne sois pas mariée. Nous avons vécu une période bien difficile. Je lui ai renvoyé une lettre où je la remerciais d'envoyer mon cousin Pierre à Paris. Moi, je sais que pour l'instant, je suis incapable de faire cette démarche. Quand mon bébé sera né, je viendrai la voir. Au moins, ainsi, pourrons-nous reformer une famille à défaut de retrouver tous nos proches. La lettre que j'ai envoyée à mes parents est revenue. D'après la poste, aucun Cohen n'habite cette adresse !

Louise reposa le journal et nota les nouvelles informations sur son bloc. Elle s'étira ensuite longuement et sortit de sa maison. Elle s'assit sur une chaise dans un café, se commanda une salade et une bière et regarda les bateaux rentrant au port. L'air était doux et les mouettes criaient dans le sillage des bateaux. Elle se rendit compte combien la vie était douce par rapport à la vie de sa grand-mère. Difficile de la considérer comme telle. Quand elle pensait à Chloé, Louise ne voyait qu'une jeune femme. Elle avait vingt-deux ans et n'avait connu, hormis ces derniers mois, que guerre, désolations et peines. Et puis, qu'étaient devenus ses deux frères ? Les allusions les concernant étaient à chaque fois remplies de tristesse. Il fallait absolument qu'elle arrive à faire restaurer ce journal ! Après avoir avalé sa salade. Elle attrapa le journal dans son sac à main et reprit sa lecture.

Octobre 1945

– Je suis inquiète. Je n'ai eu aucune nouvelle d'Élise. J'ai pourtant renvoyé deux lettres pensant que la première avait été perdue. Mais rien ! Bertrand me dit qu'il y a énormément de problèmes de réorganisations dans le pays. Les administrations doivent se remettre

en marche. Les lignes de trains et de nombreux ponts doivent être réparés ou reconstruits. L'agriculture doit être restaurée. Et si nous ne nous en rendons pas trop compte en vivant au bord de la mer, beaucoup de gens manquent de nourriture. Le gouvernement nous demande d'éviter de nous déplacer si nous n'en avons pas le besoin impératif.

Ses paroles rassurantes ne diminuent en rien mes doutes et mes peurs. Pourquoi Élise ne répond-t-elle pas à mes lettres ? Qu'à découvert son fils ? Est-il simplement monté à Paris ?

Bertrand qui devait y aller préfère rester à mes côtés jusqu'à la naissance du bébé, il me dit qu'il s'agit d'une fille. Si c'est le cas, il aimerait bien qu'elle s'appelle Agathe, sa mère s'appelait ainsi et elle était très jolie. Ce sera également le cas de mon bébé. J'aime ses certitudes, elles me rassurent dans cette période de doute où je vis. Malgré tout, j'aimerais aller à Paris. Malheureusement, mon état de femme enceinte me l'interdit. Contrairement à Marcelle qui affirme avoir travaillé jusqu'à la naissance de ses huit enfants, moi, je ne peux que rester allongée sous peine de ressentir des douleurs dans mon bas ventre. Aujourd'hui, j'ai senti le bébé bouger !

Les mots de la page suivante étaient en partie effacés. Louise arriva néanmoins à imaginer le texte en lisant quelques mots épars. Chloé n'avait plus eu de nouvelles de sa tante. Bertrand semblait avoir quelques problèmes de santé, rien de grave d'après le docteur. Il semblait bien que Chloé doive rester couchée ou allongée jusqu'à la fin de sa grossesse.

Avril 1946
Bertrand avait raison ! C'est une fille et elle s'appelle Agathe. C'est un beau bébé ! Maman aurait été heureuse de la voir et de la tenir dans ses bras. L'accouchement m'a beaucoup fatiguée et les pleurs d'Agathe pendant la nuit n'arrangent rien, heureusement que Marcelle et ses filles me donnent un bon coup de main. Bertrand m'inquiète, je ne sais pas si c'est à cause du bébé, mais il paraît énormément fatigué !

Septembre 1946

J'ai mis du temps à remonter la pente. Heureusement que Marcelle était là pour m'aider. C'est elle qui s'est occupée de toutes les démarches pour l'enterrement de Bertrand. Il n'aura connu sa fille que pendant deux petits mois. Tout le monde le pensait fort comme un roc et personne n'a compris quand il s'est écroulé d'un coup dans son atelier. Le docteur nous a dit que son cœur était fragile.

Je suis de nouveau perdue. Je ne possède rien et je n'arrive pas à m'imaginer un avenir sans Bertrand. Je crois qu'il est temps que je remonte à Paris. Je n'ai plus le choix, cette décision longtemps repoussée pour x raisons est devenue vitale. Je dois savoir ce qu'il est advenu de mes parents, de mes frères, de ma tante, de ma famille ! Marcelle m'a proposé de garder Agathe le temps que je retrouve les miens, je sais qu'elle l'aime bien même si son mari paraît indifférent à ma situation. J'espère qu'à mon retour de Paris, je pourrai écrire de bonnes nouvelles dans mon journal.

Louise tourna désespérément les pages suivantes. Rien, il n'y avait plus rien ! Si elle avait tiré beaucoup de renseignements de la lecture du journal, il manquait aussi beaucoup trop d'informations pour la satisfaire. À commencer par la disparition de Chloé. Pourquoi n'était-elle pas revenue de Paris ? Que s'était-il passé ?

À cet instant, sa décision fut prise. Elle allait prendre ses congés et partirait à Paris ! Elle allait poser le précieux journal sur la table quand quelque chose sur sa paume retint son attention. La couverture semblait bien épaisse. Elle ouvrit le journal et palpa la page cartonnée. Sous ses doigts, elle sentit que quelque chose bougeait, comme une feuille épaisse. Elle attrapa le couteau lui ayant servi pour découper sa salade, l'essuya sur sa serviette et l'inséra doucement entre la couverture et la page collée dessus. Le papier se découpa doucement et une photo apparut ! Le cœur de Louise fit un bond dans sa poitrine en sortant le tirage. Comme sur la première photo trouvée dans la boîte familiale de ses parents, cinq personnes posaient devant un immeuble. Louise reconnut les personnages comme les parents, Jules et Joséphine Cohen, les deux frères de Chloé, Simon et Joseph et enfin Chloé elle-même. Elle retourna le cliché.

« Paris, 12 aout 1938. La famille devant notre appartement. »

Louise paya la note, remonta dans sa maison, prépara ses bagages et écrivit un mot à l'intention d'Antoine. Une demi-heure plus tard, elle était partie avec sa voiture pour Paris !

Louise

Le bébé
Samedi 9 septembre 2017

Claire reposa le test sur le bord du lavabo. Elle reprit une fois de plus la notice explicative et la lut avec attention. Non, il n'y avait aucun doute, elle était enceinte ! Elle soupira doucement et s'assit sur le bord de la baignoire. S'il y avait une nouvelle à laquelle elle ne s'attendait pas, c'était bien celle-ci. Elle, enceinte ! À dire vrai, elle n'avait jamais envisagé de l'être d'autant, qu'elle prenait la pilule. Comment pouvait-elle être enceinte ? Puis, elle se souvint d'un oubli, une fois ! Il y avait de cela cinq semaines. Mais enfin, une fois ! Et voilà qu'elle était enceinte ! Elle lut une nouvelle fois le résultat du test. Pas de doute ! Comment les femmes se comportaient-elles dans ces cas-là ? Sautaient-elles en l'air ou pleuraient-elles de joie ou de dépit ? Claire était perdue et même ses sentiments ne lui apparaissaient pas nettement. Était-elle normale de n'éprouver aucune joie face à cet évènement inattendu ? Inattendu, le problème venait peut-être de là. Brusquement, elle sentit des larmes couler sur ses joues et une chaleur monta dans son ventre comme quand une pensée agréable vous envahit d'un coup. Si son esprit n'avait pas su comment appréhender l'instant, son inconscient venait de le lui révéler sans coup férir. Rassurée, elle se releva du bord de la baignoire, un sourire heureux et niais sur ses lèvres. Sourire qui s'accentua quand elle pensa à Gilles, parti acheter du pain. Elle imagina sa tête quand elle lui apprendrait la nouvelle ! Son sourire s'élargit et elle se mit à rire d'un rire nerveux et irrépressible. Elle était enceinte ! Après l'avoir annoncé à Gilles, ce serait restaurant, champagne et la fête ! Enfin, pas trop tout de même. Euh… elle ne savait pas trop ce qu'il fallait faire ou ne pas faire. Elle se souvenait des paroles de Ghislaine, la mère de Gilles, lui prodiguant ses conseils au cas où. En fait, elle se souvenait surtout d'un flot de paroles ininterrompu. Si Ghislaine était la gentillesse incarnée femme, elle était aussi une infatigable bavarde. Pas étonnant que Claire n'ait rien retenu du tout. Elle imaginait déjà quand Gilles et elle, annonceraient la nouvelle à la vieille femme. Ils ne couperaient pas d'un voyage à la ferme familiale des parents de Gilles, à Peyrat-le-Château. Heureusement, Claire pourrait compter sur Natacha, ancienne commandante de police qui avait raccroché le métier après avoir eu son troisième enfant. Elle, pourrait la conseiller utilement !

Elle ôta son soutien-gorge et se mira devant la glace de la salle de bain. Se pouvait-il que ses seins aient déjà grossi ? Elle en avait l'impression. Et son ventre ? Elle se mit de côté, l'observa attentivement. Bon, c'était peut-être un peu trop tôt pour percevoir le changement. Elle se rhabilla en songeant au bébé. Un bébé ! À elle ! Elle ne s'attendait pas du tout à un truc pareil. Elle compta sur ses doigts les jours la séparant de ses dernières règles. Cinq semaines ! Puis, elle entendit la porte de la maison s'ouvrir. Gilles était de retour. Elle sortit précipitamment de la salle des bains et se jeta dans ses bras envoyant voler en l'air la baguette encore chaude de la chaleur du four.

Le message

– Quand même, je n'en reviens pas ! Un bébé ! Franchement, je ne m'attendais pas du tout à ça ! S'exclama Gilles en levant sa coupe de champagne. Les deux coupes se heurtèrent délicatement dans un tintement cristallin de bon augure.

– Au bébé !

Ils reposèrent les verres.

– Que vas-tu faire maintenant, Claire ?

– Quoi ? Du genre, est-ce que je continue à travailler dans la police ?

Gilles haussa ses épaules.

– On peut le dire comme ça en effet. On ne fait pas un travail de tout repos. Parfois, c'est dangereux. Parfois, on doit courir, sauter, tirer même des coups de feu !

– On fait aussi plein de paperasses administratives, des comptes rendus, on prend des dépositions aussi. Et parfois même, on marche tranquillement et on discute avec des collègues. Franchement, tu crois que je vais arrêter de travailler parce que je suis enceinte ? Je ne serais pas la première ni la dernière à continuer. D'ailleurs regarde Natacha, elle a continué à travailler bien qu'elle soit enceinte.

– Tu parles d'une comparaison. Elle travaille dans un commissariat à Limoges. Il ne se passe presque rien là-bas, je connais bien, j'y suis né !

– Je ne savais pas que tu étais né dans un commissariat à Limoges, je croyais que c'était dans la ferme familiale ?

– Patate ! Non, sérieusement, ici le travail, c'est une autre histoire !

– Et tu voudrais que je fasse quoi ? Que j'aille voir Lazure et que je lui dise. Euh… Soizic, je suis enceinte de trois semaines et je dois rester assise au bureau jusqu'à la naissance du bébé.

Gilles sourit en pensant à sa chef. Il imaginait bien la tête de Lazure si Claire lui annonçait la situation de cette façon. D'autant qu'elle-même, enceinte jusqu'aux yeux quatre mois auparavant, aurait presque accouché au commissariat si le divisionnaire ne lui avait pas ordonné de prendre son congé maternité.

La sonnerie du portable de Claire résonnant au fond de son sac à main coupa court à la conversation.

– Attends, Gilles, je regarde.

Claire sortit l'appareil opportun, jeta un coup d'œil étonné sur l'appelant et accepta l'appel.

– Louise ? … Ça fait un bail, qu'est-ce qu'il t'arrive ? … Oui… demain, dix-huit heures… euh… attends, j'en parle à mon ami. Elle se tourna vers Gilles. Louise est une amie de lycée, elle me demande si je peux passer la voir demain à Paris, vers dix-huit heures ?

– Demain ? Merde, Claire ! Demain, c'est dimanche !

Claire posa sa main sur son portable.

– Elle me dit que c'est urgent, grave même !

Gilles soupira et finit par capituler d'un geste de la tête. Claire ôta sa main de devant le téléphone.

– Okay, demain à dix-huit heures, attends, je note l'adresse. Passe-moi un stylo, Gilles. Elle le prit et gribouilla quelques mots sur un bout de la nappe. Oui, sans faute. À demain Louise ! Claire reposa son appareil sur la table et resta immobile à réfléchir.

– Alors ? Raconte ! C'est qui cette Louise ? Que veut-elle ?

– Comme je te l'ai dit, c'est une ancienne copine de lycée. Je l'avais un peu perdue de vue ces dernières années. Je crois que nous ne nous sommes pas vues depuis au moins… oh ! Au moins… pfft… quinze ans !

Gilles n'en revenait pas.

– Et paf, elle t'appelle et toi, tu files à son rendez-vous le doigt sur la couture du pantalon, ça ne te ressemble pas !

– Il y avait un sentiment d'urgence dans sa voix. Après s'être présentée, elle m'a demandé tout de suite après si j'étais bien dans la police comme je lui avais dit après la mort de mes parents. Qui demanderait cela tout de go à une ancienne connaissance, s'il n'y avait pas urgence ?

– Elle n'a pas précisé ce qui nécessitait absolument ta présence ? Il fit une grimace. Je n'aime pas quand les gens n'indiquent pas le pourquoi du comment. C'est comme dans les films. Le type ou la femme appelle sans préciser le danger et paf, le lendemain ou le soir même du rendez-vous, il ou elle, est absente. Du coup, c'est au héros de faire toute une enquête avant de savoir ce qu'il aurait pu connaître dès le départ.

– On n'est pas dans un film. Ne t'en fais pas, demain, elle sera là et j'en saurai un peu plus sur l'urgence ou la gravité de la situation.

– J'espère que ce n'est pas pour faire sauter un PV.

Claire hésita un instant avant de répondre, temps suffisant pour laisser le doute s'installer.

– Non, ce n'est pas le genre de Louise. Elle se pencha vers Gilles, le regard aguicheur comme elle savait le faire parfois. Alors comme ça, c'est bientôt la fin du weekend ? Il faudrait peut-être en profiter encore un peu, non ? Tu demandes l'addition ?

Gilles ne se le fit pas dire deux fois.

Le rendez-vous

Paris,
Dimanche 10 septembre 2017, dix-huit heures quinze

Gilles regarda sa montre pour la troisième fois en moins de cinq minutes et soupira longuement. Claire, stoïque, fit celle qui ne le voyait pas. Après tout, un quart d'heure de retard, ce n'était pas la fin du monde. Elle se demandait juste pourquoi son amie d'école lui avait donné rendez-vous dans cette rue peu passante du douzième arrondissement, juste en face d'un petit square dans lequel dormait un clochard. Il n'y avait rien de particulier dans cette rue. De vieux immeubles de six, sept étages, une rue étroite encombrée de véhicules.

– Bon, on fait quoi ? Lui lança Gilles d'un ton peu aimable.

Claire s'attendait déjà à entendre la même rengaine que la veille. Le gars ou la fille qui téléphone dans l'urgence en prétextant être en danger et qui ne précise pas ce danger. Bon ! Elle devait le reconnaître, Gilles avait eu raison, mais elle ne voulait pas l'admettre, il aurait été trop content ! Claire était déçue par l'attitude de son ancienne amie et ne s'attendait pas à ce qu'elle lui pose un lapin. Même si elle n'avait pas vu Louise depuis quelques années, elle ne se souvenait pas d'elle comme d'une irresponsable, bien au contraire ! Tout chez elle était réfléchi. D'ailleurs, Claire se rappelait bien s'être moquée d'elle à ce sujet à plusieurs occasions. Peu de spontanéité chez son amie, même avec un coup dans le nez. Alors, cette absence et la sensation d'urgence ressentie lors de son appel téléphonique n'en paraissaient que plus inquiétantes.

Elle prit son portable et rappela le numéro de Louise. Trente secondes plus tard, elle le remit dans sa poche.

– Alors ?

– Son portable est coupé, je tombe directement sur la messagerie. Elle émit un petit claquement d'agacement avec sa langue et secoua la tête. Quelque chose n'allait pas ! Je crois que je vais demander à la PJ de chercher son adresse, au moins, on saura si elle se trouve chez elle ou pas.

Gilles haussa les épaules, il n'avait pas envie de contrarier Claire. Et puis, il s'était aussi plusieurs fois rendu compte que son amie possédait un flair certain pour les affaires un peu troubles.

Quelques minutes plus tard, elle avait le renseignement. Louise habitait en Bretagne, au Guilvinec. Ils se regardèrent tous deux avec étonnement. Pourquoi Louise avait-elle indiqué à Claire ce lieu de rendez-vous ?

Un bruit de sonnerie retentit dans le sac de Claire. Un message. Elle attrapa son portable.

– C'est Louise, précisa-t-elle à Gilles peu après. Elle m'écrit qu'elle s'excuse pour le dérangement, elle s'est inquiétée pour rien et est repartie en Bretagne.

– Bon, fit Gilles fataliste. Finalement, il semble bien que toi aussi, tu te sois inquiétée pour rien.

– Je lui envoie une réponse.

Elle tapa le message avec dextérité et l'envoya. Une sonnerie retentit quelques minutes plus tard. Claire la lut et tendit son smartphone vers Gilles.

– Regarde, j'ai répondu à Louise. *« Ce n'est pas grave, j'étais juste inquiète pour toi, j'espère qu'on se reverra bientôt, ma petite Loulou »*

Gilles la regarda, ne comprenant pas où Claire voulait en venir.

– Et alors ?

– Louise détestait ce surnom de Loulou, un mauvais souvenir d'enfance. Si c'est elle qui m'a envoyé ce message, elle devrait me le dire.

– Sauf si elle s'en fout ! rétorqua Gilles.

Le portable émit une nouvelle sonnerie.

« Désolée de t'avoir inquiété, j'espère que nous aurons l'occasion de nous revoir prochainement, Loulou » le visage de Claire se referma aussitôt.

– Ce n'est pas elle qui a envoyé ce message ! Claire se tut deux secondes. Attends, je vais l'appeler ! Elle composa le numéro. Perplexe, elle rangea le portable dans sa poche. Je tombe directement sur la messagerie comme si le portable était éteint ! Elle regarda Gilles dans les yeux. Tu ne m'empêcheras pas de penser qu'il y a quelque chose de bizarre dans cette affaire !

Loulou

Mantes-la-Jolie,
Dimanche 10 septembre 2017, vingt et une heures

Au loin, Claire entendait l'eau ruisseler sur les parois en verre de la douche. Allongée sur le lit, elle réfléchissait à cette soirée peu ordinaire. Juste après qu'elle eut annoncé à Gilles que ce n'était pas Louise qui avait envoyé le message, Gilles s'était moqué d'elle. Pour lui, c'était histoire de se faire oublier que son ancienne copine de lycée n'avait sûrement pas voulu relever que Claire l'avait appelée Loulou. Gilles avait peut-être raison. Pourtant, Claire n'était pas convaincue. Pourquoi dans ce cas, avait-elle signé le message de Loulou, diminutif qu'elle avait toujours détesté ? Ce n'était pas logique même si cela la rassurait sur le sort de son amie. En effet, le fait d'avoir signé Loulou signifiait aussi qu'elle était en vie puisqu'elle seule connaissait ce diminutif ! Dans ce cas, si elle le détestait, pourquoi l'avoir employé ? Mais bon, que connaissait Claire de la vie de Louise ? Il y avait plus de dix-sept ans que leurs chemins s'étaient séparés inexorablement. Que s'était-il passé durant ce laps de temps depuis la fin de leurs études respectives ? Louise était-elle mariée ? Avait-elle des enfants ? Comme disait le proverbe, loin des yeux, loin du cœur ! S'il y avait bien un proverbe à retenir, celui-ci figurait en tête de liste ! Pourquoi s'étaient-elles perdues de vue ? Claire se souvenait des bons moments passés en sa présence, des sorties mémorables et des fous rires interminables. Leur amitié s'était tarie après la mort des parents de Claire. Tout ce qui existait aux yeux de Claire s'était dissous dans un tourbillon de peines et de désespoir. Et si elles s'étaient promis de se revoir, ce dont Claire ne se souvenait pas clairement, cette promesse n'était restée qu'une parole creuse sans réelle valeur.

Tout ce que Claire savait désormais, c'était que Louise habitait dans le port de pêche du Guilvinec, un port de pêche breton. Elle sentit ses yeux se fermer. Elle ne savait pas si c'était le fait de se savoir enceinte ou la contrariété à la suite de la disparition de Louise. N'empêche, elle se sentait fatiguée comme jamais et regrettait de reprendre le travail ce lundi, de ne pas pouvoir aller plus loin dans l'enquête. Seul point positif, le retour au boulot lui permettrait peut-être d'approfondir ses interrogations sur ce qu'était devenue Louise ces dix-sept dernières années.

Quand Gilles sortit de la salle de bains, il trouva Claire endormie sur le lit. Son front était ridé comme si elle continuait à se poser des questions sur Louise. Il lui caressa doucement la joue et vit son visage se détendre. Il referma la porte doucement et partit regarder quelques épisodes de la série Engrenage, il adorait !

Les affaires

DRPJ de Versailles,
Lundi 11 septembre 2017, quatorze heures

La journée ne s'était pas du tout déroulée comme l'avait prévu Claire. Dès leurs arrivées à la DRPJ, l'équipe avait été appelée par leur chef de groupe. Comme à son habitude, Lazure était excitée et incisive. À croire qu'elle se défoulait au travail ! Son mari, Claire l'avait vu une fois ou deux de loin, ne devait pas à la fête tous les jours.

– Deux nouvelles affaires viennent de nous échoir ce matin. La première. On vient de retrouver deux cadavres dans un village du côté de Mantes. Les premiers relevés ont été effectués par la gendarmerie de Bréval. Ce sont eux qui nous ont contactés. L'un des gendarmes s'est souvenu d'une affaire survenue en 2013. Un type, un écrivain amateur qui assassinait des gens le critiquant sur ses écrits. Claire dressa aussitôt l'oreille. Elle ne se souvenait que trop bien de l'affaire et aussi, de l'assassin : Léopold Foulard[2]. Gilles la regarda. Lui aussi se souvenait. Bref, continua Lazure, Claire et Gilles, à la demande de la gendarmerie, vous faites un saut là-bas afin de voir s'il s'agit du même assassin que la dernière fois.

– Il est en tôle ! la coupa Claire.

Lazure secoua la tête.

---

[2] Point final

– Autant que vous le sachiez tout de suite. Léopold Foulard est sorti de Fresnes, il y a trois jours !

– Quoi ? s'exclamèrent ensemble Claire et Gilles. Mais ce type a tué plusieurs personnes !

– Je sais, soupira Lazure. Il y a eu un vice de procédure. Il était en détention provisoire en attendant d'être jugé. Seulement le délai imparti pour ce jugement a été dépassé et son avocat l'a fait libérer.

Les deux policiers étaient atterrés.

– Merde ! jura bruyamment Gilles. Bon sang, ça sert à quoi de foutre ces types en prison si la justice n'est pas foutue de faire son boulot !

– C'est comme ça, dit Soizic d'une voix sentencieuse, on a souvent l'impression que notre travail ne sert à rien. Et toi Claire, tu ne dis rien. Penses-tu que ce Léopold Foulard, que vous connaissez bien, puisse être le coupable de ces deux meurtres ?

Claire fit une moue.

– Vous croyez qu'il serait assez stupide pour aller assassiner, dès sa sortie de prison, deux personnes qui l'auraient critiqué ? D'ailleurs, on ne sait même pas si la méthode utilisée pour tuer est la même.

– Bon, dit Lazure, continuons par la seconde affaire. On pense qu'on a un tueur en série qui rôde dans le douzième arrondissement de Paris.

– Pourquoi on prend l'affaire, alors ? s'enquit Guillaume Ratisseau, un autre flic de l'équipe.

– Pour faire plaisir au procureur. Sa nièce, une nommée Séverine Combesse, une femme d'une vingtaine d'années, a été déclarée disparue il y a deux jours. Il nous connait et a demandé que ce soit notre équipe qui soit chargée de l'enquête.

– Les collègues de la Crim' vont apprécier ! lâcha Pauline Trendane du haut de son mètre soixante-trois.

Une nouvelle fois, Gilles ne put s'empêcher de remarquer combien cette femme avait du charme. Dommage qu'elle appréciât plus les femmes que les hommes ! Remarquant son regard, Claire lui donna un coup de coude dans le ventre.

– Je ne vous le fais pas dire, confirma Lazure. Mais bon, c'est comme ça ! Arnaud, Guillaume et Pauline, vous vous mettez sur cette affaire. Je vous envoie les éléments tout de suite après. Quant à vous,

Gilles et Claire, vous voyez si vous pouvez donner un coup de main aux gendarmes. S'ils ne sont pas trop chauds pour que vous restiez, vous revenez en vitesse sur le tueur du douzième. Allez ! Au boulot !

Comme à son habitude, Arnaud baissa la tête en sortant de la salle.

Claire partit voir Pauline.

– Dis-moi, Pauline, pourrais-tu profiter de l'enquête sur les disparitions pour passer voir un lieutenant de police qui travaille dans le douzième ? Alain Legrain, c'est son nom, un type sympa, tu verras, je l'ai connu quand j'étais à l'école de police.

– Je veux bien. Qu'est-ce que tu veux que je lui dise ? s'étonna Pauline.

– Hum… c'est un peu perso. L'une de mes anciennes copines d'école m'a appelé, il y a deux jours, pour me donner rendez-vous justement dans le douzième. Bon, elle n'était pas là et j'ai reçu un message de sa part disant qu'elle s'excusait de m'avoir dérangée.

– Et ?

Claire souffla un coup. Ça l'énervait de devoir s'expliquer alors que si elle avait tout de suite travaillé sur l'affaire de Pauline, elle aurait pu faire directement sa demande à Legrain.

– J'ai eu l'impression que ce n'était pas ma copine Louise qui m'avait envoyé le texto.

– Tu l'as rappelée ?

– À chaque fois, je tombe directement sur son répondeur. Ce qui est bizarre, c'est qu'hier, quand elle m'a appelée, elle semblait se trouvait à Paris et le lendemain, son message disait qu'elle était revenue au Guilvinec où elle habite, comme si elle avait changé d'avis entre son appel et notre rendez-vous. Pourquoi ne m'a-t-elle pas prévenue dans ce cas ? Elle aurait eu cent fois le temps de le faire !

– Bon, laissa glisser Pauline en ayant l'air de ne pas trop comprendre ce que voulait sa collègue, que veux-tu que je demande à ton collègue Legrain ?

– Qu'il voit dans son secteur si personne n'aurait signalé un incident concernant une femme de trente-cinq environ, brune, de ma taille, dans les journées de samedi et dimanche derniers. Tiens, j'ai une photo de ma copine, je te l'envoie.

– Eh ben dis donc, elle est bien conservée, ta copine, elle paraît à peine vingt ans sur cette photo !

Pauline sourit.

– T'as raison ! C'est une photo que j'ai prise sur une photo de classe de l'époque !

– J'en conclus que ça fait longtemps que tu ne l'as pas vue, non ?

Claire approuva d'un hochement de tête. Pauline lui fit un signe de la main et quitta la salle. Voilà, pensa Claire, on verra bien !

Gilles qui l'attendait dans la voiture banalisée démarra aussitôt qu'elle fut assise, direction : la Normandie, il avait hâte d'en savoir peu plus sur les crimes ressemblant à ceux de Léopold Foulard. Chacun perdu dans ses pensées, aucun des deux policiers ne parlait. Claire pensait à Louise. Elle ressentait comme un sentiment d'urgence et ne pouvait se résoudre à attendre des réponses hypothétiques de son collègue Alain Legrain. De temps à autre, d'autres pensées, agréables, celles-ci, survenaient, toutes se rapportaient au bébé. Garçon ou fille ? Quel prénom ? Serai-je une bonne mère ? Et Gilles, sera-t-il un bon père ? Est-ce que je resterai dans la police ? À qui ressemblera ce bébé ? De nouveau, Louise revint sur le devant de la scène, comme si elle lui hurlait de venir l'aider ! Cette fois-ci, Claire parla à Gilles.

– Je suis inquiète pour Louise.

Gilles poussa un soupir de découragement.

– Que veux-tu faire de plus ? demanda-t-il. Il n'y a même pas d'enquête ouverte !

– Justement, je pourrais contacter ses collègues, sa famille, son copain ou son mari.

De nouveau, Gilles haussa les épaules.

– Écoute, il reste encore une bonne demi-heure de route avant d'arriver à la gendarmerie de Bréval, utilise-les pour en savoir plus ! Tu ne m'as pas dit qu'elle habitait au Guilvinec ? Ce n'est pas énorme comme ville, tu devrais arriver à trouver quelqu'un qui la connaisse.

– Mm… pourquoi pas après tout.

Elle commença aussitôt après à chercher des renseignements sur Internet. Elle tapa des mots clés « Louise Leguen, Le Guilvinec ». Le nom était assez familier du coin et Claire trouva plusieurs Louise portant ce nom. L'une venait de mourir tandis qu'une autre, beaucoup plus jeune, avait eu droit à un article du Télégramme sur ses photos de nature, de fleurs et d'animaux.

– Ça y est ! s'exclama Claire, je l'ai trouvée sur Facebook ! C'est sa photo… hum… elle n'a pas trop vieilli.

– Qu'est-ce qu'elle fait comme travail ?

– Attends, je lis… je dirais qu'elle travaille dans une agence immobilière ou une agence notariale, ce n'est pas très clair. Ah, j'ai un numéro de téléphone !

Elle coupa Internet et composa le numéro. Quelqu'un lui répondit presque aussitôt, une voix de femme.

– Bonjour, madame, je suis une amie de Louise Le Guen et j'aimerais lui parler... Ah ? Et elle sera absente longtemps ? Un mois ?... Oh ! Non, je ne savais pas… non, je ne suis pas dans la région. Elle m'a appelé samedi dernier et depuis, je n'arrive pas à la joindre, je m'inquiète un peu, c'est tout… Antoine Leguérinel ? Oui, je note son numéro ! Merci et bonne journée.

– Alors ? là questionna Gilles.

– Elle a pris un mois de congé après le décès accidentel de ses parents, il y a presque un mois de cela. Louise est sa collègue de travail et elle non plus, n'a pas eu de ses nouvelles depuis vendredi dernier. Elle m'a donné le numéro de portable de son copain, un dénommé Antoine Leguérinel. Je l'appelle. Joignant le geste à la parole, elle composa le numéro dans la foulée.

« – Bonjour, vous êtes sur la messagerie de la société "La plomberie, c'est mon métier". En cas d'urgence, merci de laisser un message ! »

Claire laissa un message spécifiant qu'elle était de la police et lui demandant de la rappeler.

Gilles était sorti de l'autoroute A13 et venait de s'engager sur des petites routes menant à Bréval. Lui, de son côté, pensait à Léopold Foulard. Que ce type ait été relâché alors qu'il avait tué des gens volontairement, lui paraissait inconcevable et pourtant, c'est ce qui était arrivé ! Il y avait quand même quelque chose d'incohérent.

Foulard, à peine dehors, serait aussitôt allé tuer deux personnes ? Ça ne tenait pas debout !

– Ça ne tient pas debout pour Foulard, marmonna-t-il dans sa barbe.

– Moi aussi, ça me chiffonne, répondit Claire. Écoute, on verra bien ! Après tout, Foulard avait ses petites manies, sa méthode, on saura rapidement si c'est lui ou non.

Ils arrivèrent peu après sur le lieu du crime, une maison située à la bordure du petit hameau de la Belle-Côte à côté de Boissy-Mauvoisin. Une voiture de la gendarmerie était garée devant ainsi qu'un véhicule léger d'intervention des pompiers. Après avoir montré leurs papiers à une gendarme réglant la circulation, ils arrivèrent devant le commandant de gendarmerie. L'homme leur serra la main et les conduisit sans plus attendre sur les lieux du crime tout en leur narrant rapidement les faits.

– Vers dix heures ce matin, la fille des victimes qui travaille dans l'hypermarché du coin est revenue de son travail, c'est elle qui a découvert les corps. D'après ce qu'elle nous dit, elle n'a rien vu d'anormal en arrivant. La porte d'entrée n'était pas fermée à clé, comme d'habitude. Elle est entrée, a appelé ses parents, ils sont tous deux à la retraite, n'ayant pas obtenu de réponse, elle est montée à l'étage, c'est là qu'elle les a trouvés. Son frère et sa sœur sont venus la chercher, tous sont très secoués.

– Que peut-on dire des victimes ? demanda Claire

– L'homme est connu, monsieur Kipper est le maire du village. Le légiste est déjà passé, il est reparti pour une urgence. Pour lui, le décès du couple remonte aux alentours de vingt-trois heures. L'homme s'est défendu avant d'être assommé, sa femme a dû subir le même sort quelques minutes plus tard. C'est à ce moment-là que l'assassin les a étranglés au moyen d'une écharpe rouge.

– Monsieur Kipper ? répéta Gilles, je les connaissais, lui et sa femme. Tous les ans, ils organisent une course à pied dans la forêt voisine, la Boisséenne. Merde alors ! Qui pouvait en vouloir à ces gens ? Pourquoi cette mascarade avec le foulard rouge autour de leurs cous ?

– L'assassin a-t-il laissé un message ? s'enquit Claire.

La jeune femme ne se sentait pas très bien, elle était barbouillée et son petit déjeuner peinait à passer.

Le gendarme inclina la tête. Suivez-moi sur la scène de crime, vous verrez par vous-même. Claire et Gilles le suivirent à l'étage. Gilles ne comprenait pas pourquoi quelqu'un s'en était pris au couple, il se souvenait d'eux comme des gens gentils et volontaires, le type de personnes à toujours faire des pieds et des mains pour satisfaire tout le monde. Incompréhensible !

Les deux corps gisaient, l'un sur le lit, l'autre couché par terre. Tous deux portaient autour de leur cou le même type d'écharpes rouges comme pour les meurtres perpétrés par Léopold Foulard.

Un ordinateur portable était posé sur un bureau et un technicien de la police scientifique relevait des empreintes sur ses touches. Il les salua d'un signe de tête et montra au gendarme un cheveu fin coincé dans une touche du clavier. Il le saisit à l'aide d'une pince à épiler et le rangea précautionneusement dans un sac plastique qu'il repéra aussitôt.

Un pas derrière l'homme, les deux policiers regardaient l'inscription écrite en lettres rouges sur un fond noir.

« Premier acte ! ».

– Ce n'est pas la même présentation que Foulard. Lui écrivait son message en grosses lettres noires sur un fond blanc. De plus, c'était une police Book Antiqua et non Time New Roman comme c'est le cas ici, commenta Claire autant pour Gilles que pour le Commandant Lasalle.

Gilles qui s'était rapproché de l'ordinateur leva un doigt.

– Je peux y toucher ? demanda-t-il au technicien.

Celui-ci acquiesça et lui tendit une paire de gants en latex dans le même temps.

– Vous avez vu un truc ? demanda-t-il au policier.

Gilles tendit son index vers l'écran tout en enfilant ses gants.

– Là ! regardez, il y a un fin liseré blanc sur le côté. On dirait que l'assassin a inséré un fond noir sur le fichier Word avant d'écrire son message en rouge.

– Ah oui, vous avez raison. Pensez-vous la même chose que moi ? Qu'il peut y avoir un second message caché sous le premier ?

– On va bien voir, rétorqua Gilles. Pouvez-vous me faire une copie du fichier Word, s'il vous plait ? L'homme amena son propre ordinateur portable devant Gilles.

– Tenez, je l'avais déjà fait.

Gilles sélectionna l'icône montrant la présence d'une image et élimina celle du premier plan, un second texte apparut.

« C'est la faute de GG et de CG, ces deux-là sont plus que concernés par cette affaire.
À bientôt ! »

Gilles tressaillit aussitôt. GG et CG, leurs initiales à Claire et lui, il ne pouvait y avoir de doutes, ces meurtres ressemblant à ceux perpétrés par Foulard, les mettaient en première ligne !

Lasalle mit une dizaine de secondes à se rendre compte de la teneur du message, il regarda les deux policiers.

– Vous croyez que ce type, si c'est d'un homme dont il s'agit, parle de vous ?

Claire opina du chef.

– Je pense qu'il aurait pu directement marquer nos noms. Et puis, ces mots : « premier acte », préfigure tellement d'autres meurtres que le pire reste sûrement à venir.

– Alors ? Foulard ou non Foulard ? insista Lasalle.

Gilles et Claire se regardèrent. Même s'ils pensaient la même chose, ils ne s'avancèrent pas.

– Difficile à dire, le modèle d'inscription ne correspond pas. Cependant, l'homme, s'il s'agit bien de lui, a pu changer de style.

Claire qui se tenait en retrait tapota l'épaule de Gilles.

– Je crois que je vais être malade, on pourrait partir !

– Oh ! Gilles se tourna vers le gendarme et lui fit signe qu'il revenait tout de suite, Claire était déjà partie en courant vers le fond du jardin des victimes. Gilles la rejoignit quelques secondes plus tard sous l'œil un peu surpris des gendarmes présents. Ces flics devaient être habitués à voir des scènes de crimes bien plus sanglantes que celles-ci.

– Ça va mieux ? demanda Gilles.

– Je ne pensais pas à ça quand je me suis rendu compte que j'attendais un bébé. Elle se redressa en soupirant. Bon, on y retourne.

Après avoir fait les constatations d'usage, les deux policiers quittèrent les lieux. Au-delà de savoir si c'était Foulard ou non qui avait perpétré ces deux meurtres, ils étaient surtout inquiets de voir que l'assassin les avait directement impliqués dans sa folie. Pourquoi faisait-il cela ? Qui était le coupable ? Les policiers qui s'étaient présentés au domicile de Foulard, avaient simplement indiqué que l'un de ses voisins, Claire voyait sans peine de quelle personne il s'agissait pour avoir été dans la maison de Foulard, le voisin avait indiqué avoir aperçu Foulard le jour de sa libération, l'homme était ensuite reparti avec sa voiture. Il ne l'avait pas revu.

Le portable de Claire émit une vibration tandis que la musique d'une vieille chanson des Led Zeppelin emplissait l'habitacle de la voiture. Pauline ! Elle prit l'appel. Une voix d'homme retentit.

– Claire ?

Celle-ci reconnut aussitôt la voix d'Alain Legrain.

– Bonjour Alain, heureuse t'entendre ta voix, ça faisait longtemps !

– *Eh oui, pourtant, ce n'est pas faute de t'avoir invitée à venir boire un coup ! Enfin, c'est comme ça ! Pour ta copine, Louise Leguen, c'est ça ? Je n'ai rien de particulier à te dire. Il y a bien eu quelques mains courantes sur des problèmes de voisinages ou de dégradations dans la période que tu signales, mais rien de probant sur ta copine. Désolé !*

– Merci, Alain. Je pense que pour le coup à boire, on pourra arranger ça d'ici peu, ça ne m'étonnerait pas que je passe prochainement dans ton arrondissement.

– *Ce sera avec plaisir ! Allez, à bientôt, ma belle !*

– Des nouvelles de ta copine ? demanda Gilles alors que Led Zeppelin retentissait à nouveau dans la voiture.

– Peut-être, dit Claire en prenant la communication. Lieutenant Gailleau.

– *Euh… bonjour, je suis Antoine Leguérinel, vous avez cherché à me joindre au sujet de Louise Leguen. Lui est-il arrivé quelque chose ? Et comment avez-vous eu mon numéro de portable ?*

– C'est sa collègue de travail qui me l'a donné.

– *Angeline ?*

Le ton était inquiet.

– Oui, c'est elle. Écoutez, je ne vais pas y aller par quatre chemins. Je suis une amie d'école de Louise et elle m'a appelée samedi soir pour que je la rejoigne à une adresse du douzième arrondissement de Paris. Elle n'est pas venue. Peu après, j'ai reçu un message de sa part disant qu'elle était revenue chez elle, au Guilvinec.

– *Ah non ! Elle n'est pas rentrée, je suis formel ! J'habite la maison d'à côté et je ne l'ai pas vue depuis au moins deux semaines. Euh… je lui ai cependant parlé, il y a cinq jours de cela, jeudi pour être précis. Écoutez, moi aussi, je vais être direct. Je suis inquiet de ne pas avoir eu de ses nouvelles depuis ce jour. Je l'ai appelé au moins cinquante fois et à chaque fois, je tombe directement sur sa messagerie. Jamais, elle n'aurait dû chercher à en savoir plus.*

– Savoir plus sur quoi ? demanda Claire en allumant le haut-parleur de son portable

– Sur l'histoire de sa grand-mère. Elle est remontée à Paris pour ça.

– L'histoire de sa grand-mère ? répéta Claire. C'est à dire ?

– Je n'en sais pas beaucoup plus, hélas. Je vais vous donner le numéro de téléphone de sa tante Gaëlle, elle, en sait plus que moi sur cette histoire. Vous avez de quoi noter ?

Claire écrivit le numéro de téléphone indiqué et raccrocha peu après. Elle regarda Gilles.

– Alors ? t'en penses quoi ?

– Pas du bien. Tu avais raison de t'inquiéter pour ton amie. Son manque de communication est inquiétant d'autant plus, que sa disparition dans le douzième arrondissement coïncide avec notre autre enquête. Quant à savoir si les deux affaires sont liées ? Je ne sais pas. Appelle sa tante et fais-en sorte qu'elle passe à la gendarmerie ou à son commissariat pour faire une déclaration de disparition inquiétante d'adulte. Au moins, cette démarche nous permettra d'avancer au grand jour plutôt que d'enquêter sans y avoir été autorisé, répondit Gilles.

Des explications

Gaëlle aussi était inquiète. Si, au début, l'appel de Claire la rassura quelque peu, il n'en fut plus de même quand l'intéressée lui dit qu'elle était policière, qui plus est, dans une section s'occupant des délits criminels.

– Je vous rassure, ajouta Claire, si je vous appelle, c'est avant tout parce que Louise était l'une de mes amies d'école. Monsieur Leguérinel m'a dit de vous appeler pour en savoir un peu plus. Il m'a parlé d'une histoire avec la grand-mère de Louise. J'avoue que je n'ai pas trop saisi. Y a-t-il un rapport avec cette histoire ?

Un silence.

– Si même, son petit ami ne sait pas où elle est ! fit la voix inquiète de Gaëlle. Pour répondre à votre question, oui, je sais ce qui a précipité le départ de ma nièce à Paris. Vous êtes loin d'ici ? s'enquit-elle.

– Un peu, je suis en voiture dans les Yvelines, du côté de Poissy. Pourquoi ?

– Ah ! Bon, tant pis ! J'aurais pu vous montrer certains éléments.

– Ne pouvez-vous pas les prendre en photo et me les envoyer.

– Ouh ! Vous voulez me dire que je dois vous envoyer des photos en utilisant un ordinateur ?

– Oui.

– J'aurais bien aimé, mais, franchement, je n'y comprends rien ! Je suis trop vieille pour me servir de ces machines. Je vais demander à l'une de mes nièces, elle regarde sans arrêt son téléphone et regarde un truc qui s'appelle face de bouc, un nom comme ça. Comment peut-on passer tant de temps à regarder un truc qui s'appelle ainsi ? Enfin, bref, je lui demanderais pour les photos.

Claire regarda Gilles d'un air entendu. Ce n'était pas gagné !

– Pourriez-vous m'en dire plus sur la raison du départ de Louise pour Paris, alors ?

– Pauvre petite ! Il y a cinq semaines de cela, ses parents sont morts dans un accident de voiture en Espagne. Pourquoi sont-ils allés là-bas ? Il y a tellement de coins jolis en France, enfin ! C'est comme ça ! Il y a plusieurs semaines de cela, j'ai demandé à Louise d'aller chercher des papiers dans la maison de ses parents. Elle en est revenue avec une vieille photo. C'est ainsi que j'ai dû lui parler de sa mère Agathe. Celle-ci n'est pas ma sœur, c'est une enfant que maman a adoptée après la disparition de la mère d'Agathe.

– Donc, la grand-mère de Louise ? la coupa Claire qui cherchait à comprendre la situation.

– C'est ça ! La grand-mère de Louise s'appelait Chloé Darbois. Juste à la fin de la guerre, elle a accouché d'Agathe. Malheureusement, son compagnon, un peintre qui s'appelait Bertrand Mareil, père d'Agathe pour le coup, était aussi beaucoup plus âgé qu'elle. Juste après la naissance de sa fille, il a fait un malaise cardiaque et en est mort. J'étais petite quand c'est arrivé et je ne me souviens pas des faits. Toujours est-il que Chloé a alors cherché à revoir des membres de sa famille. Je ne sais pas pourquoi elle s'était éloignée d'eux, mais, à cette époque-là, il se passait tellement de choses terribles que n'importe quoi pouvait arriver. Chloé n'ayant pas eu de nouvelles de sa famille a alors décidé de revenir vers la capitale pour en savoir un peu plus. Elle a laissé sa fille Agathe à la charge de maman et s'en est allée. Personne ne l'a jamais revue ! Maman a adopté Agathe peu de temps après et celle-ci a grandi parmi nous, sans jamais se douter qu'elle n'avait pas la moindre ascendance avec les Dupray. Enfin, c'est ce que je croyais encore, il y a peu. Quand Louise a fouillé la maison de ses parents, elle est tombée sur une vieille photo montrant une famille de cinq personnes, un couple et leurs trois enfants. Au dos, Agathe avait noté différentes choses : 1937, exposition universelle de Paris, Chloé et Cohen. Bref, il semblait bien qu'Agathe ait réussi malgré tout à savoir que sa mère n'était pas Marcelle Dupray, ma mère, mais une autre femme.

– Et qu'a fait Louise, alors ? demanda Claire fortement intéressée par cette histoire.

– À peine rentrée de la maison de ses parents, Louise était à ma porte pour en savoir plus. Je lui ai dit tout ce que je savais au sujet de sa mère, c'est-à-dire, pas grand-chose et l'ai envoyé chez mon frère Justin. Il lui a surtout parlé de son grand-père, Bertrand Mareil, un peintre qui avait réalisé plusieurs portraits de Chloé. Louise a réussi à en retrouver quelques-uns. Sur l'un d'eux, on voyait sa grand-mère écrivant dans ce qui ressemblait à un journal intime. Du coup, nous l'avons recherché ! J'étais présente quand nous l'avons retrouvé dans un vieux meuble rangé au sous-sol. Quelle aventure ! s'exclama-t-elle avec plaisir. Il y avait longtemps que je n'avais pas été aussi excitée ! Malheureusement, le carnet avait pris l'humidité et nous n'avons pas réussi à le lire. Chloé l'a pris avec elle en disant qu'elle arriverait à le faire sécher. Elle devait me tenir au courant de ce qu'elle avait trouvé. Il semble bien qu'elle ait effectivement réussi à en apprendre un peu plus, ajouta, dépitée, la vieille dame.

Toujours est-il qu'elle m'a appelée juste avant de partir pour Paris, ville dans laquelle elle devait, paraît-il, trouver des explications ou des renseignements sur ce qui était arrivé à sa grand-mère. Voilà toute l'histoire ! Elle soupira longuement, j'espère qu'il ne lui est rien arrivé.

– Merci, madame, j'en sais effectivement un peu plus sur les motivations de Louise. Du coup, en entendant votre récit, son retour au Guilvinec me semble effectivement assez peu cohérent, Madame…

– Duguet, madame Duguet.

– Madame Duguet, pour pouvoir enquêter de manière officielle sur la disparition de Louise, il faudrait que vous alliez à la gendarmerie la plus proche de votre domicile pour y faire état d'une disparition inquiétante ?

– Ce que je vous ai dit ne suffit pas ? Pourtant, vous êtes dans la police ? répondit Gaëlle.

– La demande sera jugée plus crédible si c'est un proche qui signale la disparition. Votre demande sera transmise à l'office central pour la répression des violences aux personnes et un avis de disparition, sera envoyé à tous les commissariats et les gendarmeries de France. Il y aura vraisemblablement aussi des officiers de la gendarmerie qui viendront vous poser des questions. Aussi, n'hésitez pas à préparer des papiers, des photos ou tous autres documents susceptibles d'aider l'enquête. Si, effectivement, vous pouvez m'envoyer des photos, faites-le, ça nous fera gagner du temps, dit Claire.

– D'accord, je vais faire ça ! Vous… vous me tiendrez au courant, s'il vous plait ?

– Je le ferais dans la mesure où cela n'interfère pas avec l'enquête qui va être lancée. Merci, madame Duguet, je compte sur vous !

Claire reposa son portable.

– C'est incroyable cette histoire, commenta Gilles. Le plus dingue dans cette histoire, c'est aussi la similitude entre l'histoire de Louise et celle de sa grand-mère. Toutes deux remontent sur Paris et toutes disparaissent sans laisser de traces. Ce qui est également bizarre, c'est la notion de temps. Pourquoi et surtout comment, deux femmes enquêtant sur le même sujet, peuvent-elles disparaitre alors que plus de soixante-dix ans se sont passés entre ces deux disparitions ? J'avoue que je ne comprends pas.

– La seule manière d'appréhender cette affaire, dit Claire, c'est de refaire le parcours de Louise. Par quoi a-t-elle pu commencer ? Que savait-elle ? Que sa grand-mère avait disparu à Paris en 1945 ou 1946. La question est : où peut-on trouver ce genre de renseignement ?

Ils se regardèrent tous deux.

– En cherchant dans les documents d'époque, les faits divers qui se sont passés à Paris dans les années 1945 ou 1946. ! s'exclama Gilles en premier.

– Dès qu'on arrive au bureau, on part le plus vite possible consulter les archives de la police. J'espère que l'on pourra suivre en même temps notre étrangleur et la recherche de Louise. Et surtout, que Lazure nous permettra de faire partie de l'enquête.

Les archives de la police

Lazure hocha la tête.

– C'est d'accord. Dès que je reçois la demande de disparition inquiétante pour adulte, je vous mets sur le coup. En revanche, pour votre affaire d'étrangleur, il est plutôt fâcheux que vous vous trouviez personnellement cités par l'assassin. Si un média est au courant de cette information, ça risque de nous pourrir la vie !

Pensez-vous que Léopold Foulard soit lié à ces crimes et que le tueur s'en est pris à ces deux malheureuses personnes simplement, parce qu'elles connaissaient l'un d'entre vous ? Comment l'a-t-il su dans ce cas ? Qui peut vous en vouloir personnellement au point d'écrire vos initiales sur l'ordinateur des victimes ? S'agit-il bien de vos initiales d'ailleurs ou cela signifie-t-il autre chose ? Dernière chose à vérifier. Quelqu'un attendait-il Foulard à sa sortie de prison ? Avait-il des relations avec des gens. J'entends des visites, du courrier, enfin, vous voyez ! Bref, vous faites un topo sur tout ça ! On fait un point demain matin ou dès que nous avons de nouvelles informations.

– Merci pour l'enquête sur la disparition de Louise Leguen, dit Claire. Sinon, l'autre équipe a-t-elle avancé sur l'enquête des disparitions dans le douzième arrondissement ?

– Non, nous en sommes toujours à interroger des habitants du douzième, autant dire, à rechercher une aiguille dans une botte de foin. D'autres agents sont en train de visionner les vidéos de sécurité d'un peu partout. Pour l'instant, rien de nouveau n'a été signalé. J'attends une réponse pour l'ordinateur de la nièce du procureur.

Alors que Gilles et Claire allaient quitter le bureau de Lazure, l'imprimante de celle-ci se mit en marche et commença à cracher ses informations. Soizic Lazure se saisit des feuilles.

– Eh bien, voilà ! Il semble bien que votre madame Duguet ait réussi à convaincre les gendarmes. On recherche Louise Leguen ! Elle tendit les feuilles à Claire. Je m'occupe de la récupération de l'affaire. À vous de jouer !

Ils quittèrent le bureau tout de suite après.

– Bon ! On fait comme on a dit, on se rend aux archives de la police[3] ? Jeta Claire.

---

[3] **Les informations sur les archives de la police ont été trouvées sur Internet et proviennent du SFHP, Société française d'histoire de la police**
Depuis janvier 2014, les archives de la préfecture de police sont consultables à l'adresse suivante : 25-27 rue Baudin, Le Pré-Saint-Gervais (Seine–Saint-Denis).
Ces archives sont très riches en dépit des quelques vicissitudes qu'ont pu connaître les dossiers de police à certains moments de l'histoire (incendie de la préfecture de police, rue de Jérusalem, en mai 1871, aux derniers jours de la Commune ; destruction volontaire de certains dossiers dans un four des Halles en août 1914 pour éviter de les voir tomber entre les mains des troupes allemandes s'approchant de la Capitale ; évacuation en juin 1940 des dossiers
Voici ci-dessous et à titre indicatif qu'une approche sommaire des fonds extrêmement variés disponibles sur place :

Gilles acquiesça sans un mot. Claire le trouvait plus silencieux que d'habitude. Qu'est-ce qui le tracassait ? L'étrangleur ? La recherche de Louise ? Le bébé ? Il fallait qu'elle en ait le cœur net.

– Qu'est-ce qui te tracasse ? Je vois bien qu'il y a un truc qui te turlupine.

Gilles haussa les épaules.

– Rien, murmura-t-il dans sa barbe.

– Comme tu veux. À toi de voir.

Comme Gilles ne répondait pas, Claire se casa dans son siège et laissa ses pensées dériver. Aujourd'hui, c'était lundi et Louise avait

---

La **série AA** [Archives historiques] comprend des pièces allant de l'Ancien Régime à la IIème République. Les cartons AA 48 à 266 [1790-1820], par exemple, contiennent les procès-verbaux des commissaires de police des sections.

La **série AB** [Ancien Régime] comporte notamment les registres d'écrou des prisons de Paris [à partir du XVIème siècle] ainsi que les registres de procès criminels et de police.

La **série BA** rassemble les pièces versées par le cabinet du préfet de police [de la fin du XIXème siècle au début du XXème siècle] relatives aux dossiers individuels de police [notamment de personnalités du monde politique — exemples : Jean Jaurès BA 1125, Aristide Briand BA 1650 —, économique, social, de la presse, des arts, etc.], à la police politique [surveillance des partis politiques et des syndicats, registres sur les correspondances des indicateurs de police, campagnes électorales et résultats d'élections, surveillance de la presse, suivi des scandales financiers, surveillances et opérations relatives aux 1er mai, grèves, manifestations, etc.],

La **série CB** concerne les registres des commissariats [répertoires analytiques, procès-verbaux et mains courantes] classés par quartiers, et concernant les 103 commissariats de la région parisienne [1894-1994]. La **série DB** traite notamment de l'organisation et du fonctionnement, de l'évolution et de la gestion et du traitement des personnels des services de police de la préfecture [XIXème et XXème siècles]. On citera, par exemple, les cartons DB 1 à 4 sur la création, l'organisation et les réformes de la préfecture de police, le carton DB 10 sur « le service télégraphique et téléphonique de la préfecture de police, le carton DB 28 sur "le contrôle général et les services particuliers" ou encore le carton DB 44 sur la direction générale des recherches, les brigades de recherches, la direction de la police judiciaire ».

La **série EA** relative aux dossiers individuels des personnels de la préfecture [XIX et XXème siècles] dont ceux des préfets de police eux-mêmes. La plupart de ces dossiers ne contiennent que quelques pages de journaux. Les dossiers de carrière des fonctionnaires de police sont à part et doivent être spécifiquement demandés [chaque dossier porte un numéro à 5 chiffres].

La **série EB** a trait à des affaires diverses, à l'administration et à l'organisation de la ville de Paris et du département de la Seine [XIXème et XXème siècles].

La **série FA** concerne la police municipale après 1945.

La **série GA** porte sur des dossiers individuels, notamment de personnalités [1900-1970].

La **série H** traite de l'Algérie et de la décolonisation [affaires algériennes].

La **série KB** recouvre les dossiers d'enquête et de Cour de Justice sur les fonctionnaires de police sous l'Occupation.

disparu depuis samedi soir ou dimanche. Que lui était-il arrivé ? Était-elle retournée au Guilvinec comme elle l'avait dit ? Aurait-elle eu un accident en revenant ? Dans ce cas, elle aurait vite la réponse avec l'enquête lancée sur les personnes disparues. La tante de Louise leur avait dit que celle-ci avait pris sa voiture, une Citroën Cactus, de couleur violette. Pas une couleur très commune. Il devait être facile de retrouver cette voiture. Bon ! Si c'était le cas et que la voiture était retrouvée dans Paris, Claire augurait du pire.

Bon, pensa-t-elle. Si Louise nous a donné rendez-vous dans le douzième arrondissement de Paris, ce n'était surement pas par hasard ! Pourtant, ce soir-là, hormis l'absence de la jeune femme, Claire comme Gilles, n'avaient rien remarqué de spécial. Si leurs recherches aux archives de la police ne donnaient rien, la piste la plus prometteuse semblait être ce lieu de rendez-vous. Si la voiture était toujours à paris, si Louise ne se trouvait pas dans un hôpital ou, pourquoi pas, dans un commissariat pour x raisons, il était à craindre qu'elle soit enfermée quelque part. Si, si, si ! Avec des si… Claire refusait de croire en sa mort. C'était idiot, mais elle savait que Louise était toujours en vie. Certitude guidée par une intuition et aussi, par des souvenirs. Quand elles étaient toutes deux à l'université, Claire savait toujours si Louise était présente ou non dans leur chambre d'étudiantes de l'université et vice et versa. Comment ? Pourquoi ? Ni l'une ni l'autre n'arrivaient à expliquer ces intuitions paraissant plus tenir du paranormal que de la raison. Et là, Claire ressentait sa présence, sa vie ! Louise était toujours vivante, elle en aurait mis sa main au feu !

La voiture ralentit et Gilles se gara sur une place libre située non loin de l'entrée du bâtiment. Ce n'était pas la première fois qu'ils y venaient et les deux flics ressentaient à chaque fois ce sentiment d'entrer dans un antre secret, un lieu rempli d'histoires souvent sordides et aussi, de mystères et de légendes.

Après avoir présenté leurs cartes d'identité et leurs papiers de police, les deux lieutenants furent guidés vers un employé qui leur demanda ce qu'ils cherchaient.

– Tout d'abord, répondit Gilles, on voudrait savoir si une jeune femme s'appelant Louise Leguen s'est présentée, il y a trois semaines environ. Gilles s'était tourné vers Claire, quêtant son approbation. Oui, c'est ça, trois semaines ! Elle serait venue pour effectuer des recherches sur une disparition survenue dans les années 1945, 1946.

– Faisait-elle également partie de la maison ? s'enquit l'homme.

– Non, c'est une particulière.

– Chercheuse ?

– Non plus ! Elle recherchait des informations sur un membre de sa famille disparue pendant cette période

L'homme leur indiqua deux fauteuils. Installez-vous là, je vais me renseigner. Il s'éloigna vers un ordinateur et commença à taper sur des touches.

Un bip retentit dans la poche de la veste de Claire. Celle-ci attrapa aussitôt son portable.

– C'est la nièce de Gaëlle Duguet, elle vient de m'envoyer trois photos.

Gilles se pencha vers le portable de Claire, celle-ci cliqua sur les pièces jointes et ouvrit les fichiers. Le premier représentait une toile sur laquelle une jeune femme écrivait quelques mots sur un carnet.

– Le journal fit Gilles.

– Étonnant comme Louise ressemble à sa grand-mère, murmura Claire.

Elle ouvrit le second fichier. Une photographie en noir et blanc pas très nette, représentant un couple et leurs trois enfants. Derrière eux se devinaient la tour Eiffel. Sur les côtés, deux grands bâtiments inconnus de Claire et Gilles, se faisaient face comme deux géants prêts à en découdre.

– L'exposition universelle de 1937, murmura Gilles, je n'avais jamais vu d'images de cette exposition. Ainsi, ces gens seraient la famille de la grand-mère de Louise. Et le troisième fichier ?

Une autre peinture apparut. La même jeune femme était assise sur un siège invisible, une chemise blanche ouverte sur sa poitrine.

– Y'a pas, c'était une belle femme, commenta Claire. Attends, il y a un autre message. Gaëlle dit qu'Agathe, la mère de Louise est née le premier avril 1946 et que son père, le peintre Bertrand Mareil, est décédé le 12 juin 1946. Elle tourna sa tête vers Gilles. Or, Chloé est partie vers Paris peu après sa mort. On peut donc affiner les dates de recherche pour la disparition de Chloé entre fin juin et octobre 1946, ce qui simplifiera énormément nos recherches. Qu'en penses-tu ?

Gilles ne répondit pas. Lui aussi regardait son portable et une barre soucieuse barrait son front.

– Que se passe-t-il ? demanda-t-elle aussitôt.

– Lazure me demande de revenir la voir rapidement. Il y a du nouveau dans l'affaire de l'étrangleur.

– Que toi ? Pas moi ? L'interrogea Claire, surprise.

– Ben oui ! Je ne comprends pas, s'excusa presque Gilles. Écoute, tu restes là à chercher des indices et quand j'en ai fini avec Lazure, je reviens te chercher. Tiens, voilà notre homme qui revient. Je te laisse, on s'appelle !

Gilles quitta Claire. Que voulait Lazure ? pensa Claire. Pourquoi avait-elle demandé à Gilles de rentrer et pas à elle ?

– Lieutenant Gailleau ? Claire se retourna. Désolé, aucune femme du nom de Leguen n'est venue pendant la période que vous m'avez indiquée. En revanche, pour les années 1945 à 1946, auriez-vous un intervalle plus précis à me communiquer ? Beaucoup d'événements se sont produits à cette époque.

– Oui ! Ou puis-je trouver les faits divers ou, pourquoi pas, les crimes qui se seraient passés entre juin à octobre 1946 ? répondit la jeune femme.

L'homme réfléchit quelques secondes. Hum…Votre recherche doit se faire dans la série CB qui concerne les registres des commissariats classés par quartiers soit, les 103 commissariats de la région parisienne de 1894 à 1994.

– On peut commencer par le douzième arrondissement ? répondit Claire.

– Pas de problème, si vous n'êtes pas pressée.

– Comment ça ? Je travaille sur une disparition inquiétante déclarée aujourd'hui.

L'homme la regarda en écarquillant les yeux.

– Mais alors, pourquoi 1946 ?

– La disparue s'appelle Louise Leguen et elle aussi, a dû faire des recherches sur cette année-là.

– Oh ! Excusez-moi, je m'étonnais, c'est tout. Asseyez-vous là. Je vais chercher les premiers cartons d'archives.

– Les premiers cartons ? murmura Claire en s'asseyant. Elle soupira. Elle n'avait jamais été trop paperasse !

L'homme revint au bout d'une demi-heure en poussant un chariot rempli de cartons.

– Je vous rappelle qu'il est interdit d'emporter des documents. Cependant, vous pouvez faire des photocopies ou prendre des photos. Bon courage, crut-il bon de glisser avant de partir.

Résignée, Claire prit le premier carton et commença à sortir les dossiers.

Le suspect

– Entrez, Lieutenant Gandin, indiqua Lazure en désignant une chaise. Assis sur une autre chaise, un autre policier attendait. Gilles le connaissait, c'était le commandant Grandieu de l'IGPN.[4] Il jeta un regard curieux à sa chef. Commandant Grandieu, le présenta-t-elle à Gilles. Si je vous ai fait venir, c'est que l'un des indices de l'affaire de l'étrangleur vient d'arriver. L'ADN du cheveu découvert ce matin sur les lieux du crime a matché.

– Ah tant mieux ! C'est qui ? demanda Gandin.

– C'est le vôtre, lieutenant Gandin ! Répondit Grandieu.

Gilles ouvrit des yeux ronds.

– Le mien ? balbutia-t-il. Il lui sembla que les mâchoires d'un piège géant venaient de se refermer sur lui.

---

[4] Inspection générale de la police nationale

La victime inconnue

Trois heures que Claire compulsait les dossiers, elle en était à son quatrième carton sans avoir remarqué quoi que ce soit de vraiment intéressant. Elle avait néanmoins pris des photos et noté sur des pages de son agenda quelques numéros de dossiers intéressants. Tout de même, elle aurait bien aimé avoir des nouvelles de Gilles. Mais rien ! Même pas un message indiquant qu'il était en route pour la rejoindre.

Elle attrapa le dossier suivant. Ah, quelque chose de valable ! Le corps d'une femme d'une vingtaine d'années avait été découvert dans une ruelle transversale du douzième arrondissement. Elle ouvrit le dossier et le compulsa. Le matin du 9 septembre 1946, une patrouille de police avait trouvé le corps d'une jeune femme âgée de vingt à vingt-cinq ans. La femme avait été poignardée de plusieurs coups de couteau. Comme aucun papier n'avait été retrouvé, aucune authentification n'avait été possible. L'affaire avait été classée sans suite une semaine plus tard. Le corps, enterré au cimetière de Bercy. Plus intéressant, une photo du corps figurait dans le dossier. En la regardant, le cœur de Claire fit un bond. La victime avait un air de ressemblance avec la femme peinte par Bertrand Mareil. Elle régla son portable et prit une photo. En jouant avec le zoom, elle fit un grossissement du visage. Un sentiment de victoire envahit Claire. C'était bien Chloé Darbois ! Tout excitée, Claire se leva et appela Gilles. De nouveau, l'appel tomba sur la messagerie de son ami. Quelque chose n'allait pas ! C'était sûr ! Elle finit par appeler Lazure.

Lazure répondit à la première sonnerie.

– Bonjour, Claire, j'attendais ton appel. Autant que tu le saches, Gilles a été mis en garde à vue pour le meurtre de ce matin.

– Quoi ? Je ne comprends pas ! Pourquoi ?

– On a trouvé un cheveu avec son ADN sur l'ordinateur des victimes, un cheveu récupéré avant que vous n'arriviez sur les lieux. Silence. Claire, tu m'entends ?

Claire réfléchissait à toute vitesse. Le meurtre avait eu lieu vers vingt-trois heures aux dires du légiste. Or, à cette heure-là, Claire en était certaine, ils étaient tous deux chez elle. Au diable les faux semblants laissant croire à Lazure que Gilles et elle n'étaient pas ensemble. De toute façon, Claire savait que Lazure n'était pas dupe et laissait faire malgré ses dires. En annonçant qu'elle ne voulait pas que des couples soient ensemble dans une même équipe, Lazure avait créé elle-même cette situation de duperie.

– Commandante, j'étais avec Gilles au moment du meurtre. Chez moi, à Mantes-la-Jolie, entre dix-neuf et sept heures du matin, heure à laquelle nous avons quitté la maison.

Silence.

– Bien, dit Lazure, je transmets l'information, nous parlerons de tout ça tout à l'heure ! Elle coupa la conversation sans laisser l'opportunité à Claire d'en dire plus. Ça ne sentait pas bon ! Mais bon, au moins, Claire avait-elle l'espoir que Gilles allait être innocenté.

Inquiétude
Mardi matin 12 septembre 2017

Une main caressa doucement sa joue et elle sentit des lèvres se poser doucement sur les siennes. Claire ouvrit les yeux et son regard rencontra celui de Gilles.

– Tu es arrivé tard hier soir, murmura-t-elle dans un demi-sommeil, je ne t'ai pas attendue pour aller dormir. Qu'est-ce que tu as foutu ? Tu ne devais passer à ton appartement que pour prendre des affaires propres !

– J'ai eu plein d'embêtements, hier soir.

Claire se rassit dans le lit et ajusta le coussin derrière son dos.

– Vas-y, raconte !

– Figure-toi que j'ai eu un mal de chien à ouvrir la serrure de mon appartement, j'ai dû faire venir un serrurier, je ne te dis pas le prix d'ailleurs, ce sont des voleurs, ces types ! Enfin bref, il m'a raconté qu'un môme avait dû mettre du chewing-gum dans la serrure. J'ai déjà perdu une bonne heure avec cette histoire ! Bref, je me suis douché en vitesse et après avoir pris les vêtements dont j'avais besoin, je suis redescendu et là, bing ! J'avais un pneu de crevé ! Le temps que je comprenne comment marche leur compresseur pourri pour réparer les crevaisons, il s'était encore passé une heure ! Je suis remonté me changer de nouveau et enfin, j'ai pu rejoindre ta maison. Il était bien minuit passé !

– Pauvre chou ! Il y a des jours comme ça ! Sinon, comment vas-tu ? lui demanda-t-elle. Bien dormi ?

– Pas trop, beaucoup de pensées m'empoisonnent la tête, à commencer par l'étrangleur et par notre propre situation. J'y ai beaucoup réfléchi. Je ne pense pas que Foulard soit l'assassin. Ce type a beau être taré, je ne pense pas qu'il aurait récidivé dès sa sortie de prison. Non, c'est quelqu'un d'autre, quelqu'un qui m'en veut ou plutôt qui nous en veut, quand on voit que nos initiales sont notées sur le message. Et puis, pour notre relation, Lazure l'a plutôt joué soft. Elle n'a rien dit pour ta présence à mes côtés dans ta maison et a même suggéré à Grandieu que nous travaillions ensemble sur des dossiers jusque tard le soir.

– Je ne pense pas que Grandieu ait été dupe, dit Claire. S'il n'a rien dit, c'est qu'il a surtout vu que tu avais un alibi pour l'heure du crime. Sinon, pour Louise, tu crois qu'on pourra continuer à enquêter ?

– Ce que tu as trouvé montre que nous sommes sur la bonne voie pour ta copine. Reste à savoir, si elle n'est pas passée aux archives de la police, comment elle a pu trouver la même information que nous ? Et surtout, auprès de qui !

– J'ai mon idée là-dessus. Je pense, connaissant Louise, qu'elle est passée consulter les archives des journaux qui existaient à l'époque, style, Le Figaro, l'humanité, France soir et encore quantité d'autres. Beaucoup d'entre eux ont aujourd'hui disparu. Aussi, je me suis recentrée sur les journaux traitant plus des faits divers de Paris et de sa région. Je pense qu'on pourrait commencer par « Le parisien », non ? Encore une fois, Claire remarqua que Gilles semblait ailleurs.

– Bon ! Si tu me disais ce qui ne va pas ! s'exclama-t-elle.

– Pfft ! répondit Gilles. Puisque tu y tiens. Mon père va subir une opération cardiaque dans la semaine à venir.

– Pourquoi ne m'en as-tu pas parlé ? s'exclama de nouveau Claire.

– À cause de ma mère qui n'a pas voulu que je t'en fasse part, répondit Gilles, tout penaud.

Claire fit une moue amusée.

– C'est quoi le problème ? Ce n'est peut-être pas grand-chose !

– Il doit se faire poser un pacemaker, ajouta Gilles.

Claire posa un soupir de soulagement.

– Ouf ! J'ai cru que c'était plus grave. De nos jours, il y a plein de gens qui portent ce genre d'appareillage, même des plus jeunes que tu peux le penser. Je le sais, j'ai lu un article là-dessus. Elle posa sa main sur celle de Gilles. Ne t'en fais pas. Ça se passera bien ! Avec un peu de chance, on pourra passer le voir et on en profitera pour leur annoncer qu'ils vont être grands parents. Qu'en penses-tu ?

– Tu me rassures, je pensais qu'il ne lui resterait plus que quelques années à vivre une fois, qu'on avait un appareil comme ça dans le corps.

Rassuré, il souffla un grand coup et sembla aller mieux comme si un poids énorme venait de s'en aller.

– Bon, autre épreuve, allons retrouver Lazure ! Je crains le pire.

Pour toute réponse, Claire serra sa main un peu plus fort.

Premières pistes

Aussi curieux que cela puisse paraître, Lazure ne fit aucun commentaire sur leur relation. Elle savait déjà tout ! Un instant, Claire faillit lui révéler qu'elle était enceinte. Elle se retint au dernier moment, il était un peu tôt pour annoncer une telle nouvelle. Réunis avec les autres membres de l'équipe, ils firent le point sur les affaires en cours. Lazure avait ajouté la disparition de Louise Leguen aux autres disparitions inquiétantes du douzième arrondissement même si rien ne liait apparemment les deux affaires entre elles. Si les policiers furent médusés, d'apprendre qu'un cheveu de Gilles avait été trouvé sur le lieu du crime de l'étrangleur, aucun d'entre eux ne fit la moindre réflexion sur le fait que Claire et Gilles étaient ensemble à l'heure du crime. Décidément, ce qui leur semblait être un secret bien gardé n'était qu'un secret de polichinelle ! Les hypothèses allèrent bon train et la visite du tueur dans l'appartement de Gilles parut être la piste la plus plausible. Une équipe technique fut envoyée sur les lieux dans la foulée.

Grâce à l'examen de l'ordinateur de Séverine Combesse, la nièce du procureur, ils savaient que la jeune femme s'était inscrite sur un site de rencontres comme cinq des autres femmes disparues, ces derniers mois. Si aucun site particulier n'avait été retenu, la piste était intéressante. Le visionnage des vidéos de surveillance avait réussi à repérer deux des disparues. Le soir de leurs disparitions, deux individus différents les accompagnaient. L'un était assez grand, avait des cheveux longs et portait une longue veste de cuir tandis que le second, était plutôt petit, avait des cheveux courts et une veste des plus classiques. À aucun moment, les enquêteurs ne réussirent à remonter les pistes jusqu'à une voiture. Les images englobaient un secteur d'un à deux hectares, soit un grand nombre de pâtés de maisons ou d'immeubles à visiter.

Claire indiqua à ses collègues tout ce qu'elle savait de la disparition de son amie. Après avoir reçu des photos récentes de Louise, les policiers partirent chercher plus d'informations auprès des vieilles maisons de presses possédant des archives anciennes. En quittant la salle de réunion, Claire se sentit heureuse d'avoir pu donner le prénom de Chloé au corps d'une inconnue même, si le dossier avait été classé depuis des décennies.

Nouvelle photo

Le journaliste du parisien s'occupant des archives du journal leur jeta un regard étonné.

– Vous êtes les secondes personnes qui me questionnent sur ce sujet en quelques semaines.

Aussitôt, Claire lui montra une photo de Louise.

– Oui, c'est elle, acquiesça l'homme d'un mouvement de tête. Elle a des problèmes ? questionna-t-il avec avidité.

– On ne sait pas pour l'instant, répondit prudemment Claire. Avez-vous trouvé ce qu'elle cherchait ?

– Oui, on a pas mal discuté dans les archives, elle était sympa. Après avoir visionné un tas d'archives numérisées, on a réussi à trouver quelque chose sur une femme trouvée morte en septembre 1946, le 9 pour être précis. Elle avait la photo de ce qui semblait être un portrait peint, sur son portable. Elle l'a comparé avec la photo avant de fondre en larmes. Je ne savais pas quoi faire ! Elle m'a dit qu'elle était sûre qu'il s'agissait de sa grand-mère disparue juste après la naissance de sa mère, en 1946.

– C'est cette photo ? lui demanda Claire en montrant la photo récupérée dans les archives de la police.

– Ça alors ! s'exclama l'homme. Mais attendez, qu'est-ce qu'un vieux meurtre de 1946 a à voir avec votre présence ici ? Que se passe-t-il ?

Le visage de Claire se pinça, elle voyait déjà que le journaliste commençait à échafauder toute une histoire dans sa tête. Heureusement qu'elle savait comment Louise avait réussi à retrouver la trace de sa grand-mère, Gilles et elle n'avaient plus rien à faire ici.

– Bon, on vous remercie, on ne va pas abuser davantage de votre temps.

– Oh, attendez ! Et si je pouvais vous en dire plus, je pourrais avoir des infos sur votre enquête ? Elle a été enlevée ou elle est morte, c'est ça ? s'exclama-t-il.

Claire arrêta net sa marche.

– Quelles informations détenez-vous ? Nous sommes sur une enquête criminelle, ne l'oubliez pas ! rétorqua Claire.

Les yeux du journaliste semblèrent pétiller de joie.

– Allez ! Soyez sympa ! Après tout, je n'étais pas obligé de vous en dire plus !

– Okay ! fit Gilles, donnez-nous ce que vous avez. Si on peut, on vous renverra l'ascenseur, d'accord ?

L'homme sembla peser le pour et le contre. Finalement, il poussa un soupir de résignation et leur fit signe de le suivre. Je pense que je n'ai pas le choix. Et puis, si je peux aider cette femme…

Claire lui fit son plus beau sourire. L'homme fit aussitôt de même. Peut-être que…

Ils prirent un escalier et descendirent dans une petite salle située au sous-sol de l'immeuble. Des amoncellements impressionnants de journaux encombraient une grande partie de sa surface. Il ne devait pas être facile de retrouver quoi que ce soit. L'homme se dirigea vers son bureau et attrapa une photo posée dans une corbeille.

– Tenez ! dit-il, elle avait aussi cette photo représentant une famille, posant aux pieds d'un immeuble parisien.

Claire s'empara de la photocopie et reconnut aussitôt les mêmes personnages que sur la photo envoyée par la tante de Louise. Chloé, ses frères et ses parents devant un immeuble.

– Que voulait-elle savoir avec cette photo ? demanda Gilles.

– Si je connaissais cet immeuble. Comme je ne suis pas devin, je lui ai dit que non, mais…

– Mais quoi ? s'impatienta Claire.

– Vous n'êtes pas marrante, vous ! fit-il, dépité. Mais, j'ai un collègue qui connait Paris comme sa poche.

– Vous savez où c'est, alors ? demanda Claire.

Pour toute réponse, l'homme retourna la photo. Les deux policiers purent lire l'adresse du lieu. Ils se regardèrent aussitôt.

– Merde ! s'exclama Gilles, c'est l'endroit où Louise nous avait donné rendez-vous !

Le fantôme

De nouveau, Claire et Gilles se retrouvaient au même endroit que samedi dernier. Cette fois-ci, ils remarquèrent immédiatement l'immeuble, le même que celui de la photo, avec soixante-dix ans de plus. Les fenêtres avaient été remplacées par d'autres en PVC et la porte d'entrée était maintenant, signe des temps, munie d'un digicode. Bon ! Et après, se dit Claire, qu'est-ce qu'on fait ?

Tandis qu'ils réfléchissaient à haute voix, une voix chevrotante les interpella.

– Eh ! J'peux vous filer un renseignement !

Ils se tournèrent de concert en direction de la voix et aperçurent une silhouette se relevant de l'assise d'un banc. Un clochard !

– C'est-à-dire ? demanda Gilles en s'approchant du type.

– J'ai vu un truc, y'a quelques jours, ça pourrait vous intéresser. Vous êtes des flics ?

À croire que Claire et Gilles avaient un tatouage gravé sur leurs visages. Gilles acquiesça et commença à sortir son porte-monnaie, il savait par expérience comment fonctionnait ce genre de type. Un billet de dix passa d'une main à une autre sans qu'aucune autre parole n'ait été échangée.

– Samedi soir dernier, reprit l'homme, vers vingt-trois heures, il y a la nouvelle, celle qui habite précisément cet immeuble, qui a eu des mots avec un type. Y sont engueulés, puis le type a empoigné la fille par le coude et ils sont rentrés dans l'immeuble. La fille n'était pas très contente, elle pleurait même, je crois.

Claire sortit son portable et afficha une photo sur l'écran. Elle la montra à l'homme.

– La femme, c'était elle ?

L'homme approcha son visage de l'écran et cligna les yeux.

– Attendez.

Il farfouilla dans les poches de son blouson et en sortit une vieille paire de lunettes branlantes aux verres rayés. Il la posa sur son nez et s'approcha de nouveau de l'écran.

– Ouais, elle ressemble à la femme.

– Et l'homme ? Vous l'avez reconnu ? demanda Gilles.

– Non, jamais vu !

Gilles le remercia tandis que Claire s'approchait de l'immeuble. Elle examina le boitier digicode de l'appartement et lut les noms inscrits en face des numéros. L'un d'entre eux paraissait plus récent. Louise Leguen ! Bingo ! Louise habitait ici ! Pourquoi son nom était-il inscrit sur ce digicode ? Pourquoi avait-elle eu besoin de louer un appartement ici ? Que lui était-il arrivé ? Qui était l'homme qui l'avait entrainée avec lui dans ce même immeuble ? Une autre question surgit dans son esprit. Elle s'éloigna de la porte et rejoignit le SDF de nouveau couché sur son banc.

– Excusez-moi, monsieur !

Il se redressa en grommelant.

– Ouais ?

– La femme ou l'homme, vous les avez vus ressortir de l'immeuble ?

Il secoua la tête.

– Je ne peux pas dire. Après moi, je suis parti faire mes courses. Claire fronça ses sourcils, elle imaginait bien la teneur de ces courses. Bon sang, pourquoi certaines personnes étaient-elles obligées de vivre ainsi alors qu'elles se trouvaient dans un pays soi-disant riche ? Elle sortit un billet de son portefeuille et le tendit à l'homme.

– Merci, portez-vous bien, monsieur.

Elle revint vers Gilles en attente devant l'immeuble, indécis quant à la marche à suivre. Claire, en appuyant sur tous les boutons de l'interphone, ne se posa pas les mêmes questions. Un bourdonnement retentit et la porte s'ouvrit.

Un homme s'interposa presque aussitôt devant les deux policiers. Une cinquantaine d'années, des yeux bleus chaussés de lunettes à montures d'écailles, un large front dégarni, le dos vouté. Il portait un pantalon en velours marron et une chemise blanche boutonnée jusqu'au cou. L'archétype du vieux garçon.

– Vous cherchez quelqu'un ?

Il avait une voix assez haut perchée ne collant pas avec son allure.

– Oui, répondit Claire. Et vous êtes ?

– Paul Darbois, je suis le propriétaire de cet immeuble.

– Darbois ? répéta Claire.

– Oui, Darbois, que voulez-vous ?

– Je cherche une amie d'enfance, j'ai vu sur la boîte aux lettres qu'elle habitait ici. Louise Leguen.

– Ah, la petite Louise, une gentille jeune femme. Elle loue l'appartement du second étage depuis peu.

– Il n'y a qu'un appartement par étage ? s'étonna Gilles.

– C'est un vieil immeuble, s'excusa le propriétaire comme si sa réponse suffisait à expliquer le fait.

– On peut monter la voir ? demanda Claire.

– Bien sûr, bien sûr, mais je ne sais pas si elle est là, il ne me semble pas l'avoir aperçu de la matinée. En fait, maintenant que vous me le dites, je ne crois pas l'avoir vue depuis au moins deux jours. D'habitude, elle sort acheter son pain à la boulangerie voisine et quand on se voit, elle me fait souvent un petit bonjour. Je ne l'ai effectivement pas vue depuis au moins deux jours, répéta-t-il. Enfin, quoi qu'il en soit, vous pouvez monter.

Il leur fit un signe de la main et s'éloigna.

Claire et Gilles se regardèrent et Claire fit une moue. Comme Gilles, elle n'appréciait pas outre mesure cet homme qui avait tout d'un vieux garçon austère, ce qui ne l'avait pas empêché de jeter un coup d'œil sur sa poitrine. *Vieux cochon !* pensa-t-elle.

– Bon, maintenant qu'on est là, on monte ? fit Gilles avec une certaine impatience.

Sans l'attendre, il se mit à monter les marches menant aux étages. Effectivement, il n'y avait qu'un seul appartement par étage, le détail était surprenant. La porte d'entrée de l'appartement de Louise Leguen était recouverte d'une peinture rouge délavé et ne paraissait pas de première jeunesse. Gilles attendit que Claire le rejoigne et la laissa appuyer sur la sonnette. Le timbre résonna dans l'appartement. Rien, pas un bruit. Claire récidiva. Rien de nouveau. Indécise quant à la marche à suivre, elle soupira et se tourna vers son compagnon avant d'être saisie d'une brusque inspiration et de prendre son portable. Elle composa le numéro de Louise et tous deux tendirent l'oreille. Aucun bruit ne leur parvint. L'appartement paraissait vide de tout occupant !

– Bon, une chose de résolue, elle n'est pas ici ! Bon sang, où a-t-elle pu passer ? s'inquiéta Claire. Dans son esprit, elle imaginait Louise se débattant entre les bras d'un inconnu et subissant des sévices infamants ! Penses-tu que son absence ait quelque chose à voir avec ce que nous a dit le SDF ?

Gilles resta silencieux et se gratta la tête.

– Si on récapitule. Un homme a entrainé Louise avec elle dans l'immeuble. A priori, on pourrait croire que c'est quelqu'un qui habite ici. Or, le SDF semble connaître tous les locataires et il n'a pas reconnu l'homme. Il regarda Claire. Désolé de t'annoncer ça, mais, il y a des chances que ce soit un inconnu qui ait entrainé Louise avec lui. Si elle est restée dans cet immeuble, j'ai bien peur que ton amie soit en mauvaise posture !

Le visage déjà pâle de Claire se décomposa un peu plus.

– Autant en avoir le cœur net dans ce cas ! On va demander au propriétaire qu'il nous ouvre l'appartement.

– On n'a pas de mandat.

– On a nos cartes de police. Autant tenter le coup !

Sans attendre de réponse de la part de Gilles, elle commença à redescendre l'escalier menant aux étages inférieurs tout en boutonnant son chemisier jusqu'au cou. Inutile que le type se rince l'œil, une fois de plus !

Après deux petits coups sur la porte, le propriétaire refit son apparition devant les policiers et leur jeta un coup d'œil étonné.

– Elle n'est pas dans l'appartement ?

– Personne ne répond, dit Claire. Euh… nous avons eu le témoignage d'une personne qui prétend que mon amie Louise est entrée dans l'immeuble en compagnie d'un homme.

Un petit reflet égrillard traversa le regard du propriétaire. Il haussa les épaules.

– Bah, c'est la jeunesse, que voulez-vous que j'y fasse ?

– Le problème, reprit Gilles, c'est que l'homme ne paraissait pas être animé des meilleures intentions à son égard.

– Quelle heure était-il selon votre informateur ?

– Vers vingt-trois heures, répondit Claire en omettant volontairement que la scène s'était passée plusieurs jours auparavant.

L'homme fit une grimace.

– Je dormais à cette heure-ci, je prends des cachets. Il réfléchit et ajouta. Vous m'inquiétez, vous croyez qu'il est arrivé quelque chose à votre amie ? Sans attendre de réponse, il rentra dans son appartement en laissant la porte ouverte et en ressortit quelques secondes plus tard avec un jeu de clés dans la main. On va aller voir ! J'ai un double des clés de chaque appartement au cas où. Suivez-moi !

Heureuse de l'aubaine, Claire ne pensait pas arriver à rentrer si facilement dans l'appartement de Louise, la jeune femme emboîta le pas au bonhomme qui, d'un coup, lui parut un peu plus sympathique. Il monta péniblement les escaliers et s'arrêta en soufflant sur le palier du second étage. Coup de sonnette. N'entendant venir personne, il ajusta la clé dans la serrure et tourna le baril. Malgré son allure délabrée, la porte s'ouvrit sans un bruit. L'homme leur fit signe de le suivre.

La porte s'ouvrait directement dans une salle d'une vingtaine de mètres carrés donnant sur une cuisine toute en longueur. Au bout de la salle, une salle de bains et des toilettes. À gauche, une porte ouverte laissant voir un lit de camp recouvert d'une couette. Un grand espace de rangement fermé par quatre portes recouvrait le mur du fond.

Claire et Gilles se regardèrent, dubitatifs. Pourquoi Louise Leguen avait-elle loué cet appartement ? Entre la cuisine vide et la salle meublée en tout et pour tout d'une table de camping pliante, rien n'indiquait que la jeune femme ait eu envie de s'installer ici très longtemps. Même le propriétaire observait les quelques meubles avec étonnement.

Claire traversa la chambre et ouvrit l'espace de rangement. Sur des cintres, deux jeans et une jupe se balancèrent mollement, une valise était posée sur le plancher, Claire l'ouvrit. Quelques soutien-gorge, des culottes, trois tee-shirts, des paires de socquettes, un pyjama, deux pulls et un chemiser, rien de plus. De son côté, Gilles visitait la salle de bain. Là aussi, il n'y avait que le minimum, une brosse à dents, du dentifrice, un crayon de khôl noir, du mascara, un rouge à lèvres, une lotion démaquillante et une brosse à cheveux dans laquelle étaient emmêlés quelques cheveux châtain clair, presque blonds. Sur le bord de la douche étaient posés un shampoing et un baume démêlant.

– Il y a longtemps que madame Leguen loue cet appartement ? demanda-t-il au propriétaire silencieux. Vous a-t-elle dit combien de temps, elle comptait y rester ?

Le propriétaire jeta un coup d'œil autour de lui.

– Elle le loue depuis deux semaines. Quand elle m'a demandé s'il y avait un appartement de libre, elle m'a dit qu'elle comptait y rester une année, peut-être deux. J'avoue que je ne comprends pas trop cette absence de meubles. On dirait qu'elle s'est installée pour peu de temps, cela m'étonne.

– Comment a-t-elle su que l'appartement était libre ? Avez-vous passé une annonce à la suite d'un départ ?

L'homme secoua la tête.

– Non, je n'ai pas passé d'annonce. En fait, les locataires ne restent jamais bien longtemps, enfin pas tous, certains sont là depuis plus de quarante ans, les Durant, Thierry et Martine.

– Il y a une raison à ça ? Je veux dire, au fait que vos locataires ne restent pas ?

L'homme s'empourpra.

– Euh… non, pas vraiment. Le loyer n'est même pas très élevé. Il montra l'appartement du doigt. Pour cet appartement de soixante mètres carrés, le loyer n'est que de huit cents euros. Enfin, bref, je ne comprends pas la raison de cet ameublement sommaire. Mais bon, qui connait les raisons des gens ? Ajouta-t-il, philosophe, tout en regardant autour de lui.

– Combien y a-t-il de locataires dans l'immeuble ? demanda Claire. Tous les appartements vous appartiennent ?

L'homme la regarda avec agacement. Les questions de Claire et de Gilles semblaient le mettre mal à l'aise.

– Écoutez, je pense que la visite va s'arrêter là. J'ai déjà été assez aimable de vous montrer cet appartement. Veuillez sortir, s'il vous plaît.

Il ouvrit la porte d'entrée et leur fit un signe de la main. Claire et Gilles sortirent de l'appartement.

– On s'en va, monsieur Darbois, dit Claire. Permettez-moi de vous laisser ma carte de visite si quelquefois, vous aviez des nouvelles de Louise. N'hésitez pas à m'appeler.

L'homme la prit sans ajouter un mot.

Les deux policiers descendirent l'escalier avec l'impression que le propriétaire ne leur avait pas tout dit.

– T'en penses quoi ? demanda Claire dès qu'ils furent dans la rue. On dirait que ce type nous cache quelque chose à propos de cet immeuble, comme s'il y avait quelque chose de pas net.

Pour toute réponse, Gilles se tourna vers leur informateur assis sur son banc, la tête accoudée sur son coude comme s'il était dans une profonde méditation, ce qui était peut-être le cas, par ailleurs.

– On va aller aux renseignements, je te parie qu'il en sait un peu plus sur cet immeuble et ses locataires.

Ils s'approchèrent de nouveau du SDF qui sembla sortir de sa rêverie en entendant les pas.

– Déjà de retour ! Vous n'avez pas retrouvé votre amie, je parie !

– Effectivement, dit Claire. Dites-moi, vous en savez un peu plus sur cet immeuble ?

– Ouais, un peu, répondit l'homme.

Claire regarda sa montre.

– Ça vous dirait d'aller manger un morceau ? On pourrait discuter.

Le regard brillant, l'homme se redressa, ce n'était pas tous les jours qu'on lui proposait un repas gratuit !

– Pour ça oui, je connais un rade qu'est pas loin d'ici, il accepte les types comme moi.

– On vous suit, répondit Gilles.

L'homme se leva avec difficultés de son banc et partit d'un pas trainant. Ils arrivèrent quelques minutes plus tard en face d'un petit restaurant ne payant pas de mine. Le propriétaire, un arabe d'une quarantaine d'années, fit un signe de tête à l'homme tout en jetant un regard étonné sur ses deux accompagnants.

– Salut Momo, t'as une table pour trois ? demanda le SDF.

– Bonjour, m'sieur, m'dame ! Salut Michel. Vous pouvez vous installer là-bas, à côté du radiateur, indiqua-t-il à Michel en lui faisant un clin d'œil.

Tandis que Michel ôtait sa veste, un remugle de vieilles odeurs et de sueur remonta du vêtement. Claire et Gilles se retinrent de se pincer le nez. Le repas n'allait pas être des plus faciles à supporter. Ils s'attendaient au pire. Le patron se présenta à leur table deux minutes plus tard et leur demanda s'ils voulaient prendre un apéritif. Un Ricard pour Michel, un Kir pour Gilles et un Perrier pour Claire. Le plat du jour était un bœuf bourguignon, ils le prirent tous.

– Merci mes seigneurs ! C'est bien la première fois depuis un bout de temps qu'on m'invite dans un resto ! Alors, qu'est-ce que vous voulez savoir ? Ah, voilà les boissons.

Michel but aussitôt une gorgée de Ricard et poussa un soupir de plaisir. Il reposa son verre et regarda les deux flics.

– Ça fera bientôt deux ans que je campe sur mon banc. J'en ai vu passer des locataires de l'immeuble, pensez-vous ! Beaucoup de jeunes, des couples aussi ou des personnes seules qui deviennent souvent des couples ou pas. Les appartements ne restent jamais libres très longtemps, il faut dire qu'à huit cents euros par mois, c'est donné, enfin pas pour moi. Pour moi, huit cents euros, c'est un trésor ! Enfin bref, les locataires ne restent toutefois jamais très longtemps. Il but une gorgée de Ricard.

– Vous en connaissez la raison, s'enquit Claire.

– Ouaip ! Il se pencha vers eux en prenant des airs de conspirateur. C'est à cause des fantômes !

– Des fantômes ? s'exclama Claire.

Au loin, le patron du resto détourna la tête en entendant l'éclat de voix., Michel lui fit un signe comme quoi tout allait bien.

– L'immeuble est hanté !

Content de son effet, le SDF se tut, attendant la suite.

– Comment ça, hanté ? Renchérit Gilles. Comment le savez-vous ?

– J'ai entendu des conversations. À force d'être là assis sur mon banc, les gens ne me voient plus, je fais partie du paysage au même titre que la poubelle accrochée sur son poteau métallique. Mais je suis là, et même si je n'écoute pas volontairement, j'entends aussi des conversations. Plusieurs fois, celles-ci ont porté sur des bruits, des pleurs résonnant parfois dans la nuit. Il y a aussi des rumeurs qui prétendent que des gens sont morts dans l'immeuble pendant la guerre. Depuis, plus ou moins régulièrement, des pleurs retentissent. A part les voisins du haut, les Durant, c'est leur nom, les locataires ne restent jamais très longtemps. D'ailleurs, l'appartement qu'a pris la nouvelle, celle que vous cherchez, les précédents locataires n'y sont restés que huit ou dix mois, je sais plus trop au juste. Dommage, d'ailleurs, Laure et Jérôme, je les aimais bien. De temps en temps, ils me donnaient un petit billet. Ils sont partis sans que rien ne le laisse présager.

Il arrêta sa discussion tandis que le patron déposait les plats du jour. Gilles en profita pour commander un pichet de vin rouge au grand plaisir de Michel. Le SDF se mit aussitôt à avaler son repas avec appétit. Gilles lui remplit son verre de vin rouge et commença à manger. Bien que le restaurant ne paie pas de mine, le plat était excellent. Les deux policiers attendirent que leur invité finisse son repas pour reprendre la discussion.

– Et dernièrement, des locataires ont-ils encore parlé de bruits nocturnes, de cris ? demanda Claire.

Michel secoua la tête en avalant bruyamment son verre de vin. Gilles le resservit aussitôt.

– N'allez pas croire que je suis alcoolique, mes amis. Boire un coup de vin quand la nuit fraîchit, c'est un peu comme mettre du carburant dans le réservoir d'une voiture, ça lui permet de continuer à fonctionner. Ma petite dame, pour répondre à votre question, je dirais que non. Enfin, je n'ai entendu aucune conversation sur des bruits suspects.

– Bon, fit Gilles, merci pour ces renseignements. Sinon, je sais que ces questions reviennent souvent. Pourquoi êtes-vous à la rue ? Qu'est-ce qui s'est passé ?

– Bah, répondit l'homme. Sûrement une histoire comme il en existe tant. Une perte d'emploi, trop âgé pour être embauché ailleurs, la déprime, un divorce et en à peine deux ans, on se retrouve à la rue sans fric, sans personne et avec du temps à n'en savoir que faire, hormis se chercher à bouffer et un toit pour la nuit. Avant, j'étais cadre dans une société commerciale, la boîte a été rachetée par une société de financement américaine, une vraie merde ! Un an après, la plupart des employés avaient été virés et la boîte fermée. Et croyez-le ou non, on avait un carnet de commandes rempli mais, pour ces rapaces, les marges financières étaient insuffisantes ! À l'époque, quand j'avais ce boulot, je n'étais jamais content. Mes activités se bornaient le plus souvent à aller acheter des trucs inutiles dans des magasins. Son verre de vin à la main, il se tut un instant. Ça serait à refaire, reprit-il, je laisserais tomber la cuisine équipée, la voiture toutes options et le smartphone dernier cri. J'irais vivre dans un petit coin tranquille loin de l'activité des villes, je retaperais ma maison, je ferais un jardin, je me baladerais et j'aurais plein d'amis, des vrais. Ouais ! Il poussa un soupir. Sans fric, on n'est plus rien ! Même la merde de chien semble moins gênante qu'un type qui dort sur un banc. Vous savez que la municipalité démonte tous les bancs. Saleté d'époque et saleté d'humanité !

Claire fit un signe de la main à Gilles.

– Oui ? répondit celui-ci, heureux de l'interruption du monologue de Michel. Le bonhomme lui faisait mal au cœur. Que pouvait-il y faire ? Ils étaient des dizaines de milliers à être dans son cas et cela sans compter les milliers de réfugiés de tous poils et de tous bords qui envahissaient les abords des grandes villes comme autant de silhouettes impersonnelles et anonymes. Des ombres avant d'être des hommes et des femmes. Michel avait raison, ils vivaient une sale époque !

– Gilles, il y a un détail troublant qui me revient à l'esprit. Tout à l'heure, le propriétaire de l'immeuble nous a dit s'appeler Gaston Darbois. Or, la grand-mère de Louise portait ce même nom ! Penses-tu qu'ils étaient de la même famille ?

– On peut toujours demander au propriétaire ! Il va être content de nous revoir ! Rigola Gilles.

– Peut-être bien en effet, ajouta la jeune femme.

Les sourcils de Gilles se soulevèrent. Qu'avait donc Claire en tête ?

De son côté, Michel se resservit un verre de vin et Gilles en profita pour lui demander s'il voulait un dessert.

– Plutôt un café.

Ils quittèrent le lieu peu après et tandis que Michel, après les avoir remerciés, descendait doucement la rue, Claire et Gilles reprirent le chemin de l'immeuble. En voyant Claire déboutonner deux boutons de son chemisier, Gilles comprit la raison des paroles précédentes de Claire.

– Eh ! Tu ne vas pas lui montrer tes seins tout de même, s'exclama-t-il tout un jetant un regard égrillard dans l'ouverture du chemisier.

Claire secoua la tête. Une vision sur un bout de sein et tous les hommes perdaient la tête !

– Je pense que c'est la méthode la plus radicale pour rendre notre bonhomme loquace ! Tu paries ?

Gilles secoua la tête en soufflant de dépit.

– Encore vous ! s'écria l'homme avant qu'effectivement ses yeux se posent sur la gorge de Claire. Qu'est-ce que voulez savoir encore ?

– Vous nous avez dit vous appeler Gaston Darbois, avez-vous des liens de parenté avec une Chloé Darbois ?

– Qui ça ? Chloé Darbois ? Connais pas !

Son visage fit une moue significative.

– Bon merci, ajouta Gilles en tirant Claire par le bras, le vieux grigou en avait déjà assez vu comme ça !

Ils se retrouvèrent dans la rue.

– Bon, qu'est-ce qu'on fait maintenant ? demanda Gilles. J'avoue qu'à part aller interroger les locataires de l'immeuble pour en apprendre un peu plus, je ne vois pas ce que nous allons pouvoir faire d'autre.

Le portable de Claire émit une sonnerie, elle regarda le message.

– Lazure nous demande de rentrer, il y a du nouveau dans l'affaire de l'étrangleur.

Ils quittèrent les lieux à regret. Claire, les yeux fixés sur l'immeuble, avait l'impression que quelque chose d'important lui échappait, mais quoi ? Elle n'aurait su le dire.

Soif !

Louise laissa échapper un gémissement. Ses lèvres desséchées par la déshydratation se fendillaient comme des quartiers d'orange, laissant échapper un filet de sang au passage. Il y avait longtemps que la bouteille d'eau apportée par son agresseur avait été vidée de son contenu merveilleux. À sa place se trouvait un liquide au goût âcre. Sa propre urine déversée dans ce récipient dans un ultime sursaut de conscience. Son corps épuisé ne réagissait plus. Son esprit lui montrait des images folles, impossibles. Parfois, quelques bribes de souvenirs remontaient à la surface. Visions d'os, de vêtements déchirés, de cadavres. Elle revoyait aussi l'homme. Un inconnu lui demandant comment elle était remontée jusqu'à lui. C'est lui qui avait amené la bouteille, il y avait, lui semble-t-il, des jours de cela ! Mais, était-ce des souvenirs ou des hallucinations, elle ne savait plus et ne se souvenait pas comment elle avait pu se retrouver enfermée dans ce lieu sombre, poussiéreux et nauséabond. Une nouvelle fois, elle tenta de pousser un cri. Un grognement retentit et elle eut l'impression que sa gorge se déchirait. Elle agrippa la bouteille. Il fallait qu'elle boive ! Elle n'avait plus le choix ! Alors qu'elle s'apprêtait à accomplir ce geste, un son lui parvint, un gémissement plutôt. Il y avait quelqu'un d'autre dans la pièce d'à côté !

Le caméléon

– Voici la dernière fois où Séverine Combesse a été vue, indiqua Lazure en mettant en marche la vidéo.

La silhouette d'une jeune femme se découpa sur l'écran mural et une autre silhouette coiffée d'un chapeau, apparut brusquement dans le champ de vision. Un homme d'après sa carrure, sensiblement de la même taille que la femme. Ils se firent la bise et descendirent la rue. L'instant d'après, ils tournaient dans une rue adjacente et disparaissaient.

– Voilà, ajouta Lazure. Le père de Séverine Combesse est formel, il s'agit de sa fille. Quant à l'homme, son chapeau et l'ombre générée par celui-ci interdisent tout portrait, l'informaticien du service investigation est dessus. D'après les renseignements donnés par le père, nous avons pu estimer la taille de l'homme. Compte tenu de ses chaussures possédant des talons, les experts pensent qu'il mesure environ un mètre soixante-dix, soixante-quinze. Type caucasien. Quant aux vêtements, il portait un jeans et une chemise recouverte d'un pull. Son cou était entouré d'un foulard. Si vous observez maintenant madame Combesse, vous vous rendrez compte qu'elle est habillée de la même façon que notre homme.

– Un caméléon, intervint Pauline.

– Exactement ! Un prédateur dans lequel, inconsciemment, la proie se retrouve. L'informaticien a réussi à retrouver trois profils sur le site de rencontre, tous ont contacté Séverine Combesse à un moment donné. Autre point commun, les mêmes hommes ont également contacté quatre autres femmes dont les proches sont sans nouvelle depuis deux semaines à six mois.

– Et qui sont ces heureux élus ? demanda Ratisseau.

– C'est là que les choses se corsent. Les trois hommes se sont inscrits sur le même site de rencontres en utilisant des cyber café différents. Tous portent des pseudonymes. Je vais vous les lire. Elle prit une feuille de papier et lut à haute voix.

Jules de Laforêt.

Sébastien Duchêne.

Louis Dupin.

– C'est quoi ces pseudos ? s'exclama Pauline, ils se prennent pour Robin des bois ou quoi ? Ou alors… c'est le même type !

– C'est aussi ce que je pense. Aussi, vous filez vite fait aux adresses des cybercafés et vous me tirez les vers du nez des gérants ! Tenez ! ajouta-t-elle en brandissant des papiers, vous avez des commissions rogatoires. Gilles et Claire, vous restez ici.

Tandis que les autres policiers quittaient la salle, Lazure fit signe aux deux policiers de s'approcher.

– Alors ? Avez-vous réussi à en apprendre un peu plus sur la disparition de Louise Leguen ?

Claire lui fit un rapide topo sur les derniers renseignements récupérés aux archives de la police et dans les locaux du Parisien. Elle précisa aussi qu'ils avaient visité l'appartement de Louise, un lieu dans lequel la jeune femme ne paraissait pas avoir eu envie de rester très longtemps. Il faut que nous retournions là-bas pour interroger les voisins, conclut Claire d'autant que notre témoin...

– Le SDF ? Lazure fit une moue significative. Bon, qu'est-ce qu'il a dit ?

Claire regarda Gilles avant de se lancer.

– Il paraît que l'immeuble a la réputation d'être hanté, lâcha la jeune femme.

L'incrédulité puis un sourire vite réprimé se lurent sur le visage de Lazure.

– Un immeuble hanté ? Et vous me dites que vous croyez ce SDF ? ajouta-t-elle. Je vous aurais cru moins crédule tous les deux. Hanté... elle secoua la tête en fronçant les sourcils. Okay pour les questions aux voisins. Autre chose. Pour l'étrangleur, je dois aussi vous dire que j'ai passé l'enquête à Pauline et Guillaume. Vous, vous êtes un peu trop impliqués dans ce sac de nœuds.

– Ils ont trouvé quelque chose ? demanda Claire, pas étonnée que Lazure les décharge de l'enquête.

Lazure fit une grimace.

– Non, l'équipe envoyée chez vous n'a trouvé aucune trace d'effraction. Du coup, on ne sait pas comment un cheveu de Gilles s'est retrouvé sur le lieu du crime. Il faut que vous réfléchissiez bien. Gilles, qui peut t'en vouloir au point de vouloir te faire accuser du meurtre du couple ? Pensez-vous qu'il s'agisse de Léopold Foulard ?

– Non, répondit Gilles. C'est peu probable. Le minutage ne correspond pas. À peine, ce type serait-il sorti de Fresnes qu'il se serait précipité à Boissy-Mauvoisin pour aller étrangler deux personnes ? Ça ne colle pas ! Et puis, quand aurait-il eu l'occasion de visiter la maison de Claire ? C'est quelqu'un d'autre ! Qui ? Je n'en sais rien.

– Le message laisse à penser qu'il y aura d'autres victimes, dit Lazure. Vous avez une idée ? Quelque chose qui pourrait nous mettre sur la voie ?

Claire comme Gilles secouèrent la tête.

– Je n'arrête pas d'y penser, avoua Gilles. Je ne sais pas !

Lazure resta quelques secondes à réfléchir à d'autres questions.

– Bon, je ne vous retiens pas, allez interroger les voisins de Louise. Après tout, vous en apprendrez peut-être un peu plus. Ah oui, j'oubliais. Si là-bas, une fenêtre se ferme brusquement et qu'il n'y a personne, vous direz bonjour au fantôme de ma part !

Gilles regarda sa chef d'un air étonné. Finalement, elle aussi faisait preuve d'un peu d'humour !

Les locataires

La tête du propriétaire Gaston Darbois se figea en reconnaissant Claire et Gilles.

– Encore vous ! Je n'ai pas revu Madame Leguen si vous êtes ici pour ça !

Les deux policiers dégainèrent leurs cartes du ministère de l'Intérieur.

– Nous sommes de la police ! annonça Gilles.

– La police ? Cette fois-ci, son visage était devenu blanc. Mais enfin, pourquoi ? Vous avez retrouvé Madame Leguen et il lui est arrivé quelque chose ? Elle est morte ?

– Calmez-vous, monsieur Darbois ! Nous ne sommes ici que pour interroger les locataires. Et non, nous n'avons pas de nouvelle de madame Leguen, mais un avis de disparition a été lancé, répondit Claire.

– Oh ! Euh… Ben, allez-y alors.

– Pouvez-vous nous indiquer les noms des locataires, s'il vous plaît, monsieur Darbois, continua Claire.

– Euh oui ! Excusez-moi, mais tout cela est tellement inattendu que je suis surpris ! Bon, euh… au premier étage, il y a un homme seul, monsieur Éric Leroux, il est souvent absent comme en ce moment d'ailleurs.

– Vous connaissez son métier ? demanda Gilles.

– Je crois qu'il est représentant ou commercial. Il est… un peu spécial, parfois bruyant. Des locataires se sont quelquefois plaints du bruit qu'il faisait. Euh…

Le bonhomme intriguait Claire, il semblait hésitant comme s'il voulait dire autre chose sans réellement avoir envie de se lancer.

– Oui ? insista-t-elle.

Gaston fit une grimace et se lança d'un coup.

– En fait, il loue l'appartement du premier depuis janvier 2017. C'est là que j'habitais avant que maman ne décède au mois de décembre de l'année dernière. Je… j'ai décidé de le louer rapidement, afin de vite tourner la page. J'étais mal et je crois que je n'ai pas trop regardé de près quand il s'est présenté.

– Où voulez-vous en venir, monsieur Darbois ? L'interrompit Gilles.

– Ben… euh… j'ai pas trop été regardant sur ses papiers, son travail, enfin bref, je ne sais pas grand-chose de lui.

– Est-ce vous qui remplissez les baux, monsieur Darbois ? Ou est-ce une agence de location ? demanda Gilles.

– C'est moi, les agences ne pensent qu'à se faire du fric et quand il y a un problème, il n'y a plus personne ! grinça Gaston.

– Dans ce cas, vous devez avoir une photocopie de sa carte d'identité, le bail, enfin bref, des documents qui permettent d'avoir l'identité précise de cet Éric Leroux, non ? insista Gilles.

L'homme sembla se ressaisir.

– Euh oui, suivez-moi !

Claire et Gilles entrèrent à sa suite dans l'appartement du rez-de-chaussée de l'immeuble. Si le propriétaire ne l'avait pas dit précédemment, les deux policiers se seraient doutés que l'ancienne habitante était une femme âgée. De vieux meubles étaient collés le long des murs de l'appartement. Le papier peint défraichi donnait l'impression d'être revenu en 1970 et de multiples calendriers des postes représentant, pour la plupart des chatons, étaient punaisés sur les murs entre plusieurs portraits d'inconnus et aussi de Gaston, à différents stades de sa vie. Même petit, il paraissait déjà moche, nota Claire. L'une des photos encadrées le représentait avec sa mère alors qu'elle paraissait avoir dépassé allégrement les quatre-vingts printemps, Gaston, un rictus sur son visage, était à ses côtés, vêtu pratiquement comme en ce moment. Il réapparut quelques minutes plus tard, des papiers froissés à la main. Il leur tendit.

– Voilà, tout est là !

Le dossier paraissait bien mince. Une photocopie de carte d'identité en noir et blanc au nom de... Claire fronça les yeux pour lire l'inscription, effectivement d'Éric Leroux. L'homme était né le deux novembre 1974 à Gennevilliers et sa précédente adresse était, le 2 rue Jeanne d'Asnières à Clichy. L'adresse ne lui était pas inconnue. Elle sortit son portable, fit un zoom et photographia la photocopie de la carte. Avec ça, ils sauraient quasiment tout sur l'individu.

– Monsieur Darbois, excusez-moi. Il n'y a aucun bulletin de salaire. Rien !

Tout penaud, l'homme s'avança vers eux.

– Je vous l'avais dit, j'étais bouleversé par la mort de maman. Quand l'homme s'est présenté à la suite de l'annonce que j'avais passée, je l'ai trouvé sympathique. Et comme, il a payé en liquide les six premiers mois de loyer sans sourciller, nous avons signé le bail.

– Mais enfin ! s'exclama Gilles, votre manière de faire est totalement...

– Illégale, je le sais, mais bon, c'est comme ça ! s'énerva l'homme, remonté d'un seul coup.

Les deux policiers se regardèrent, surpris par le changement de ton du bonhomme.

– Et vos autres locataires ? Rétorqua Gilles, nullement démonté par le ton devenu agressif de l'homme.

– Oui, les autres ! Euh... excusez-moi, je m'énerve, je m'énerve et il n'y a pas de quoi ! Au-dessus, il y a votre amie Louise Leguen. Elle est arrivée, il y a environ trois semaines. Elle cherchait un appartement pas cher, car elle avait trouvé du travail dans le quartier. Comme elle avait tous les papiers qu'il fallait. Il regarda les deux policiers. C'est vrai qu'elle était sacrément bien renseignée sur les différents papiers à présenter pour une location. Pas étonnant, songea

Claire, Louise travaillait dans une agence immobilière. Avant elle, il y avait un jeune couple, Laure et Jérôme, ils étaient gentils tous les deux. Cependant, j'ai vu qu'ils n'allaient pas rester, le quartier ne leur plaisait pas trop et ils avaient l'ambition, je crois, de s'acheter un appartement.

Puis, au-dessus, il y a deux charmantes jeunes femmes, Charlotte Vallon et Elodie Després, deux étudiantes. Elles non plus ne sont pas souvent là, elles font des petits boulots, à droite, à gauche. Ce sont les parents qui se sont portés garants. Elles aussi font parfois des fêtes. Et puis, il y a Filipe Lopez, un Espagnol, un type discret. Il a changé de travail récemment et travaille souvent la nuit. Euh… parfois, je ne devrais pas vous le dire, mais, il revient parfois avec de la compagnie ! Euh… bon, ce ne sont pas mes affaires.

Maintenant qu'il était lancé, rien ne semblait pouvoir arrêter le propriétaire, nota Gilles. D'autant quand ses locataires ramenaient chez eux des femmes. Il avait parlé de charmantes jeunes femmes en décrivant les deux étudiantes. Peut-être vieux garçon, pensa de son côté Claire, mais, il semblait bien aimer les femmes, à fortiori, quand elles étaient jeunes. Elle s'aperçut qu'elle n'avait pas capté la suite de la digression sur le locataire espagnol et espéra que Gilles l'avait fait.

Au-dessus, continua Gaston Darbois, vous trouverez le couple Franck et Élisabeth Legoff, un couple sans enfant d'une quarantaine d'années. Lui travaille dans une société automobile, Matra, je crois. Sa femme fait un métier pas très plaisant, elle recouvre des créances pour une banque. Il haussa les épaules comme si le couple lui déplaisait. Eux aussi reçoivent de temps en temps des gens, des couples comme eux, jamais les mêmes, parfois aussi des femmes seules ou des hommes seuls. Je n'ai jamais trop compris ! Enfin, au dernier étage, il y a les Durant, Thierry et Martine, deux retraités qui vivent ici depuis plus longtemps que moi, c'est vous dire.

– Nous vous remercions, le coupa Gilles. Comme pour le premier locataire, nous allons regarder les papiers de location fournis pour chaque appartement.

Le propriétaire acquiesça et partit sans tarder chercher les papiers demandés.

– Drôle de bonhomme, dit Gilles, il m'a surpris avec sa crise. Bon, passons ! Si on récapitule, je pense que si Louise a eu maille avec ses voisins, ce peut être avec celui du premier étage. Il regarda son petit calepin. Éric Leroux ou celui du second, Philippe Lopez.

– Filipe avec un F et non pas Ph, le corrigea Claire. On ne peut pas exclure non plus le couple, souligna Claire. Après tout, on voit dans notre travail que des paquets de tarés vivent parmi nous, hélas !

– Voilà, voilà ! annonça le propriétaire en revenant avec une pile de dossiers dans les bras. Tout est là !

Il déposa le tout sur une table basse et leur proposa un café pendant que les deux enquêteurs photographiaient les différents papiers. Peu après, ils quittèrent l'appartement et s'engagèrent dans l'escalier. Comme les avait prévenus le propriétaire, il n'y avait pas grand monde dans l'immeuble et ce n'est qu'au troisième étage qu'une jeune femme leur ouvrit la porte au bout d'une bonne minute d'attente. Les yeux rougis par la fatigue et les cheveux en bataille, elle n'avait pas l'air heureuse d'avoir été dérangée.

– Qu'est-ce que vous voulez ! s'exclama-t-elle en ouvrant la porte avant de froncer les sourcils en voyant apparaître les deux cartes de police.

– Lieutenant Gailleau et Gandin, DRPJ de Versailles, annonça Gilles en montrant sa carte.

– La police ? Que se passe-t-il ? On a fait trop de bruit et des voisins ont porté plainte ?

– Non, nous ne venons pas pour cela. Nous enquêtons sur la disparition de madame Leguen, répondit Claire.

Les yeux de la femme s'arrondirent.

– Madame Leguen ? Mais c'est qui ?

– Louise Leguen, votre voisine du second, précisa Claire.

Les yeux de la jeune femme partirent dans le vague avant de revenir à la réalité quand des souvenirs refirent surface.

– Ah oui, la nouvelle… elle s'appelle Louise ? Je l'ai juste croisée une fois. Elle a disparu ?

– Comment vous appelez-vous ? demanda Gilles. Charlotte Vallon ou Elodie Després ?

– Comment se fait-il que vous connaissiez nos noms ? s'exclama la femme.

– Alors ?

– Je suis Élodie, Charlotte est à la fac. Elle haussa les épaules. C'est quoi cette histoire de disparition ? Qu'est-ce que j'ai à voir là-dedans ?

– On fait juste une enquête de proximité, madame Després. Madame Leguen a disparu depuis trois jours environ et un témoin affirme qu'un homme l'a entraîné dans l'immeuble. Avez-vous été témoin de quoi que ce soit ? Quelque chose vous a-t-il semblé bizarre ?

– Pour répondre à votre question. Non, je n'ai pas été témoin de quoi que ce soit, en revanche, pour des choses bizarres, oui, il y a des choses bizarres qui se passent dans cet immeuble !

– Par exemple ? demanda patiemment Gilles.

– Allez ! Entrez ! Maintenant que je suis réveillée, je vais me faire un café. Vous en voulez un ?

– Euh… non, répondit Claire. Cependant, si vous pouviez vous habiller un peu plus si vous voyiez ce que je veux dire.

Élodie baissa son regard et son visage rougit tandis qu'elle refermait vivement son haut de pyjama sur un sein presque découvert en totalité.

– Je reviens ! Asseyez-vous, indiqua-t-elle en montrant le canapé, un meuble de récupération à voir l'aspect des coussins.

Elle revint quelques minutes plus tard, habillée plus décemment, et partit se faire couler un expresso. Elle revint avec sa tasse fumante et s'assit dans un fauteuil.

– Je ne savais pas qu'elle s'appelait Louise. Je ne l'ai croisée qu'une fois, bonjour, bonjour. Elle paraissait gentille et avait l'air d'avoir envie de parler. Mais moi, j'étais crevée, je revenais d'un travail de merde, de nuit. Enfin bref ! Oui, je disais qu'il se passe des trucs bizarres, inquiétants même. Charlotte comme moi-même, on a constaté que des objets personnels disparaissaient.

– Quels objets ?

– Des sous-vêtements, du parfum aussi. Et puis, il y a aussi cette impression d'être épiées. Pas tout le temps. Enfin, c'est juste une impression ! Il parait que l'immeuble est… comment dire ?

– Hanté ? ajouta Claire.

– Quelqu'un d'autre vous en a parlé ? Les Durant ? Les vieux du sixième !

– On ne les a pas encore vu ! l'interrompit Claire. Précisez pour l'immeuble hanté ! Qu'est-ce qui vous fait penser qu'il est hanté ?

Élodie avala une gorgée de son café. Les yeux dans le vague, elle raconta ce qu'elle avait vécu.

– Nous louons cet appartement depuis bientôt deux ans avec Charlotte, il est bien placé et le loyer est plus que raisonnable. Au début, tout allait bien, les voisins étaient sympas notamment, Laure et Jérôme, des jeunes qui habitaient dans l'appartement qu'occupe… Louise. Puis, il y a eu ces gémissements, ces bruits bizarres.

– Des gémissements ? s'enquit Claire.

Les lèvres d'Élodie se pincèrent et un pfft, s'en échappèrent.

– Ce n'étaient pas à proprement parler des gémissements humains. Ça ressemblait plutôt au bruit que ferait le vent quand il s'engouffre dans des interstices ou entre des tuiles. Mais, c'était plus lugubre. Charlotte et moi avons été réveillées par ce bruit. J'ai allumé et on s'est levée. Les gémissements s'étaient tus. Après avoir regardé par la fenêtre donnant sur la rue et avoir visité l'appartement, nous nous sommes recouchées. Nous n'étions pas très rassurées et Charlotte est venue se coller contre moi comme si j'allais la protéger de je ne sais quel danger ! Nous sommes restées silencieuses pendant un bout de temps. Comme il ne se passait rien, je crois que la fatigue a fini par nous terrasser. C'est Charlotte qui m'a réveillée. Elle était terrorisée. Le gémissement avait repris, lugubre comme un jour de pluie, venteux. Mon corps s'était couvert de chair de poule. De nouveau, nous nous sommes levées, le gémissement semblait sourdre des murs mêmes de l'appartement, de l'immeuble tout entier. Au-dessus, le voisin, Filipe, s'était lui aussi levé, nous entendions ses pas sur le parquet.

– Le bruit venait-il de chez lui ? demanda Gilles.

– Je ne sais pas ! On aurait dit qu'il sortait des murs, de partout en fait ! Puis, brusquement, tout s'est arrêté ! Le voisin est revenu dans sa chambre et nous, dans la nôtre. Le lendemain, nous sommes allées voir le propriétaire pour avoir des explications. Lui aussi paraissait fatigué, il avait les traits tirés et les yeux rougis par le manque de sommeil.

– C'est à cause du vent, nous a-t-il dit. Plusieurs fois, j'ai fait venir des couvreurs. Jamais aucun d'entre eux n'a trouvé quoi que ce soit. Charlotte et moi n'étions pas très convaincues par l'explication. Quand nous avions regardé dehors, il ne semblait pas y avoir particulièrement du vent. Charlotte lui a demandé si l'immeuble était hanté. Gaston nous a ri au nez. « Ce sont des sornettes ! Vous pouvez dormir tranquilles, il n'y a pas de fantôme ici ! »

– Récemment, reprit Gilles, avez-vous encore entendu des gémissements semblables ?

– Franchement, je ne pourrais pas vous le dire. Avec Charlotte, nous étudions le jour et souvent, la nuit ou tard dans la soirée, nous allons travailler dehors. Ménage, restauration rapide, agents de péage, bref ! À avoir une vie irrégulière, nous avons peu à peu perdu nos rythmes de sommeil. Aussi, elle poussa un soupir, Charlotte comme moi-même, nous prenons des somnifères pour dormir.

– Avez-vous des choses à nous dire sur les autres locataires ? ajouta Claire.

– Si vous voulez parler du voisin du premier ? Ce type est plus que bizarre. Au début, on aurait dit un fantôme, euh… non, le terme est mal employé et pourrait prêter à confusion avec ce que je viens de vous dire. Au début de sa présence dans l'immeuble, ce type était renfermé et extrêmement discret. On ne l'apercevait presque jamais et il ne semblait pas travailler. Ça a duré trois mois ainsi et puis, bizarrement, il y a de cela trois ou quatre mois, il a invité tous les locataires à une sorte de brunch. C'était plutôt sympathique et on a pas mal picolé, sauf les Durant qui semblent vivre au ralenti comme deux marmottes. Après, régulièrement, il nous a invités les uns après les autres.

– En quoi est-ce bizarre ? demanda Claire. L'initiative était plutôt heureuse par les temps qui courent, non ?

– Bah, il était un peu lourd. Pour un peu, il aurait bien aimé aller plus loin avec nous deux. Pas trop notre style à Charlotte et à moi.

– Excusez-moi, mais vous êtes ensemble avec votre amie Charlotte ? demanda Gilles.

Élodie éclata de rire.

– Non, c'est ce qu'on laisse croire ! Comme ça, les mecs, du genre le voisin du dessus, nous foutent la paix. Avec Charlotte, si on veut se taper des mecs ou sortir, on fait ça ailleurs qu'ici.

– En quoi, votre voisin du premier, Éric Leroux, c'est ça ? Est-il bizarre ?

– Ben, il s'habille souvent différemment, tout cuir ou veste classique avec cravate, ou jeans et blouson et puis, il a aussi des coupes différentes comme s'il changeait de personnalité, qu'il s'adaptait à ses vêtements. Je n'arrive pas vraiment à le cerner. Et puis, je n'ai jamais réussi à savoir de quelle couleur sont ses iris, tantôt, je les vois bleus, tantôt verts. Incompréhensible ! Ou alors, le type porte des lentilles de contact !

Gilles et Claire se regardèrent.

– Lui arrive-t-il de rentrer accompagner ? demanda Claire.

Élodie fit une moue significative. Elle n'en savait rien.

– Tout ce que je peux vous dire, c'est qu'il lui arrive de faire la fête ! Je suppose donc qu'il rentre chez lui, accompagné comme vous dites !

Claire et Gilles la remercièrent et quittèrent l'appartement. Des gémissements mystérieux, un fantôme, des objets qui disparaissaient, un voisin excentrique tantôt discret, tantôt bruyant et fêtard. Tout cela donnait déjà beaucoup de matière à l'enquête. Malheureusement, rien ne faisait avancer l'affaire sur la disparition de Louise. Claire comme Gilles pressentaient que le temps était plus que précieux.

– On passe au voisin du dessus ? précisa Gilles.

– Attends ! J'ai reçu un message pendant qu'on discutait avec Élodie.

Elle attrapa son portable.

– C'est Gaëlle Dupray !

La maison

Jean se leva avec difficulté de son fauteuil, sa hanche lui faisait mal tandis que ses articulations des genoux crissaient comme si elles contenaient du sable. Saleté de vieillesse ! Il s'approcha de la cheminée et décrocha le poignard accroché sur la hotte. Que de souvenirs étaient accrochés à cet objet précieux ! Sa mémoire, encore bien valide malgré ses 94 ans, le propulsa des années en arrière à une époque où il n'imaginait pas qu'on puisse avoir mal aux hanches, aux genoux et à toutes les articulations du corps !

Paris, juin 1937

En s'approchant de l'immeuble dans lequel habitaient Pierre et sa mère, Jean entendit des notes de musique s'élever dans la douceur de l'air de ce début d'été. Par la fenêtre ouverte, Pierre, assis sur une chaise, semblait écouter les conversations des passants déambulant dans la rue, un étage en dessous. Il ne devait saisir que quelques mots. Démission de Léon Blum, l'exposition universelle, la nouvelle dévaluation du franc. Autant de mots et de noms qui paraissaient glisser sur son copain âgé de 14 ans, comme lui, comme de l'eau entre les doigts. Pierre n'avait d'yeux que pour Chloé, une jolie blonde aux yeux bleus à qui la mère de Pierre, Noémie, donnait des cours de piano. Veuve depuis une dizaine d'années, celle-ci avait du mal à joindre les deux bouts. La possibilité de donner des cours de musique à l'aînée de la famille lui permettait de garder son logement. Passée l'heure de cours, Chloé sortait à chaque fois de la pièce sans même jeter un regard sur Pierre. Un autre jour, Jean avait entendu la voix de la mère de Pierre s'adressant à son fils.

– Nous ne sommes pas du même monde, Pierre. La famille de Chloé est riche. Regarde, même le petit logement dans lequel nous vivons, leur appartient. Ses parents sont gentils de nous permettre de rester ici en échange de quelques cours de piano.

Pierre n'avait pas répondu. Il avait déjà parlé de cette situation avec Jean et celui-ci savait que Pierre trouvait insultant les regards condescendants des parents de Chloé à l'égard de sa mère, surtout ceux de la mère de Chloé qui ne pouvait s'empêcher de se pavaner devant Noémie, chaque fois qu'elle portait des habits neufs. Pierre voyait bien la peine dans les yeux de sa mère. Mais comment faire ? Chaque soir, elle partait faire des ménages dans les appartements du coin et en revenait épuisée et amère, parfois aussi, heureuse de revenir avec quelques fruits et légumes. Ils ne mangeaient de la viande que rarement et ce n'était pas la maigre pension de guerre du père de Pierre qui ajoutait du beurre aux épinards. Quand il serait en position de gagner sa vie, Pierre s'était juré d'offrir à sa mère autre chose que des fruits ou des légumes gâtés !

– Psst ! Appela Jean en arrivant à la hauteur de la fenêtre.

Pierre se retourna et reconnut son ami Jean Tremblay, le fils du maçon qui habitait un peu plus loin dans la rue. Petit, large d'épaules, un nez un peu fort et des yeux très bleus hérités de sa mère. Jean avait le même âge que lui. Mais lui, était né le 11 aout et Jean, le 11 octobre 1923, dans la ville d'Yerres.

Jean avait raconté à Pierre qu'il avait vu le jour dans un hôtel tenu par son grand-père.

– Ouah ! Ton grand-père devait être riche pour posséder son propre hôtel !

Jean l'avait vite détrompé. L'établissement, qui vivotait plutôt qu'autre chose, avait été vendu à la mort de son grand-père et son père était devenu maçon par la force des choses. Le père de Jean ne regrettait pas le café et était content de ne pas être confronté à des poivrots à longueur de journée.

Pierre se pencha au-dessus de la fenêtre et lui fit un signe de la main.

– Cinq minutes !

Tout de suite après, les notes discordantes d'un piano se firent entendre. Jean ne put s'empêcher de sourire. À tous les coups, Chloé était là ! C'est vrai qu'elle était mignonne, mais lui, préférait regarder Paulette, la fille de sa voisine. Elle n'était pas jolie, mais, comme elle n'était pas non plus très farouche, il en savait maintenant plus sur la mécanique féminine que son copain Pierre. Les notes se tarirent et un bruit de chaises frottant sur le parquet se fit entendre. Quelques minutes plus tard, Pierre fit son apparition.

– Alors, elle t'a dit bonjour cette fois-ci ? lui demanda-t-il tout de go. Il connaissait déjà la réponse.

– Non, elle m'a complètement ignoré.

Jean haussa les épaules et posa sa main encore pleine des traces de cambouis sur l'épaule de Pierre.

– C'est une pimbêche ! Pourquoi, tu ne viens pas avec moi voir Micheline.

– Micheline ? Mais t'es fou, elle a au moins seize ans !

– Justement, elle a de l'expérience !

Pierre rougit aussitôt au grand plaisir de Jean qui éclata de rire. Il fouilla dans ses poches et en sortit une poignée de pièces trouées en zinc de dix et vingt centimes.

– Au garage, il y a des clients qui m'ont filé des sous. T'as faim ?

Pierre hocha la tête. Il avait toujours la dalle ! Il aurait bien aimé apprendre la mécanique comme Jean le faisait sur des motocyclettes, dans un magasin situé rue Amelot, dans le onzième arrondissement. Malheureusement, il n'était pas très doué de ses mains. Heureusement que Jean était là. S'il avait souvent les mains sales, il avait aussi des sous, détail appréciable par les temps qui couraient.

– Il faut qu'on cause tous les deux. J'ai un moyen pour se faire du fric, du flouze, de l'oseille !

Pierre s'arrêta de marcher. Déjà qu'il semblait avoir parfois du mal à comprendre toutes les paroles de Jean et qu'il n'appréciait pas toujours ses combines. Bon, pensa Jean, qui devinait presque les pensées de son copain. C'est vrai que certaines étaient plus que douteuses. Il se souvint des journaux qu'ils avaient été distribuer des heures durant sous un crachin au mois d'octobre de l'année dernière. Tout ça pour quelques centimes !

– C'est quoi encore ? répondit Pierre, sur la défensive. Encore un truc foireux ?

– Non, cette fois-ci, c'est du sérieux. Mon père est allé réparer le foyer d'une cheminée chez un vieux, un mec riche. Il m'a dit qu'il avait plein de trucs de collection chez lui, des épées, de beaux bibelots avec des pierres brillantes, des bijoux, des colliers. Je l'ai bien écouté et je pense qu'on pourrait rentrer facilement dans la baraque.

– Mais t'es fou ! Et si on se fait prendre ? C'est l'aller simple pour le bagne de Belle-Île ! Ma mère ne s'en remettrait pas !

– Je croyais que t'avais besoin d'argent ? Faut savoir ce que tu veux ! pesta Jean. Et puis, avec le fric, tu pourras faire un cadeau à ta copine.

– Ce n'est pas ma copine. Elle me plaît bien, c'est tout.

– Mouais...

Pierre fit la grimace.

– Ça ne me dit rien ton truc.

Jean soupira.

– Si tu le prends comme ça, c'est la dernière fois que je te propose une affaire. Écoute, je te jure qu'il n'y a rien à craindre ! Le vieux sort tous les mardis soir pour jouer à la belote avec des potes. C'est mon père qui me l'a dit !

– Attends ! On est mardi aujourd'hui ! Ne me dis pas que tu veux faire ton cambriolage ce soir ?

– Ben si ! De toute façon, tu réfléchis trop ! Et si tu penses trop, tu vas avoir les pétoches et tu me diras non. Alors ? Tu viens, oui ou non ?

Jean n'aurait su dire si Pierre avait répondu sur un coup de tête, par bravade ou tout simplement parce qu'il avait envie de briller devant Chloé. Toujours est-il qu'il accepta la proposition.

La lettre
Mardi après-midi le 12 septembre 2017

– Que raconte la tante de Louise ? demanda Gilles en tentant de regarder le message inscrit sur le portable de son amie.

Claire éloigna l'écran, elle avait toujours détesté qu'on lise au-dessus de son épaule.

– Sa tante a trouvé une lettre au fond de la commode dans laquelle était rangé le journal de Chloé. Il semble qu'elle ait pris goût aux nouvelles technologies, car elle l'a envoyée en pièce jointe. Elle regarda Gilles d'un air narquois en devinant l'impatience du policier. Bon, je te raconte ! Elle ouvrit le fichier et commença la lecture.

« – Ma chère Chloé,

Comme je suis heureuse d'avoir reçu ta lettre ! Voici des années que je n'avais pas eu de nouvelles de ma sœur, de mon beau-frère, de mes neveux et de toi, ma chère nièce. Cette horrible guerre est enfin terminée et nombre de mes amies ont perdu des proches dans cette abomination. Pour répondre à ta question, non, je n'ai eu aucune nouvelle de tes parents depuis le mois de mai 1944. À cette époque, c'était le chaos autour de nous. Paul, mon mari et ton oncle, et ton cousin Pierre, tous deux faisant partie de la résistance, ont été pourchassés par la police, Paul a été arrêté et je n'ai plus eu de ses nouvelles avant qu'il revienne à la maison en août 1945. Mon Dieu ! Il avait maigri plus que de raison et n'a jamais voulu parler de ce qu'il a vécu et vu. Je crois qu'il n'avait plus goût à la vie ! Il est mort au mois de septembre 1945. Il est enterré au cimetière de Sabres. Heureusement que Pierre est revenu de la forêt landaise dans laquelle il se cachait. J'ai été heureuse de revoir mon fils chéri dont je n'avais de nouvelles que par le truchement d'amis passant à la maison. Même si nous manquons de tout, la vie reprend doucement son cours. J'ai été surprise et heureuse d'apprendre que tu avais eu une fille. Agathe est un joli prénom et je suis pressée de la voir ! Ton cousin Pierre s'est marié et sa femme, Marie, une jeune femme qui habitait à Léognan, a eu un adorable petit garçon au mois d'octobre 1945, il s'appelle Thomas.

Comme toi, je suis inquiète pour ma sœur et tes frères. Les lettres que j'ai envoyées à tes parents n'ont pas eu de réponse et comme la guerre est terminée et les prisonniers, rentrés chez eux pour la plupart, je crains le pire !

Comme tu me l'as demandé, j'ai demandé à Pierre de monter à Paris au mois de septembre. J'espère qu'il arrivera à en savoir plus sur ta famille, quoiqu'il apprenne, je t'enverrai une lettre pour te tenir au courant.

Je sais que tu as vécu des moments difficiles et j'aimerais beaucoup te voir, en savoir un peu plus sur ta vie, sur la manière dont tu as survécu à cette guerre. Sur ton ami aussi, ce Bertrand Mareil dont tu dis qu'il est décédé juste après la naissance d'Agathe. Sache que si tu ne peux pas revenir vivre dans l'appartement de tes parents, tu seras la bienvenue à la maison. Celle-ci sans Paul ni Pierre, est devenue bien vide et ta fille, Agathe, trouvera en Thomas un merveilleux copain. Ainsi, les cris des enfants rempliront la maison de la meilleure façon possible.

Je t'embrasse. À bientôt.

Ta tante Élise.

Sabres, le 28 août 1946 »

– Et voilà, conclut Claire en rangeant son smartphone, nous avons une piste supplémentaire à explorer. Une chose cependant m'inquiète. Pourquoi, ni Gaëlle ni sa mère Marcelle n'ont reçu de nouvelles de cette Élise Darbois dont l'adresse figure au dos de l'enveloppe contenant la lettre, comme l'indique Gaëlle ?

– C'est tout de même bizarre que le père du propriétaire de l'immeuble s'appelât Pierre Darbois comme le fils de cette Élise Darbois, s'agit-il du même homme ? Comment se fait-il dans ce cas que Gaston nie connaître Chloé Darbois ou Cohen ? Et aussi, à quel moment les Cohen ont-ils vendu leur immeuble pour le passer à Pierre Darbois ? Je crois qu'il faudrait faire des recherches là-dessus, on pourrait demander à Ratisseau, il adore s'occuper des trucs administratifs.

– Je vais appeler au bureau pour lancer des recherches sur cette Élise Darbois. On sait qu'elle habitait la ville de Sabres en 1946. Je connais ce village, j'y suis allée une fois, il y a des années de cela pour visiter un éco musée. C'est situé non loin de Biscarosse.

– On sait aussi que son mari est mort en septembre 1945, qu'il était dans la résistance comme son fils Pierre. Que celui-ci était marié avec une Marie qui attendait un enfant. Ouais, on peut trouver quelque chose, admit Gilles.

Tandis que Claire envoyait un message au bureau avec son téléphone, ils grimpèrent l'escalier et arrivèrent à l'appartement suivant. Cette fois-ci, personne n'ouvrit la porte. Étage suivant, le couple Franck et Elisabeth Legoff. Nouvel échec. Décidément, l'immeuble méritait bien d'être hanté, même les locataires étaient des fantômes ! Impression renforcée quand la porte du dernier étage s'ouvrit sur les Durant, des antiquités !

Le cambriolage

Le poignard dans la main, Jean revint s'asseoir dans son fauteuil. Il le sortit de son étui constellé de pierreries et admira la lame en argent ciselée d'une beauté sans pareil. Bien que l'objet soit beau, Jean ressentit une nouvelle fois de l'amertume à le tenir en main. Cet objet avait attiré le malheur et il en était le responsable !

Paris, juin 1937

Ce soir-là, l'air était doux et au grand dam de Pierre, beaucoup de gens trainaient encore dans les rues malgré l'heure tardive. Jean lui attrapa un coude.

– C'est là, dit-il en indiquant une grande bâtisse cachée derrière des arbres. Il regarda autour de lui, constata que personne ne les regardait et sans hésiter, escalada le mur en prenant appui sur quelques pierres plus proéminentes que d'autres. Il disparut de la vue de Pierre.

– Alors, tu viens ? entendit celui-ci, juste après.

Le cœur battant et les jambes molles, Pierre escalada le mur à son tour, il se retrouva au pied du mur dans un grand parc parfaitement entretenu. L'air sentait bon. Au loin, la grande maison se découpa au clair de lune. Éloignées de la lumière des lampadaires, des lucioles firent leur apparition dans l'herbe.

– J'espère qu'il n'y a pas de chien, murmura-t-il d'une voix tremblotante.

– Non ! Allez, suis-moi !

Jean voyait bien que son ami était mort de peur, lui faisait son kéké et si Pierre était médusé par son calme apparent, il mourait aussi littéralement de trouille !

Ils firent rapidement le tour de la maison et trouvèrent une porte ouverte donnant dans une petite cuisine sentant bon les herbes et la viande grillée, Jean en eut l'eau à la bouche. Ce n'était cependant pas le moment de traîner et il entraîna bien vite Pierre hors des lieux et le mena directement vers un grand salon. Dans la pénombre, de nombreuses têtes d'animaux empaillées donnaient un air sinistre à la pièce. Jean gratta une allumette sortie de sa poche et alluma une lampe à pétrole. Les ombres s'étirèrent et les deux garçons eurent l'impression que les animaux le suivaient du regard. Un frisson parcourut Pierre. Jean voyait bien qu'il n'avait qu'une seule hâte : sortir de cette baraque !

– Va fouiller dans les armoires là-bas, indiqua Jean, moi, je regarde dans les commodes. Sans attendre de réponse de Pierre, il se mit aussitôt à l'ouvrage. Bon sang ! songea Jean, si quelqu'un passait

dans la rue, nul doute qu'il trouverait suspecte cette lumière bougeant dans la pièce. Autant en finir rapidement ! Il se précipita vers les armoires, les ouvrit les unes après les autres et tomba sur une liasse de billets de cinquante francs. Une vraie fortune à ses yeux tandis que de son côté, Pierre poussait un cri d'admiration. C'est alors que l'attention de Jean fut attirée par deux lumières dansantes se déplaçant dans le jardin.

– Là ! Y'a quelqu'un qu'arrive ! Faut se tirer !

Sans attendre Pierre, il ouvrit la porte-fenêtre menant sur l'arrière de la maison et se mit à courir comme un dératé. Il se retourna en entendant des pas derrière lui. Pierre le talonnait.

– Ce sont les flics ! cria celui-ci.

– Halte ! Arrêtez-vous ! hurlaient des voix. Des coups de sifflet retentirent trouant la nuit de leur son strident, hérissant la peau de Jean par la même occasion. D'un bond, il escalada les branches d'un arbre et se retrouva courant dans la rue comme s'il avait le diable aux fesses. Ce ne fut que dix minutes plus tard, les poumons en feu et un goût de sang dans la bouche que les deux compères stoppèrent leur course.

– On... les... a semés, souffla Jean. Il s'adossa contre un mur et se laissa glisser sur le sol en respirant avec difficulté. Pierre s'assit à ses côtés. Jamais, il n'avait eu aussi peur de sa vie ! Jamais non plus, il ne s'était senti aussi vivant ! Après quelques minutes à reprendre son souffle, Jean sortit triomphalement la liasse de billets qu'il montra à Pierre. Et toi ? Pierre sortit alors le couteau. Un poignard à la lame recourbée dont le manche et l'étui étaient enchâssés de pierreries. Quand il tira l'étui, la lame brilla dans la nuit comme animée d'une vie propre. Il la passa à Jean qui la prit avec délicatesse. Jamais, il n'avait tenu entre ses mains un objet aussi beau.

– Il est beau, dit-il en le redonnant à Pierre. Tu crois qu'il vaut cher ? demanda celui-ci.

Jean haussa les épaules. Il n'en savait rien, mais connaissait quelqu'un qui pourrait être intéressé. Finalement, il récupéra le couteau pour le refourguer à l'une de ses connaissances et ils se partagèrent les billets avant de reprendre le chemin du retour tout en s'arrêtant à chaque coin de rue pour contrôler si des policiers n'étaient pas planqués en embuscade.

Il était une heure du matin quand Jean se glissa dans son lit. À côté, Jacques, son jeune frère dormait. Il tira le poignard hors de son étui et le regarda avec admiration à la seule lueur des rayons de lune traversant les volets disjoints de leur vieille maison. Même dans cette quasi-obscurité, la lune faisait miroiter la lame brillante.

– Il est beau, ce couteau, dit alors la voix de Jacques. Où l'as-tu eu ?

Furieux d'avoir été découvert, Jean rengaina le poignard et le cacha sous son matelas.

– C'est rien, rendors-toi ! dit-il silencieusement en se recouvrant avec le drap. Deux minutes plus tard, il dormait.

Ce n'est que le lendemain après-midi qu'il rencontra de nouveau Pierre. Il avait un cocard sous un œil et un bleu sur la joue. Jean lui expliqua que son frère Jacques avait trouvé le couteau et l'avait aussitôt montré à son père. Le maçon avait vite fait le rapprochement avec son dernier chantier. Il avait récupéré l'arme et avait flanqué une rouste à son fils.

Jean sourit malgré tout en faisant une grimace.

– C'est pas grave, j'ai toujours l'argent. On recommencera une autre fois !

Il n'eut pas l'impression que Pierre avait envie de recommencer pareille aventure.

S'il y a une chose dont Jean se souvint toute sa vie, ce fut bien cette rouste monumentale qu'il se prit par son père. Curieusement, l'objet refit son apparition bien plus tard et fut la raison d'un évènement horrible que Jean regretta tout le restant de sa vie ! Il jeta l'objet au loin en se promettant de le mettre prochainement à la poubelle. Mais il n'était pas dupe, à chaque fois, l'objet maudit retrouvait sa place sur le râtelier.

Les Durant

Monsieur et madame Durant ? Demanda Claire tout en montrant sa carte de police. Je suis le lieutenant Gailleau et voici le lieutenant

Gandin. Gilles inclina la tête en guise de salut. Nous enquêtons actuellement sur la disparition d'une des locataires de l'immeuble. Pouvons-nous vous poser des questions à ce sujet ?

– Qu'est-ce que c'est ? demanda la femme.

– C'est la police ! cria presque Thierry. Va mettre ton appareil !

– Quoi ?

– Excusez-moi, jeta l'homme aux deux policiers, elle est un peu sourde et aussi… entrez, je vous en prie, je reviens tout de suite avec l'appareil. Il disparut, laissant les deux policiers devant la porte et devant la vieille femme qui, la bouche ouverte, les regardait avec curiosité. Finalement, son mari revint vers eux. Il tira sa femme par le bras et les invita à entrer.

– Mais, mets ton appareil, Martine !

– Chuis pas sourde !

– Elle déraille un peu, ajouta-t-il d'un air gêné aux deux policiers. Vous nous dites qu'une des locataires a disparu ? Ce ne serait pas Louise par hasard ?

– En effet ! Comment savez-vous qu'il s'agit d'elle ? demanda Claire.

– On ne sort plus trop maintenant, ma femme… a besoin qu'on s'occupe d'elle, elle fait parfois des choses insensées. Du coup, j'ai du mal à aller faire des courses comme aller chez le boulanger. Louise nous proposait de rapporter du pain, chaque fois qu'elle en avait l'occasion. Nous ne l'avons pas revue depuis trois jours.

– Comment avez-vous fait sa connaissance ? demanda Gilles. Les deux femmes qui habitent au troisième ne la connaissent pratiquement pas.

– Charlotte et Élodie. Elles ne nous aiment pas trop, rapport sans doute au fait, que je suis descendu plusieurs fois les voir quand elles faisaient un peu trop de bruit. Je sais qu'elles nous traitent de momies ou autres délicatesses du même genre.

Martine Durant s'était levée et commençait à enfiler son manteau. Son mari se leva aussitôt.

– Chérie, reste là, je suis déjà parti faire les courses, ce matin.

– Mais qui parle de courses, je vais promener Bobby ! Bobby ! Bobby ! Vient là mon chien ! Où te caches-tu ? Elle prit les policiers à témoin. C'est fou comme il est intelligent ce chien, il se cache comme un gamin ! Son regard devint brusquement fixe et elle regarda les deux policiers d'un autre œil. Qui êtes-vous ? Qui sont ces jeunes gens, Thierry ?

Thierry ôta le manteau de sa femme et vint le reposer sur le porte-manteau.

– Ces deux personnes sont de la police, ils viennent pour Louise.

– Oh Louise ! Elle est gentille, j'espère qu'elle a réussi à retrouver sa grand-mère Chloé.

– Elle vous a parlé de sa grand-mère ? s'exclama aussitôt Claire.

Thierry fit un signe d'assentiment.

– C'est comme ça que nous l'avons connu, elle est venue spontanément chez nous. Comme nous sommes les plus anciens locataires de l'immeuble, elle pensait que nous en saurions plus sur l'histoire de l'immeuble.

– Si vous pouviez nous en parler aussi, cela nous arrangerait bien, dit Claire. Avez-vous connu le père du propriétaire, monsieur Pierre Darbois ?

– Un méchant homme ! s'exclama Martine. J'ai été contente quand il est mort !

– Il y a longtemps qu'il est décédé ? demanda Gilles.

– Il est…

– En 1973 ! Coupa Thierry.

– Oh ! Pourquoi tu ne dis pas comment il est mort ! s'exclama Martine. Son dentier en profita pour se décrocher de sa mâchoire supérieure.

Claire faillit éclater de rire et se retint à temps.

– Pourquoi ? demanda Gilles, il est mort d'une façon particulière ?

Thierry soupira en regardant sa femme et en lui faisant signe de la main de remettre son dentier en place.

– C'est une vieille histoire. En fait, assez tragique. Un matin de 1973, Gaston a découvert son père assassiné dans leur salle à manger. Il avait 4 ans à cette époque et a été tellement choqué par cette découverte qu'il en a bégayé pendant plus de dix ans ! Madeleine, sa mère, en a profité pour le couver encore plus ! Je ne pense pas qu'il en soit sorti beaucoup de bien. Mais bon, l'éducation des enfants, nous, on ne connait pas trop, on n'a pas eu la chance d'en avoir.

– Vous dites que son père est mort assassiné ! Vous savez si un coupable a été trouvé ? demanda Gilles.

L'homme secoua la tête.

– Je ne sais pas. La police est venue, a posé des questions et on n'a plus jamais entendu parler de cette affaire. Tout en disant ces paroles, Claire et Gilles remarquèrent que l'homme regardait sa femme comme s'il lui intimait l'ordre de se taire. Curieux !

Le portable de Gilles frémit dans la poche de son blouson, il attrapa l'appareil.

– Il faut qu'on rentre tout de suite à la DRPJ, annonça-t-il à Claire, coupant court à la conversation. Excusez-nous, monsieur et madame Durant, nous sommes obligés de partir ! Nous reviendrons dès que possible !

L'homme hocha la tête.

Tandis que Claire et Gilles se rapprochaient de la sortie, Martine Durant leur barra la route et chuchota à voix basse.

– Moi, je sais, c'est Michel !

– Vous savez quoi ? Michel qui ?

Le mari s'interposa.

– Ne cherchez pas, elle débloque ! J... Michel était l'un de nos voisins, il y a des années de cela, il n'a rien à voir dans toutes ces histoires.

– Michel comment ? demanda Gilles.

– Euh... Tardy ou Tarot, un nom comme ça ! Il n'est resté que quelques mois.

Tout en disant ces mots, il poussa les deux policiers hors de l'appartement et ferma la porte.

Claire et Gilles se regardèrent.

– Merde alors ! jeta Gilles. Cette histoire de meurtre sent le pourri. C'est quoi toutes ces histoires dans cet immeuble ?

– Calme-toi, on revient dès qu'on le peut. Pourquoi Lazure veut-elle nous voir ? Il y a du nouveau dans le tueur de femmes ou dans l'affaire de l'étrangleur ?

Gilles haussa les épaules, il n'en savait rien !

Un peu d'eau

Tout son corps tremblait de façon incoercible, Louise claquait des dents et s'était roulée en boule sur le sol. Jamais de sa vie, elle ne s'était sentie aussi mal, aussi incohérente aussi ! Ses pensées semblaient suivre un chemin chaotique, dépourvu de tous sens logiques. Tantôt, elle riait avant de pleurer, sans larmes, la seconde suivante. Des silhouettes apparaissaient avant de s'évanouir aussitôt. La porte s'ouvrit brusquement et une lumière vive éclaira la pièce. Elle entendit un bruit et quelque chose vint heurter sa cuisse. La lumière disparut et la porte se referma. De nouveau l'obscurité et le silence régnèrent. Louise attrapa l'objet qui avait roulé le long de sa cuisse. Elle en reconnut le contour aussitôt. Une bouteille d'eau ! Elle dut s'y reprendre plus d'une dizaine de fois avant que le bouchon s'ouvre enfin. Quand elle avala la première gorgée d'eau, il lui sembla qu'un nectar merveilleux coulait dans son corps. À côté, une autre porte se referma avant de claquer presque aussitôt.

Louise, la précieuse bouteille coincée entre ses bras, ferma les yeux. Dès qu'elle le pourrait, elle essaierait d'entrer en contact avec la personne coincée, comme elle, dans cette petite pièce aux murs mous.

La voisine

Toute l'équipe de Lazure, plus un nouveau, Benoît Balbisse, venant d'une autre brigade pour donner un coup de main à Arnaud, était déjà là quand Claire et Gilles arrivèrent dans la pièce.

– Bien, on n'attendait plus que vous. La journée se termine et il est temps de faire un point sur l'avancement des différentes affaires en cours. Pauline et Guillaume, vous commencez par l'affaire de l'étrangleur.

– Bon, fit Pauline apparemment peu satisfaite de parler. Tout d'abord, Gilles a eu une altercation avec le maire du village, monsieur Kipper.

– Quoi ? s'exclama l'intéressé en ouvrant des yeux ronds, mais c'est faux !

– Ce n'est pas ce que m'ont rapporté différents témoins de la scène, sembla rapporter Pauline avec regret. Cette altercation a eu lieu le jour de la course de la Boisséenne, le dimanche onze septembre 2016.

– Mais c'est quoi cette histoire de fous ! Cria Gilles, jamais, je ne me suis engueulé avec… oh… en fait, si, j'ai en effet eu une légère altercation avec lui. Je n'y pensais plus.

Claire pâlit aussitôt. Comment Gilles avait-il pu oublier cette histoire ? Ça ne sentait pas bon !

– Eh bien, raconte, dit Lazure, les lèvres pincées par la contrariété.

– Je vous jure, je n'y pensais plus. Quand je suis parti faire cette course, je n'étais pas très en avance et je me suis garé à moitié sur la route. À peine cinq minutes avant que le départ ne soit donné, le maire a demandé à qui appartenait la voiture gênant la circulation. J'ai reconnu mon véhicule et le maire m'a demandé d'aller le déplacer. J'ai refusé, la course allait débuter ! Bref, il m'a sommé de le faire sous peine de disqualification immédiate. En colère, je suis donc parti garer mon véhicule un peu plus loin en pensant rater une partie de la course. Ma colère était infondée car le départ avait été retardé le temps que je fasse les manœuvres. Je m'étais même dit que le gars était correct. Après la course, je n'y pensais même plus ! Bref, voilà toute l'histoire ! Franchement, il n'y avait pas de quoi aller tuer ce brave type ni sa femme par la même occasion !

Un grand silence succéda aux paroles. Lazure fit un signe à Pauline.

– Continue Pauline, s'il te plait.

– Pendant que vous continuiez vos autres enquêtes, l'étrangleur a récidivé.

Gilles se sentit déglutir. Ça ne sentait vraiment, mais vraiment pas bon ! D'ailleurs, tous les enquêteurs présents étaient mal à l'aise pressentant déjà de la suite.

– Ce matin, un autre meurtre similaire à celui de Boissy-Mauvoisin a eu lieu, continua Pauline. Une femme a été tuée à Versailles.

– Attends ! Coupa Gilles, il ne s'agit pas de madame Lemarchand, Michelle Lemarchand ?

– Bon sang, Gilles ! Comment peux-tu connaitre le nom de la victime ? s'exclama Soizic Lazure.

– C'est une femme qui habite dans mon immeuble, une pochetronne ! Hier soir, en rentrant chez moi pour chercher des vêtements, je l'ai croisée. Comme d'habitude, elle était complètement bourrée et en passant à côté de moi, elle n'a pu s'empêcher de crier que tous les flics étaient des pourris. Je n'ai pas répondu et j'ai continué mon chemin. Elle était tellement saoule qu'elle a dû rameuter tout l'immeuble. Il poussa un long soupir de découragement. Je suis maintenant sûr et certain que ce type, cet assassin, m'en veut !

– Je suis désolée, dit Lazure, tu vas me passer ton arme de service et ta plaque. Pauline, tu emmènes Gilles en cellule le temps qu'on en sache un peu plus.

Même Claire se tut. Inutile d'en rajouter. Elle fit un signe à Gilles tandis que Pauline l'emmenait. Un long silence envahit la pièce, aucun de ses collègues n'osait regarder Claire. Lazure prit de nouveau la parole.

– Je suis désolée qu'on en arrive là, malheureusement, nous n'avons pas le choix ! Voici deux fois que le lieutenant Gandin est incriminé dans des affaires de meurtres. Le mettre de côté tout en sachant, comme il vient de le dire lui-même, qu'il fait vraisemblablement l'objet d'une machination, me met mal à l'aise. Il ne faut surtout pas que la presse, et le tueur par voie de conséquence, sachent que Gilles a désormais l'alibi d'être enfermé dans nos locaux. Pauline et Guillaume, vous continuez à enquêter sur l'affaire ! Que l'assassin sache que Gilles était chez lui hier nous montre aussi qu'il le surveille de près. Faites des enquêtes de voisinage, analysez les caméras de surveillance. Il faut que nous ayons quelque chose à nous mettre sous la main quand les bœufs-carottes viendront interroger le lieutenant Gandin. De ton côté, Claire, peux-tu, une fois de plus, servir d'alibi à Gilles ? Peux-tu détailler ton emploi du temps d'hier ?

– Jusqu'à vingt et une heures, je le peux. En revanche après, Gilles est passé chez lui prendre des affaires. Mais il a mis bien plus de temps à rentrer que je ne l'aurais pensé. Il m'a dit avoir eu des problèmes avec sa serrure et a appelé un serrurier, je pense qu'il a dû demander une facture à l'artisan. Ensuite, il a eu un pneu crevé alors qu'il allait partir de chez lui. Bref, je dormais quand il est venu se coucher et je pense qu'il a dû arriver, malheureusement, sans certitude de ma part, entre minuit et une heure du matin.

– Merci, Claire, pour ces indications. Elle se tut quelques secondes, lut ses notes. Cela ne va pas dans le sens d'une disculpation du lieutenant Gandin. D'après le médecin légiste, le décès par étranglement a eu lieu entre vingt-deux et vingt-trois heures trente, pile-poil dans l'intervalle de temps où il n'a pas d'alibi.

– Bon sang ! s'écria Claire. L'assassin était obligatoirement là, Gilles a dû l'apercevoir, ce n'est pas possible autrement !

– Laissons faire Pauline et Guillaume et espérons qu'ils pourront trouver des éléments disculpants.

Elle soupira.

– Bon ! Ou en étiez-vous avec la disparition de Louise Leguen ?

Claire sortit son petit carnet et le feuilleta quelques secondes, plus afin de donner une contenance que pour se souvenir de l'enquête. Elle avait les larmes au bord des yeux et devait se retenir d'éclater en pleurs.

– Nous avons commencé à interroger les voisins de Louise Leguen. Beaucoup d'entre eux étaient absents. Elle reprit longuement son souffle dans un silence presque religieux. D'après ces premières enquêtes de proximité, reprit-elle peu après, on ne peut pas dire que la situation soit très claire dans cet immeuble. Tout d'abord, ne vous moquez pas, s'il vous plait ! Les locataires et aussi un autre témoin parlent d'un immeuble… hanté.

– Hanté ? s'esclaffa Pauline sans pouvoir se retenir. Euh… excusez-moi !

– Ils parlent de sortes de gémissements, d'objets qui disparaissent aussi. D'autre part, certains des locataires pourraient aussi être de bons candidats pour la disparition des femmes dans le douzième. Deux hommes correspondraient, le premier s'appelle Éric Leroux et l'autre, Filipe Lopez. Elle regarda Lazure. J'ai demandé que des recherches soient effectuées sur ces personnes ainsi que sur les autres locataires et sur le propriétaire lui-même.

– Je les ai ! intervint Lazure. Effectivement, il y a des éléments curieux pour ne pas dire, suspects. L'ancienne adresse d'Éric Leroux correspond à un centre d'hébergement d'Emmaüs. À cette annonce,

Claire hocha la tête, elle comprenait mieux pourquoi l'adresse lui disait quelque chose. Après enquête auprès du centre, j'ai appris, continua Lazure, que cet homme était un ancien sans-abri. S'il n'a pas de casier, il a tout de même passé plusieurs nuits dans des cellules de dégrisement. La question est : comment un type apparemment sans le sou, a-t-il réussi à se procurer suffisamment d'argent pour pouvoir louer un appartement ? Une réponse, Claire ?

– Non, même le bail est des plus succincts. Le propriétaire, monsieur Darbois, nous a dit avoir loué cet appartement à un moment difficile de sa vie, il venait de perdre sa mère, et monsieur Leroux lui a payé six mois d'avance en liquide. D'après le propriétaire et aussi une locataire interrogée, Éric Leroux aurait été très discret les trois premiers mois avant de devenir bruyant et lunatique comme s'il avait changé de personnalité. À chaque fois que la locataire le voyait, il n'était jamais habillé de la même façon. Ce qui nous a fait penser, à Gilles et à moi, elle insista bien sur le Gilles, que ce signalement correspondrait assez bien à notre tueur caméléon.

La photo d'Éric Leroux s'afficha sur l'écran à côté de celle du suspect. Les deux visages présentaient bien une légère ressemblance, rien de flagrant cependant. Curieusement, Benoît secoua la tête. Ce n'est pas lui ! ajouta-t-il dans la foulée. Comment pouvait-il en être sûr, pensa Claire ?

– Le second locataire est un espagnol de 42 ans s'appelant Filipe Lopez, continua Lazure. Contrairement à Éric Leroux, il a un casier et a fait deux fois l'objet d'une enquête pour agression et voie de fait sur des femmes. À chaque fois, il n'y a pas eu suffisamment de preuves pour l'incriminer. Elle afficha la photo de l'espagnol à côté de celle du suspect. De nouveau, Benoît secoua la tête. Bon ! conclut Lazure, ces éléments ne sont cependant pas suffisants pour lancer une enquête plus approfondie sur le personnage.

Claire, autre chose ?

– Oui, pendant que nous enquêtions, j'ai reçu un message de la tante de madame Leguen indiquant qu'elle avait trouvé une lettre destinée à Chloé. Grâce aux indications contenues dans cette lettre manuscrite qui date de 1946, nous allons pouvoir approfondir un peu plus le lien existant entre le père du propriétaire actuel et Chloé. En effet, tous deux portent le même nom même si, celui de la grand-mère de Louise Leguen est Cohen et non pas Darbois. Claire sourit en voyant les visages de ses collègues qui ne paraissaient pas trop comprendre où elle voulait en venir. Elle leva la main. Je vous expliquerais tout ça en détail quand nous aurons, enfin, quand j'aurai plus d'informations. Ah oui, j'allais oublier ! Le père du propriétaire actuel de l'immeuble est mort assassiné en 1973, je dois retrouver le procès-verbal de l'époque pour en savoir plus.

– Eh bien ! dit Pauline d'une voix joyeuse, on vient au moins d'élucider un mystère ! On sait maintenant que le fantôme de l'immeuble est le père du propriétaire ! Quand on voit comment son fils gère les locataires, il doit être bien remonté !

Tous éclatèrent de rire, ce qui détendit un peu la situation.

– Arnaud et Benoît, où en êtes-vous sur le tueur du douzième ? reprit plus sérieusement Lazure. Le procureur n'arrête pas de me tanner, j'aimerais avoir quelque chose à lui dire !

– Nous sommes allés voir les gérants des cyber café d'où ont été envoyées les annonces sur le site de rencontres. Je pense que l'on tient quelque chose. Tout d'abord, les échanges entre les trois hommes et les femmes qui ont disparu. Toutes les réponses des hommes sont écrites sur le même modèle, on retrouve des expressions communes et même, des erreurs de langage et de syntaxe, similaires. On pense que Jules de Laforêt, Sébastien Duchêne et Louis Dupin ne sont qu'un seul et même homme ! Seconde chose : Nous avons étudié les vidéos de surveillance des cyber café au moment où les messages étaient passés. Beaucoup d'habitués. En revanche, à aucun moment, nous n'avons repéré le même type dans les trois cybercafés, mais nous avons un atout. Il montra son nouveau collègue, Benoît Balbisse du doigt. Ce type n'a pas son pareil pour repérer les gens. Je lui passe la parole. L'homme devint rouge comme une pivoine.

– Euh… bonjour, j'ai effectivement une facilité pour reconnaitre des gens, c'est difficile à expliquer. Pour faire simple, au même titre que chaque personne à un ADN qui lui est propre, il en est de même pour son physique. Personne n'a les mêmes oreilles, les mêmes lèvres, les mêmes nez, ni la même façon de se mouvoir, de bouger. Bref, lorsque j'observe une personne, je ne vois pas seulement un visage, je vois aussi une quantité d'autres détails significatifs. Je ne sais pas si c'est un don ou pas, mais, toujours est-il que je reconnais une personne par la somme de ces détails. Mais bon, quelques photos valent mieux qu'un discours.

Claire comprenait mieux à présent ses affirmations précédentes.

Benoît s'approcha de l'ordinateur connecté à l'écran de télévision et prit la main dessus. Un visage en partie masqué par un chapeau à large bord apparut.

– Le premier suspect. Regardez bien les oreilles de ce type. Seconde photo. Cette fois-ci, l'homme avait des cheveux blonds mi-longs laissant apparaitre son oreille droite. Même oreille, commenta Benoît. Une troisième photo fit son apparition et vint se superposer à côté de deux autres. Un type roux aux cheveux courts. Et remarquez qu'une fois de plus, c'est la même oreille. Voici votre bonhomme, Delaforêt, Duchêne ou Dupin, c'est le même homme !

Épatés, les hommes et femmes de l'équipe se rapprochèrent pour constater de visu la ressemblance.

– Chapeau ! s'exclama Pauline. Cependant, est-on sûr et certain que deux personnes ne puissent pas avoir les mêmes oreilles ?

– Certain ! ajouta Benoît. Pour ne rien vous cacher, j'ai aussi regardé les autres points de détail dont je vous ai parlé. Tous corroborent y compris la façon de se déplacer. Même un bon acteur aura du mal à passer pour quelqu'un d'autre.

Du coup, Arnaud ouvrit une pochette et en tira un portrait du type recherché. Une cinquantaine d'années, un nez un peu fort, des sourcils assez broussailleux, des yeux relativement rapprochés d'une couleur indéfinissable et une coupe de cheveux plutôt standard. En fait, un visage assez anodin et quelconque. Claire regarda le visage avec attention. Elle éprouva une sensation de déjà vu sans arriver à préciser davantage ses souvenirs. Contrairement à Benoît, elle avait dû mal à restituer un visage de mémoire, pourtant, ce n'était pas faute de s'être entrainée.

– Bon, on avance même si c'est à petits pas. Le portrait du suspect va être diffusé dans tous les commissariats de la capitale. Bon boulot, vous deux ! ajouta-t-elle à Benoît et Arnaud, vous retournez sur le terrain pour les enquêtes de voisinage, j'ai obtenu des renforts.

Pauline et Guillaume, vous allez à la pêche aux indices permettant de disculper Gandin. Toi, Claire, tu retournes à ton enquête. Dès que je le peux, je mets quelqu'un avec toi, ne prends pas de risque. Bon courage à tous !

L'exposition universelle

Jean était fatigué. La cause à la visite, une semaine auparavant, de cette jeune femme. Son vieux cauchemar qu'il avait mis des années à cacher derrière une vie bien remplie refaisait surface comme une branche perdue au milieu d'une rivière violente. Il savait qu'un jour ou l'autre, il lui faudrait rendre des comptes.

Paris, juillet 1937

Au loin, Pierre lui montra deux billets. Il paraissait vexé et furieux aussi. Jean en comprit la raison quand il entendit la fenêtre de la chambre de Chloé se refermer. À tous les coups, c'est à elle que Pierre avait proposé les billets. Le moral et la fierté de son copain paraissaient en avoir pris un sacré coup ! Jean se mettait à sa place. Cette garce de Chloé ne savait pas que Pierre avait continué à cambrioler quelques maisons avec lui. Elle ne pouvait pas se rendre compte de tous les risques pris pour deux malheureux billets. En arrivant à côté de Pierre, il vit qu'il s'agissait de deux billets d'entrée pour l'exposition universelle.

Après être descendus à la station Champ de mars, les deux amis furent happés par la foule. Pierre comme Jean étaient déjà venus ici. Cependant, ils n'étaient pas allés voir les travaux effectués pour l'exposition universelle. À peine sortis du métro, ils se retrouvèrent face à la tour Eiffel surplombant une grande avenue sur les côtés de laquelle, les deux gigantesques pavillons de l'Allemagne Nazi et de l'URSS se faisaient face. Le drapeau nazi flottait devant une grande tour de plus de cinquante mètres de hauteur surplombée d'un aigle tandis que sur le pavillon de l'URSS, un couple tenait fièrement une torche érigée vers le ciel. Jean était abasourdi d'une telle suffisance. Ces deux pays étaient-ils si puissants qu'ils pouvaient se permettre d'écraser les autres pavillons de leur gigantisme ? Et cette confrontation, ce face à face ? Jean comprenait mieux son père qui parlait souvent de guerre imminente ! Comment pouvait-il en être autrement quand on voyait un tel affrontement de géants ? Après être passés devant des bassins d'où jaillissaient des trombes d'eau poussées par de puissantes pompes électriques, ils entrèrent dans le pavillon allemand. Ils furent aussitôt happés par la grandeur des lieux et ils déambulèrent dans les différents stands remplis d'appareils modernes. En passant devant le stand du parti nazi, un homme les arrêta. Grand, blond aux yeux bleus, le type avait tout du parfait allemand tel que prôné par Adolph Hitler, le chancelier allemand.

– Alors, les garçons ? L'homme s'exprimait dans un français parfait, vous voulez en savoir plus sur le parti ? Vous voulez savoir ce qui rend ses adhérents fiers d'en être des membres ? Jean nota qu'il s'adressait surtout à Pierre. Lui, avec son nez fort et sa petite taille, devait paraitre moins intéressant. Puis, l'homme se mit à parler de l'Allemagne, la grande Allemagne qui, grâce au chancelier, sortait de la crise. Là-bas, les industries marchaient à plein régime, les ingénieurs inventaient tous les jours des mécaniques de précision, des machines agricoles perfectionnées, de nouveaux avions et de grands dirigeables. Avec ces engins, bientôt, tous les hommes pourraient aller dans le monde entier en quelques jours. Et s'ils étaient encore jeunes tous les deux, Pierre et jean pourraient devenir des représentants en France pour vendre leurs produits.

– Allez les garçons, bonne visite ! Il leur donna à tous deux une médaille métallique frappée d'une croix gammée. Et peut-être qu'on se reverra bientôt ! Allez savoir !

À peine sorti du stand, Jean entraina son copain vers la sortie.

– Quel con, ce type ! À l'entendre, on dirait que l'Allemagne est la plus grande des nations et que son chancelier est l'homme politique le plus important du monde ! N'importe quoi !

– Ma mère m'a dit que les Allemands se préparaient à faire la guerre, répondit Pierre.

– La guerre ? Et contre qui ? Contre nous ? En France, on a une armée puissante ! Si les Allemands nous attaquent, ils comprendront *vite leurs douleurs, crois-moi ! Allez, viens, on va aller voir le stand d'en face !*

Pierre fit une moue, il n'aimait pas trop les communistes, il suivit néanmoins Jean.

Les Darbois, père et fille

Il était déjà dix-sept heures. Claire partit voir Romain Dachais qui s'occupait des recherches sur la famille Darbois. Celui-ci lui avait envoyé un message. Il avait trouvé quelque chose ! Claire lui fit la bise en entrant.

– Tu vas être contente, je crois que j'ai repéré l'un des membres de la famille Darbois. Il habite à l'adresse que tu m'as envoyée, dans le village de Sabres. Un certain Thomas Darbois, né le 28 octobre 1945 à Hostens, il est marié et a une fille de 23 ans. Tiens ! ajouta-t-il en tendant un papier. Voici son numéro. Ça va, toi ?

L'esprit ailleurs, Claire sursauta, elle n'avait pas vu Romain lui tendre le papier.

– Excuse-moi, je pensais à autre chose. Depuis que Gilles avait été mis en cellule, elle n'arrêtait pas de se poser des questions sur le type qui faisait tout pour le faire accuser des meurtres.

– Au fait, ajouta Romain, il parait qu'un collègue s'est fait arrêter pour meurtre. Tu sais qui c'est ?

Claire secoua la tête et attrapa le papier. Non, je ne sais pas, dit-elle en sortant. Elle se sentait sur le point de pleurer. La grossesse ? La détention de Gilles ? Peut-être, un peu des deux réunis.

Elle revint dans son bureau et se prépara un café. Avait-elle le droit d'aller réveiller de vieux souvenirs chez cet homme, ce… Elle lut le nom sur le post-it. Ce Thomas Darbois ? La lettre datait d'août 1946. D'après Romain Dachais, le type avait un an à l'époque où la lettre avait été écrite. Qui se souvient de la correspondance de ses grands-parents ? Personne ! Elle attrapa néanmoins le combiné et malgré ses doutes, composa le numéro de téléphone. Au loin, à l'autre bout de la France, un autre téléphone sonna dans le vide. Claire allait raccrocher quand une voix essoufflée retentit dans le combiné.

– Thomas Darbois ! C'est pour quoi ?

Foutue époque, songea Claire. Les gens étaient importunés tellement de fois au téléphone que l'habituel bonjour avait été remplacé par un « c'est pour quoi ! ».

– Bonjour, monsieur Darbois, excusez-moi de vous déranger.

– Écoutez, je vais être franc, je n'ai besoin de rien ! répliqua l'homme, visiblement agacé.

– Attendez, ne raccrochez pas ! Je suis lieutenant de police de la DRPJ de Versailles.

– La quoi ? La police ?

– Je suis de la police judiciaire, monsieur Darbois, et j'enquête sur une disparition.

Un silence, mais, Claire entendait la respiration de l'homme à l'autre bout du fil.

– Vous êtes toujours là, monsieur Darbois ?

– Oui. Je ne comprends pas ! Pourquoi cette enquête après toutes ces années ? répondit l'homme.

– Comment ça, toutes ces années ? Le questionna Claire. De quelle disparition parlez-vous ?

Un autre silence. Bon sang ! À quelle disparition, Thomas Darbois faisait-il allusion ? Quelque chose d'ancien d'après ses paroles.

– Monsieur Darbois, à quelle disparition, faites-vous allusion ? Insista Claire

– Et vous ?

– J'enquête sur la disparition d'une femme s'appelant Louise Leguen. Certains détails m'ont mené jusqu'à vous.

– Louise Leguen, dites-vous ? Je suis désolé, je ne connais personne de ce nom. Elle a disparu dans la région bordelaise ? Et puis, quels détails vous ont conduit vers moi. Je ne comprends pas.

C'est qui ? demanda une voix dans le lointain.

– C'est la police. Ils veulent savoir si je connais une Louise Leguen qui aurait disparu ? T'es peut-être au courant ?

Passe-moi le téléphone, s'il te plait, papa.

Bruit de combiné qui s'échange.

– Bonjour, je suis Anna Darbois, la fille de Thomas Darbois. Moi aussi, je suis dans la police !

– Ah ? Bonjour. Je suis la lieutenante Claire Gailleau de la DRPJ de Versailles.

– La DRPJ ? Ouah ! Pour la jeune femme, je me souviens avoir vu la fiche de disparition. Louise Leguen, elle venait de Bretagne et on a perdu sa trace à Paris ? C'est ça ?

– Exactement.

– Excusez-moi, lieutenant, mais quel rapport avec mon père ? De mémoire, je dirais que nous n'avons aucune famille qui vit en Bretagne. La voix s'éloigna. Hein, papa ? *Non, personne de la famille n'habite là-bas.* La voix se fit plus forte. Non, vous voyez.

– En fait, c'est une lettre qui nous a guidés vers vous.

– Une lettre ? Un corbeau ! s'exclama la jeune femme.

Claire dut se retenir de rire.

– Non, vous n'y êtes pas. La lettre date de 1946, c'est pourquoi, j'appelais la personne habitant l'adresse précisée sur l'enveloppe, en l'occurrence, votre père.

– 1946 ! s'exclama Anna avec un enthousiasme que Claire ne comprit pas. Cependant, son cœur s'emballa aussitôt. Elle en était sûre, ce coup de téléphone, à défaut de la faire avancer sur la disparition de Louise, allait lui en apprendre un peu plus sur Chloé.

– Dites-m'en plus, s'il vous plait ! s'impatienta Claire.

– Dites, demanda Anna, ça vous dérange si on échange par Skype, j'aime bien voir les gens quand on discute et puis, il se peut que j'aie des documents à vous envoyer, échange de bons procédés.

Claire n'était pas trop sûre d'approuver ces dernières paroles.

– Okay, donnez-moi vos coordonnées Skype et je me connecte.

Après quelques minutes, la connexion se fit et Claire put apercevoir le visage de son interlocutrice, une jolie brune d'une vingtaine d'années au visage franc et ouvert et celui de son père, caché en partie derrière son épaule.

– Bonjour, Lieutenant Gailleau, ne m'en voulez pas, mais, puis-je voir votre plaque ?

– Pas de problème ! Et vous la vôtre, s'il vous plait.

– Eh bien, la confiance règne dans la police ! fit la voix bougonne de Thomas Darbois.

– On n'est jamais trop prudent, papa. Merci lieutenant. Si j'étais si enthousiaste tout à l'heure, c'est à cause d'une vieille affaire de famille datant justement de 1946. Tout d'abord, une question. Par qui cette lettre a-t-elle été écrite ? demanda Anna.

– Une seconde, répondit Claire. Elle soupira et réfléchit. Même si Anna était policière, la lettre que Claire détenait pouvait être une pièce à conviction. Mais bon, dire le nom de l'expéditrice pouvait-il influencer l'affaire après tant d'années ? La lettre a été écrite par Madame Élise Darbois en août 1946. Claire vit le visage d'Anna s'illuminer.

– Ouii ! cria celle-ci. Excusez-moi, Claire, euh... je peux vous appeler Claire ? Celle-ci hocha la tête. Je vous explique.

Il faut que vous sachiez deux choses. Elise Darbois était la grand-mère de papa et son père s'appelait Pierre Darbois. Pierre était marié avec Marie Breton. Il leur est arrivé la même chose, quasiment en même temps. À savoir, tous trois ont disparu en septembre 1946 ! Et, il semble que leurs disparitions aient coïncidé après l'arrivée de la lettre d'une certaine Chloé. Je continue ?

– Cette lettre, comment l'avez-vous trouvée ? L'avez-vous toujours en votre possession ? interrogea Claire.

– Papa a été élevé par l'une des cousines de son père, c'est elle qui l'a trouvée dans une corbeille servant au tricotage que faisait ma grand-mère. Oui, je l'ai toujours ! C'est d'ailleurs de ce document dont je vous parlais tout à l'heure. Ah oui, tout ce que je vais vous dire n'est qu'une reconstitution des faits tels qu'ils ont pu se passer à cette époque. Je vais vous montrer quelque chose. Sur l'écran de Claire, le sol se mit à défiler, des carreaux puis des marches d'escalier s'affichèrent. L'image se redressa sur une rampe donnant sur une grande pièce équipée d'un poêle à bois. Une porte en bois s'ouvrit en grinçant et l'image s'arrêta finalement sur un grand mur. Une carte constellée de punaises rouges et de cordes s'entrecroisant y était accrochée. Le visage d'Anna réapparut sur l'écran.

– Papa n'avait qu'un an quand ses parents ont disparu, aussi ne se souvient-il de rien. Tous les documents et les pistes que j'ai suivies ont été trouvés dans des archives.

– Pourquoi cette enquête ? Est-ce lié à ces trois disparitions ?

– Oui, j'allais y venir. Après avoir reçu la lettre de cette Chloé, le grand-père de papa, Pierre, est monté à Paris dans la première quinzaine de septembre 1946.

– Comment le savez-vous ? demanda Claire.

– Je vous l'expliquerai après. Après cette date, plus personne n'a entendu parler de lui ! Ce n'est pas tout ! Le 22 septembre 1946, deux accidents ont eu lieu, l'un concernait mon arrière-grand-mère, Élise, et l'autre, ma grand-mère, Marie Breton, c'était son nom de jeune fille.

Commençons par la disparition de mon grand-père, Pierre. Dans la lettre que je vais vous envoyer, Chloé évoque certaines personnes dont un Jean Tremblay et un Pierre Dubois. Après enquête, j'ai bien retrouvé des Pierre Dubois. Malheureusement, ce nom de famille est particulièrement commun. Jamais, je n'ai réussi à le localiser précisément. En revanche, bien avant ma naissance, papa a découvert ce Jean Tremblay. C'était en 1973. À cette époque, il avait décidé d'en savoir un peu plus sur ses parents.

– En 1973, dis-tu ? Sans même s'en apercevoir, Claire était passée au tutoiement.

– Pourquoi ? Il s'est passé quelque chose à cette époque ? demanda Anna.

– Ton père pourrait-il nous en dire plus ?

– Je l'appelle ! *Papa, tu peux monter ?* Voilà, il arrive, je mets le haut-parleur.

La tête de Thomas Darbois s'encadra dans l'écran. Claire voyait bien que l'homme n'était pas très habitué à ces technologies.

– Monsieur Darbois, votre fille m'a dit que vous étiez allé voir une personne s'appelant Jean Tremblay. C'était bien en 1973 ?

– Oui, c'est cela, en 1973. Pourquoi, la date a une importance ?

– Peut-être, répondit évasivement Claire. Et cette personne, ce Jean Tremblay, comment avez-vous réussi à le retrouver ?

– C'est une vieille histoire. Figurez-vous que mon père faisait partie d'un réseau de la résistance pendant la guerre. Il avait gardé des liens avec certains hommes du réseau et ils leur arrivaient de correspondre par lettre. L'une d'elles provenait de Jean Tremblay. À la différence de la lettre de Chloé, envoyée à ma grand-mère Élise, l'enveloppe était toujours présente. Comme l'adresse y était indiquée, j'ai pu facilement retrouver des traces de cet homme. Ses parents vivaient toujours dans la maison et ils m'ont communiqué son adresse du moment. Il avait déménagé et habitait dans un logement HLM, à Poissy dans les Yvelines.

Si je voulais en savoir plus sur mon père, il me fallait rencontrer des gens qui l'avaient côtoyé. Je suis donc allé à Poissy pour rencontrer cette personne. À cette époque, il avait quoi, cinquante ans, je pense, et travaillait dans l'usine Simca ou Chrysler, je ne me rappelle plus trop. Il était marié et avait trois enfants. Quand je me suis présenté, il a été enchanté de me voir. Il m'a fait entrer et m'a présenté sa femme, Yvette. Je suis resté manger chez eux. Ils étaient tous deux enchantés de me parler de cette époque difficile, mais, ô combien exaltante de leurs jeunesses. Malheureusement, je n'ai pas réussi à en savoir plus sur mon père. Jean et mon père s'étaient envoyés, quoi, deux ou trois lettres après la fin de la guerre. Puis, comme mon père avait cessé de répondre à ses lettres dès le mois de septembre 1946, Jean, pensant qu'il avait voulu cesser toute relation avec lui, n'avait pas insisté. Quand je lui ai dit qu'il avait disparu du jour au lendemain en voulant aller voir l'ancienne habitation de cette Chloé, il est tombé des nues !

– Chloé ? Ouh ! Ça fait longtemps, je connaissais bien une Chloé pendant la guerre, m'a-t-il dit. Elle habitait dans un immeuble situé tout au bout de la rue dans laquelle j'habitais à l'époque, avec mes parents. Elle s'appelait Chloé Cohen. Malheureusement, elle et sa famille ont disparu à la fin de la guerre.

Le sang se retira du visage de Claire. Bon sang ! Il y avait bien une relation entre Pierre Darbois et Chloé Cohen ! Thomas Darbois n'avait pas remarqué son trouble et continuait son récit.

– Même si ça ne servait à rien d'après lui, il m'a indiqué l'adresse de cette Chloé Cohen et… le visage de Thomas Darbois s'était figé. Attendez, il me revient d'un coup une anecdote ! Jean Tremblay m'avait dit que cette Chloé Cohen avait des parents juifs et qu'elle avait dû changer de nom à un moment donné pendant la guerre. C'est lui qui s'était occupé des nouveaux papiers. S'il m'a indiqué ne pas connaitre son nouveau nom, il m'a dit qu'il avait utilisé les services d'un peintre qui falsifiait les papiers d'identité. Ce type est peut-être encore en vie quoique… non, il doit être mort à l'heure qu'il est. Le peintre s'appelait…

– Mareil ? proposa Claire.

– Oui, c'est ce nom-là ! s'exclama Thomas. Mareil, Bertrand Mareil, c'est lui qui a fait les faux papiers de cette Chloé Cohen. Mais, comment le connaissez-vous ?

– Moi aussi, j'aurais des choses à vous apprendre, mais continuez ! Que s'est-il passé ensuite ? Êtes-vous allé voir l'appartement de cette Chloé ?

Les épaules de l'homme se levèrent.

– Oui, j'y suis allé. J'y ai rencontré le propriétaire des lieux qui m'a dit ne pas connaitre de Cohen ni de Darbois ! Cet immeuble, il l'avait acheté à la fin de la guerre et il avait en sa possession tous les papiers le prouvant. Je n'ai pas insisté et suis rentré chez moi, bredouille. J'ai tout de même appelé Jean Tremblay et je lui ai indiqué être passé voir l'appartement et qu'aucun Cohen n'y habitait. Jean Tremblay m'a remercié et a promis de me téléphoner si jamais, il arrivait à avoir des nouvelles au sujet de mon père. Il ne m'a jamais rappelé !

– Je vous remercie, monsieur Darbois. Ah oui, j'oubliais, vous avez indiqué que dans la lettre, Chloé parlait d'un autre homme, un Pierre Dubois. Avez-vous appris quelque chose sur lui ?

– Oui, dit Thomas après quelques secondes de réflexion. L'homme était un bon copain de Jean Tremblay et comme lui, il faisait de la résistance. Il semble que cet homme ait disparu vers la fin de la guerre sans que jamais quiconque ne sache où il était passé.

Décidément, pensa Claire, ça faisait beaucoup de disparitions !

– Merci, voulez-vous me repasser votre fille, s'il vous plait.

Le visage souriant d'Anna s'encadra juste après dans l'écran.

– J'ai hâte de savoir ce que vous allez nous apprendre, Claire. Comme vous semblez vouloir tout savoir sur les autres pièces du puzzle de la famille Darbois, je continue. Nous venons de parler de mon grand-père, c'était la première énigme, non résolue, malheureusement. Voici la seconde. Le 22 septembre 1946, ma grand-mère Marie et mon arrière-grand-mère Élise sont mortes. Élise, à la suite d'un tragique accident domestique. Elle était montée sur une chaise pour récupérer une bassine en cuivre. La chaise a basculé et elle s'est fracassé le crâne sur le sol. Quant à Marie, elle est morte, renversée par une voiture. On n'a jamais retrouvé le conducteur.

– Le même jour, deux décès de personnes de la même famille, dans des accidents différents. Il y avait peu de probabilités qu'une telle chose se produise, pourtant, ce n'est pas impossible, ajouta Claire attendant la suite de l'histoire.

– Il y a huit ans de cela, en 2009, alors qu'avec papa, nous avions commencé à refaire le papier peint d'une des chambres de la maison, nous avons fait une surprenante découverte. Là, coincée dans une fente du parquet, se trouvait une feuille manuscrite, un brouillon écrit par ma grand-mère Élise sur lequel on pouvait lire quelques mots, disant que son fils Pierre allait monter sur Paris pendant la première quinzaine de septembre 1946. Après l'avoir lue, je me suis décidée à en savoir plus sur l'histoire de ma famille. Je suis entrée à l'école de police trois ans plus tard, juste après avoir eu mon bac. Ce n'est qu'en 2015 que j'ai enfin eu accès aux documents que je cherchais. Les procès-verbaux rédigés par la police de l'époque après la découverte du corps de mon arrière-grand-mère et ceux, relatant l'accident mortel de ma grand-mère.

Le 22 septembre 1946, l'une des voisines de mon arrière-grand-mère est passée la voir pour lui donner des œufs frais. À cette époque, la nourriture était rare et les gens s'entraidaient plus que maintenant. Notamment, quand les chefs de famille étaient décédés. Bref, elle a trouvé Élise couchée sur le sol au milieu d'une mare de sang à côté d'une chaise renversée et d'une bassine cabossée. La police, arrivée sur les lieux, a conclu à un bête accident domestique.

– Comment l'enquêteur en charge de l'enquête aurait-il pu arriver à une autre conclusion ? demanda Claire.

– D'après la voisine, une voiture Citroën, une traction avant noire conduite par un inconnu aurait été vue dans le village dans la matinée. D'autre part, Élise avait le vertige et jamais, elle ne serait montée sur une chaise pour aller chercher cette bassine. Et puis, il y a un autre détail. Quand la voisine, Germaine Letiers, est rentrée dans la maison d'Élise, elle a eu la nette impression que la maison avait été fouillée.

– Je suppose que les tractions avant n'étaient pas rares à l'époque, dit Claire.

– En fait, si ! Dans la région, seule une dizaine de notables en possédaient une et tous avaient des alibis. Cependant, le plus étrange n'est pas là. Je vais maintenant vous raconter l'accident de Marie. Celle-ci revenait à vélo du champ voisin dans lequel elle avait cueilli des pommes et coupé du raisin sur un plant de vignes. Un témoin raconte avoir croisé une traction avant Citroën noire juste avant de trouver Marie sur la route. Son vélo était cassé et le corps de Marie avait été projeté sur le bas-côté de la route. Le plus curieux dans cette histoire réside aussi, dans le fait que le policier, accompagné du maire du village, passé annoncer la nouvelle de l'accident dans la maison de Marie, a trouvé la maison sens dessus dessous !

– Que s'est-il passé ensuite ? demanda Claire.

– Il y a bien eu des recherches pour retrouver le propriétaire d'une traction avant Citroën noire accidentée dans la région. Comme les recherches sont demeurées infructueuses, les deux dossiers ont fini par être classés. Voilà toute l'histoire, conclut Anna. À toi, Claire, d'éclairer notre pauvre lanterne !

– Je vais vous apprendre certains détails importants, enfin non, pas des détails, des éléments plus que troublants. Tout d'abord par la lettre que j'ai en ma possession, votre arrière-grand-mère la signe en écrivant « ta tante Élise ». Chloé était donc sa nièce ! Et la mère de celle-ci, sa sœur. Sur l'écran, le visage d'Anna et celui de son père s'étaient faits graves. La sœur d'Élise, continua Claire, était mariée avec un Jules Cohen donc…

– La Chloé dont parlait jean Tremblay, était bien celle qui habitait au bout de sa rue, continua Anna d'une voix rendue rauque par l'émotion.

– Ce n'est pas tout, Anna. Le propriétaire de l'immeuble s'appelait Pierre Darbois ! Comme ton grand-père ! asséna Claire.

La stupéfaction se peignit sur le visage de ses deux interlocuteurs.

– Mais alors ? Papa aurait vu son père quand il est venu à Paris ? s'exclama Anna. Pourquoi ne lui a-t-il pas dit qui il était ? C'est incompréhensible ! Elle se retourna brusquement en entendant son père pleurer. Excuse-moi, Claire, je te rappelle tout à l'heure si tu veux bien.

La gorge serrée, Claire approuva d'un mouvement de tête. L'écran se coupa laissant la policière désemparée. Jamais, elle n'aurait pensé apprendre tout cela. Que s'était-il donc passé en septembre 1946 ? Pourquoi Pierre Darbois n'avait-il pas dit à Thomas qu'il était son père ? D'ailleurs, était-il son géniteur ? Par un hasard invraisemblable, se pouvait-il qu'un homonyme de Pierre Darbois ait acheté l'immeuble des Cohen ? Non, ça ne tenait pas ! Il y avait autre chose ! Décidément, cet immeuble du douzième arrondissement de Paris cachait bien des secrets !

Sur l'écran, une demande de connexion apparut. Claire l'accepta et le visage d'Anna, les yeux encore rougis, réapparut.

– Ouh ! fit celle-ci, je ne m'attendais pas à tant de rebondissements ! Tu as encore d'autres nouvelles à m'annoncer ? Du genre, le rapport avec Louise Leguen, par exemple.

– Louise Leguen est la petite fille de Chloé Cohen, c'est donc… euh, ta cousine au second degré, si je ne me trompe pas !

– Ouh ! répéta Anna, encore une nouvelle d'importance ! Comment as-tu su ? Pour Chloé.

– Je vais te raconter tout ça. Mais avant, il faut que tu me promettes de ne rien divulguer de cette conversation. Je travaille sur une disparition, peut-être liée à des meurtres.

– Le tueur en série du douzième ! s'exclama Anna.

Décidément, pensa Claire, la petite avait de la jugeote !

– Tu le promets ?

– Pas de problème ! Je dirais à papa de faire de même.

– D'accord, je te raconte toute l'histoire.

Claire lui expliqua pour le tableau de Chloé, la découverte du journal et pour la disparition mystérieuse de Louise dans l'immeuble de sa grand-mère.

– Une chose aussi que tu dois savoir. Pierre Darbois, le propriétaire de l'immeuble est mort, assassiné par un inconnu en 1973.

Le visage d'Anna blanchit d'un seul coup.

– Tu… tu penses à… papa ? bégaya-t-elle.

Claire secoua la tête.

– Non, je ne pense pas, d'autant qu'il nous a dit ne pas savoir que cet homme s'appelait Pierre Darbois, comme son père. Demande-lui s'il se souvient de la date de sa visite à l'immeuble de Chloé.

– Okay, je file lui demander.

Le visage de la jeune femme disparut et Claire entendit ses pas décroître, elle revint trois minutes plus tard.

– Il s'en souvient bien, c'était le Quatorze Juillet, le lendemain de sa visite chez monsieur Tremblay.

Le visage de Claire se ferma aussitôt.

– Quoi ? s'exclama aussitôt Anna.

– Pierre Darbois, le propriétaire de l'immeuble a été assassiné le 14 juillet 1973 ! dit Claire. La jeune femme ne savait plus si elle devait continuer à parler avec Anna. C'était une chose de parler de doutes sur des meurtres ayant eu lieu quelque soixante-dix ans plus tôt, c'en était une autre de parler d'un meurtre plus récent, à fortiori, avec l'enfant d'un coupable possible.

Le visage d'Anna s'était métamorphosé en un masque de doute.

– Papa n'est pas capable d'assassiner quelqu'un ! ajouta-t-elle en prenant un visage de petite fille butée. Euh… je raccroche, on se recontacte un peu plus tard. Il faut que je parle à mon père ! Je dois savoir. Euh… Claire… est-ce que tu peux ?

– Je ne dirais rien tant que tu ne me rappelles pas, je te donne deux jours, d'accord ?

– Merci, Claire. Je te promets de t'appeler rapidement !

– Attends, Anna ! Peux-tu m'envoyer l'adresse de Jean Tremblay ainsi qu'une image de la lettre de Chloé, s'il te plait ?

La tête d'Anna acquiesça et la communication se coupa.

– Bon sang ! murmura Claire, pourvu qu'il n'y soit pour rien ! Même s'il y avait prescription, le doute s'installerait irrémédiablement entre Anna, que Claire devinait intègre, et son père.

Les pensées de Claire s'orientèrent vers Gilles toujours emprisonné. Puis, vers Louise disparue, Dieu sait où ! Était-elle encore vivante ? Rien n'était moins sûr !

Paris, mai 1939

– *Alors ? demanda Jean, tu sors ce soir ou pas ?*

– *Ma mère aimerait bien que je reste avec elle, elle est inquiète avec tout ce qui se passe, répondit Pierre. Et puis, depuis qu'elle ne travaille plus la nuit, j'ai plus de mal à sortir.*

Comme pour prouver ses dires, la lumière de la fenêtre de l'étage supérieur s'alluma.

– *Oh ! Tu fais chier, Pierre ! Écoute, je repasse vers vingt-trois heures, ta mère dort à cette heure-ci. D'accord ?*

– *Qu'est-ce que t'as en tête encore ?*

– *Je veux te faire rencontrer des types, ils ont des combines pour se faire du fric. Ne dis pas que ça ne t'intéresse pas, t'es toujours en train d'offrir des trucs à ta copine !*

Pierre souffla.

– *Chloé n'est pas ma copine, je te l'ai déjà dit.*

Ce fut au tour de Jean de soupirer. Ce type était indécrottable.

Au-dessus de Pierre, la fenêtre de la chambre de Chloé s'ouvrit. Il leva la tête.

– *Salut, Chloé, ça va ? J'ai entendu tes parents tout à l'heure. Ils s'engueulaient ! Lui dit Pierre.*

– *Tu ferais mieux de ne pas écouter aux portes, répliqua la jeune femme.*

– *J'ai pas eu besoin d'écouter aux portes, crois-moi !*

– *Ma mère m'a dit qu'on partira peut-être en Amérique si les choses empirent.*

– *Ah bon ? Mais, vous ne craignez rien ici ! D'ailleurs, si tu as, enfin, si ta famille a des problèmes, je pourrais vous aider.*

– *Tiens donc ! On dirait bien que tu as des relations haut placées se moqua Chloé. Bon, ce n'est pas tout ça, mais moi, je dois sortir. Sarah va venir me chercher avec la voiture de son cousin Carl. On va à une soirée. Allez, passe aussi une bonne soirée, Pierre.*

Elle referma sa fenêtre, laissant Pierre tout penaud.

– *Tu vois, dit Jean, t'as plus à gagner à venir avec moi qu'à larmoyer sous la fenêtre de ta copine. Et puis, avec ce que je vais te proposer, tu pourras t'acheter une voiture ! De quoi attirer l'attention de Chloé, tu ne crois pas ?*

L'argument parut faire mouche.

– D'accord, à tout à l'heure, Jean.

Le message

Mantes-la-Jolie, mercredi 13 septembre, 7 heures

Claire se leva avec difficulté. La veille au soir, elle était passée rendre visite à Gilles se morfondant dans sa cellule. Ils avaient discuté des dernières nouvelles sur l'affaire de Louise. Gilles reconnaissait, comme Lazure d'ailleurs, que Claire avait bien avancé dans l'enquête. Malheureusement, s'ils connaissaient maintenant les mystères entourant la vie des Darbois, ils n'en savaient toujours pas plus sur la disparition de Louise. Comme l'avait énoncé clairement Lazure, rien n'indiquait que Louise soit liée à ces vieilles affaires d'après-guerre ! Si ça se trouvait, elle était tranquillement en train de profiter de la vie dans un petit coin tranquille.

Après cela, Claire était rentrée se coucher dans sa maison de Mantes. Vers deux heures du matin, elle s'était subitement réveillée comme si un bruit l'avait dérangée. Elle s'était levée, avait regardé par la fenêtre. Elle n'avait aperçu qu'une silhouette, celle d'un homme qui marchait bizarrement. Sûrement un ivrogne qui avait dû donner un coup de pied dans une bouteille ou un objet du même genre. Son pistolet de service dans une main, elle avait fait le tour de la maison et vérifié toutes les portes et fenêtres de la grande maison. Rien ! Il n'empêche, elle se souvenait encore avec acuité de l'incursion de Léopold Foulard dans sa maison quelques années plus tôt. L'affaire avait failli mal se terminer ! La maison était maintenant équipée d'un système moderne d'alarme et toutes les vieilles fenêtres en bois avaient été échangées contre des modèles anti-effraction. Elle s'était finalement recouchée et n'avait fermé l'œil qu'au petit matin.

Elle avalait son thé quand son portable émit un bip discret. Un message ! Anna !

« *Bonjour Claire.*

Papa m'a certifié que le propriétaire de l'immeuble, un homme assez désagréable par ailleurs, était toujours vivant quand il l'a quitté. Juste après, il a rejoint les champs Élysée et est parti voir la fin du défilé des armées. Après cela, il est parti manger un sandwich dans un petit café non loin des champs avant de récupérer sa voiture et de rentrer à la maison. Il me dit qu'il a quitté le propriétaire vers 10 heures du matin.

Merci pour tes révélations sur ces affaires qui me tiennent à cœur ! J'espère que tu retrouveras Louise et qu'ensemble, vous viendrez manger à la maison !

PS, je te joins la lettre de Chloé.

Je t'embrasse.

Anna »

Malgré elle, Claire eut un frisson. Anna paraissait vraiment être une fille bien et elle était contente d'avoir fait sa connaissance, elle espérait cependant qu'elle n'aurait pas à lui annoncer de mauvaises nouvelles dans les jours à venir. Elle allait ouvrir la pièce jointe quand un second Bip annonçant un autre message retentit. Cette fois-ci, c'était Pauline !

« *Claire, on a retrouvé la voiture de Louise. Arrive en vitesse ! Pauline* ».

Tant pis pour la lettre de Chloé, elle verrait plus tard ! Elle courut sous la douche et dix minutes plus tard, sortit de la maison en courant. C'est là qu'elle aperçut le papier collé sur la vitre de la fenêtre de la cuisine. Elle s'en approcha.

« *Salut Baronne,*

Comme tu as dû le savoir, je suis sorti !

Tu diras bonjour à ton copain flic et tu lui diras que je pense bien à lui !

Léo »

– Merde ! pesta Claire.

Elle attrapa une paire de gants en latex dans le vide-poche de sa voiture et attrapa la feuille qu'elle rangea dans une pochette. Par la force de l'habitude, elle avait toujours de quoi collecter des indices.

Si le message lui déplaisait dans ce qu'il sous-entendait, il donnait au moins une indication positive sur la culpabilité de Gilles dans les affaires de meurtres lui collant à la peau. Elle leva la tête vers la caméra de sécurité qui ornait la façade de sa maison. Elle secoua la tête. Foulard, si c'est de lui dont il s'agissait, avait parfaitement repéré les angles morts de l'appareil. Elle monta dans sa voiture et partit sur les chapeaux de roues vers le lieu indiqué par Pauline. Compte tenu de l'heure et de la circulation parisienne, elle en avait au moins pour une heure et demie de route. Elle détestait rouler vers la capitale à cette heure-ci. Non, réflexion faite, c'était le bazar à n'importe quelle heure ! Un vrai fléau !

Le message de Pauline n'était pas très explicite et Claire espéra que le cadavre de son ancienne colocataire d'université ne se cachait pas dans le coffre de sa voiture. Elle ne mit en fait qu'une heure pour arriver à destination, comme si, ce matin, une grande partie des automobilistes avaient décidé de ne pas prendre leurs véhicules ! Deux véhicules de police stoppés devant un ensemble de box lui montrèrent la voie à suivre.

– Salut Claire ! La salua Pauline.

L'attitude débonnaire de sa collègue rassura quelque peu Claire. Elle faillit lui demander s'il y avait quelque chose de neuf pour Gilles et se retint à temps. Si ça devait se faire, autant que Pauline prenne les devants !

– Salut ! répondit-elle. On apprend quelque chose avec la voiture ?

– Non, pas vraiment. On attend encore que le technicien arrive à déverrouiller l'électronique, je connais des gamins qui sont plus rapides que lui ! Ah ! ajouta-t-elle, je crois que j'ai été méchante, le voici qui nous appelle !

Les deux flics entrèrent dans le box où les attendait la Cactus Citroën mauve, le contact avait été mis. Claire s'assit au volant et fronça les sourcils. Rien à voir avec sa vieille Peugeot 307 ! Elle n'arriva qu'à mettre en marche la tablette trônant au centre du tableau de bord, sans en comprendre le fonctionnement.

– Pousse-toi, se moqua Pauline en prenant sa place.

Elle ouvrit la tablette tactile et appuya sur une touche. Un GPS s'afficha. Elle rentra dans le menu et regarda où Louise s'était déplacée ces derniers temps. Poissy ! Ça te dit quelque chose ?

– Oui, je crois qu'elle est allée voir quelqu'un qui a dû connaitre sa grand-mère. Jean Tremblay, un ancien résistant à la retraite.

– Il ne doit plus être tout jeune, ton témoin ! s'exclama Pauline. D'ailleurs, est-ce qu'il est toujours vivant ?

– Je me suis renseignée, il doit avoir dans les quatre-vingt-quatorze ans !

– Ouah, je ne sais pas si je vivrai jusque-là ! Il a dû en connaitre des choses dans sa vie ! La guerre, les trente glorieuses, le boulot sans problèmes, bref, une époque bien différente de la nôtre ! Bon, continua-t-elle en voyageant dans le GPS. Notre disparue a aussi beaucoup fait de chemins dans Paris et puis, depuis dix jours, plus rien ! T'as trouvé quelque chose dans la boite à gants ?

Claire examinait les papiers. Elle trouva une photo en noir et blanc. La famille Cohen posant devant l'immeuble. Cela lui fit un effet bizarre de se dire qu'elle tenait dans sa main une photo d'époque, Claire aurait presque pu ressentir le poids des ans dans cette petite photo de cinq ou six centimètres de côté. Elle la retourna.

« Papa Jules, maman Joséphine, le premier frangin Simon et le petit dernier Joseph et moi,
Le 8 aout 1936 »

– C'est qui ? demanda Pauline.

– Les arrière-grands-parents de Louise et la raison de sa présence ici !

– Et pour nous, la raison de notre présence ici ! Drôle d'histoire ! J'espère qu'on arrivera à en connaître la finalité ! On passe au coffre ?

Hormis un sac d'affaires sales et un duvet roulé en boule dans un coin, il n'y avait rien d'intéressant. Claire comme Pauline étaient franchement déçues. Elles demandèrent aux services techniques de venir récupérer la voiture pour relever quelques éventuelles empreintes fichées et sortirent du box.

– On a été interroger des voisins de Gilles, dit brusquement Pauline. Ça t'intéresse ? Claire haussa les épaules, évidemment ! La femme retrouvée morte dans son appartement a bien été assassinée sur place et juste, pendant le laps de temps où il n'était pas avec toi. Une de ses voisines a remarqué qu'il changeait une roue sur sa voiture. Quand elle a regardé de nouveau dehors, la voiture était partie.

– Elle n'a pas noté l'heure ? demanda Claire, de l'espoir dans la voix.

– Non, en revanche, elle nous a dit qu'elle regardait une série policière à la télévision, sur la deux, et a pu nous dire ce qui se passait à ce moment-là dans l'histoire. Du coup, Guillaume est en train de regarder l'épisode ! Y'a pas, il y a des moments où l'on fait un métier pittoresque ! Sinon, d'autres voisins m'ont dit avoir vu plusieurs fois une voiture stationnant sur le trottoir en face de l'immeuble. Je sais, tu dois penser que les gens n'ont que ça à faire, regarder qui se gare en face de chez eux ! Figure-toi que comme dans beaucoup d'endroits, les places de stationnement sont rares donc, les gens les guettent !

– T'as l'immatriculation ? soupira Claire.

– Non, mais on sait cependant que la voiture était immatriculée dans le calvados et que les premières lettres de la plaque commençaient par EL. C'est déjà un début. Du coup, Guillaume et le nouveau, Benoît, doivent aussi se coltiner les vidéos de surveillance du quartier pour repérer une voiture similaire, une C3 Citroën blanche, l'ancienne version. En voyant les yeux ronds de Claire, elle précisa que cette voiture avait été récemment remaniée et ressemblait à une petite Cactus Citroën comme celle de Louise Leguen, mais, en blanche.

– Tu sais, moi et les voitures, ça fait deux ! Ça ne m'intéresse pas du tout. Je considère l'objet comme un truc pratique, potentiellement susceptible de nous bouffer notre paye en amendes. Pas très glamour ! Tu circules toujours à moto ?

Pauline acquiesça.

– Sinon, rien d'autre pour Gilles ? Tu le crois coupable ?

– Bien sûr que non, patate ! Et puis, les circonstances sont pour le moins curieuses. Imagine, il rentre chez lui, prend une douche et récupère des affaires. En redescendant, il s'aperçoit qu'un pneu de sa voiture est crevé, il répare la crevaison et remonte se laver les mains. Et là, paf ! Il croise la voisine bourrée comme un coing et comme elle l'engueule, il la traîne chez elle et l'étrangle avec une écharpe ! Elle éclata de rire. J'imagine trop la scène !

Malgré la gravité de la situation, Claire ne put s'empêcher d'éclater elle aussi de rire.

Après quelques minutes à rire, Claire tapa sur le bras de ta collègue. Tes vraiment trop bête, toi !

Le visage de Pauline devint tout à coup sérieux.

– Je ne t'ai pas tout dit.

Instantanément calmée, Claire se sentit pâlir aussitôt. Quoi ? parvint-elle à articuler.

– On a retrouvé des empreintes, une main entière, sur un meuble en formica dans l'appartement de sa voisine. Un silence gêné suivit. Ce sont celles de Gilles, souligna Pauline. Il t'a déjà parlé de sa voisine ?

Claire secoua la tête.

– Jamais. C'est pas vrai ! Merde alors ! Il n'est presque jamais dans son appartement. Il vit plus dans ma maison que là-bas. Il le gardait pour des raisons pratiques. Genre, il fallait être à pied d'œuvre, de bonne heure le matin. On y dormait parfois.

– Alors, tu connais les lieux ! s'exclama Pauline, pourquoi ne l'as-tu pas dit ?

– En quoi était-ce important ? J'ai dû y dormir une dizaine de fois au maximum, pas plus. Et jamais, je n'ai entendu la moindre dispute. Des bruits de pas au-dessus, des voix dans les escaliers, des portes qui se ferment. Bref, rien que du très courant. Merde ! Fais chier ! Comment Gilles a-t-il pu laisser l'une de ses empreintes là-bas ? Une main entière en plus ! Y a -t-il d'autres empreintes que la sienne ?

– On a retrouvé les empreintes de la victime ainsi que celle de sa fille. Le truc bizarre, ajouta-t-elle, c'est que la plupart des poignées de porte, de fenêtres et autres, avaient soigneusement été essuyées.

– Sauf un endroit, là où justement, on a retrouvé ses empreintes. C'est bizarre, non ? Tu savais, ajouta Claire, qu'il était possible de reproduire une empreinte en partant d'une photo ? J'ai lu un article là-dessus. Et si le tueur avait procédé ainsi ? insista la jeune femme.

– Mouais ! rétorqua Pauline sans trop y croire. Et quand bien même ! Ou l'assassin aurait-il eu une photo de la main de Gilles ? Style, non, ne me photographie pas !

– Bon, soupira Claire, j'aurais essayé ! Sinon, pourquoi es-tu ici ? Tu devais t'occuper de l'affaire de Gilles avec Guillaume.

– Lazure a mis Benoît avec Guillaume et moi avec toi sur l'affaire de Louise Leguen. On continue par quoi ? T'as d'autres pistes ?

– Oui. Il faut que je retourne interroger des voisins de Louise et après, j'ai un témoin d'époque à interroger.

– C'est à dire ?

– Un témoin qui semble avoir connu la grand-mère de Louise. Jean Tremblay.

Réminiscences.

En revenant de chez le boulanger avec sa baguette journalière, Jean passa par le cimetière et déposa un bouquet sur la tombe d'Yvette. Il arrosa les fleurs et partit marcher vers les nouvelles tombes. À voir les dates gravées dans le marbre, Jean se dit qu'il avait eu de la chance d'avoir vécu si longtemps. Souvent, les noms lui rappelaient quelques souvenirs. Sur l'une d'entre elles, une date de naissance particulière le ramena 77 ans plus tôt.

Paris, le 7 juin 1940

En voyant la Citroën 7B de l'oncle Gustave, chargée et remplie comme un œuf, jamais Jean n'aurait imaginé que sa tante et ses trois enfants, sa mère, son frère et lui, puissent encore rentrer dans le véhicule en plus de son oncle. Les portières se refermèrent et la voiture démarra. Jean avait une cousine sur chacun de ses genoux et un panier en osier rempli de nourriture lui frottait désagréablement l'arrière du crâne.

Les Allemands arrivaient ! L'armée française était en pleine déroute et des soldats fuyaient l'ennemi en même temps que la population civile. Tous parlaient des officiers incompétents qui n'avaient su comment réagir.

La voiture rejoignit la grande route et l'oncle Gustave s'arrêta. Devant lui, une foule immense s'étendait en une longue colonne sans fin. Des voitures, des gens à pied, à cheval, à vélo. D'autres portants des valises, ou poussant des brouettes surchargées. La peur et la fatigue marquaient tous les visages. Pourtant, tous avançaient vers le sud, fuyant vers des lieux aussi éloignés que possible des boches sans même savoir où leurs pas les mèneraient.

– On y va ? Quêta l'oncle Gustave en regardant sa femme Geneviève.

– Bien sûr qu'on y va ! pesta sa femme. Si ces gens fuient, c'est qu'il y a de bonnes raisons !

Résigné, Gustave appuya sur l'accélérateur et la voiture s'inséra entre une charrette tirée par un cheval et un homme poussant une brouette paraissant contenir toute sa vie. Avec tout ce monde, il n'y avait pas d'autre possibilité que de suivre le pas des plus lents. Jean ne tint pas longtemps. Ces jambes étaient ankylosées et le panier lui faisait déjà mal. N'y tenant plus, il ouvrit la portière, descendit de la voiture et marcha à côté. Jacques, son frère, le rejoignit tout de suite après. Les deux frères discutèrent quelques minutes tout en observant les gens, les femmes seules épuisées, portant leurs marmots, les objets disparates, emportés dans cette course folle et désespérée. Très vite, Jean s'approcha de la femme de devant et lui proposa de porter l'un de ses gosses. Elle lui tendit le petit sans un mot. Jean le posa sur ses épaules et son frère, pour ne pas être en reste, fit de même. Les heures passèrent, accablantes et monotones. Épuisée, la femme s'était arrêtée quelques heures avant, Jean et son frère en avaient profité pour s'alléger de leur fardeau pesant, au bout du compte, autant qu'un âne mort ! Quand vint la nuit, ils avaient enfin quitté les faubourgs de la capitale et abordaient les champs et les villages. Ils s'arrêtèrent au bord d'un petit bois et se firent des lits de fortune dans la voiture ou sur le bord de la route. Des gens continuaient à avancer. Jean, qui ne dormait que d'un œil, observait au loin quelques silhouettes d'hommes apparaissant et disparaissant sur la route. Des voleurs ! Des salauds qui profitaient de la situation pour faire main basse sur tout ce qu'ils trouvaient ! Il réveilla son oncle Gustave et son frère Jacques et leur expliqua la situation. Il savait son oncle peu courageux et le premier réflexe de celui-ci fut de dire que Jean se trompait ! Des cris s'élevèrent dans la nuit et des hommes passèrent en courant devant eux. Puis, le calme revint, rempli d'incertitudes et de peurs.

Curieux, pensa Jean, que certains souvenirs ne semblent jamais vouloir disparaître de la mémoire. Ce n'était pas étonnant, il y avait une telle irréalité, une telle intensité dans ces moments ! Le lendemain, ils virent leurs premiers cadavres !

Après avoir déjeuné, chacun était parti faire ses besoins où il le pouvait, c'est là que Jean avait aperçu une silhouette connue. Pierre était là ! Les deux amis s'étaient serrés dans les bras, heureux de retrouver une connaissance dans cette foule immense et anonyme.

— T'es tout seul ? avait-il demandé à son ami.

— Non, je suis avec ma mère, elle m'attend au bord de la route.

Jean savait que son ami n'avait pas de voiture, pas encore du moins.

— Je vais aller demander à ma mère si elle accepte que ta mère monte dans la voiture. En plus, elles se connaissent. C'est ainsi qu'ils continuèrent leurs marches en devisant d'affaires en cours à Paris. Ils se demandaient ce que serait leur avenir maintenant que les Allemands avaient envahi la France. Leur conversation fut interrompue par un bruit de moteur tournant à vive allure. Bientôt, deux points firent leur apparition à l'horizon. Les premières personnes s'écroulèrent sur le sol en hurlant avant même que le bruit des mitrailleuses ne leur parvienne. Ce fut aussitôt la débandade ! Jean poussa Pierre dans le fossé et tomba sur lui, il reçut un grand coup sur le dos. Incapable de bouger, il entendit les avions passer au-dessus d'eux, puis revenir en faisant un second mitraillage. Enfin, le bruit cessa. Les cris et les pleurs retentirent alors. Aidé par Pierre, Jean repoussa le corps sans vie de l'homme tombé sur lui et revint sur la route. Heureusement, personne de sa famille n'avait été atteint par les balles. Partout, ce n'était que désolation, peur et cris ! Ils n'allaient pas s'en sortir ! Qu'allaient pouvoir faire tous ces gens,

ces femmes et ces enfants devant cet ennemi cruel et surarmé, à part marcher le plus possible pour s'éloigner d'eux ?

Sa baguette à la main, Jean quitta le cimetière et rejoignit sa maison à pas lents. Jamais, de toute sa vie, Jean n'avait baissé les bras, il était trop fier pour cela. Au contraire, il avait tiré le meilleur parti de chaque situation vécue, même les pires ! Ressassant ses pensées, il songea à la visite de la petite fille de Chloé. Chloé ! Une belle femme, une chieuse aussi, qu'il avait fini cependant par apprécier au fil du temps. De nouveau, ses souvenirs l'assaillirent.

Passé l'horreur, la marche reprit, interminable ! Au fur et à mesure de leur avancée en direction de la Loire, les débris se firent de plus en plus nombreux, corps sans vie, chevaux couchés sur le sol, charrettes renversées, les malles ouvertes et leurs contenus éparpillés, voitures en panne. Bientôt le moteur de la traction avant hoqueta, se reprit avant de s'arrêter en vibrant de toutes parts. Panne d'essence ! diagnostiqua l'oncle Gustave. Tous les passagers se répandirent sur la route aussitôt. C'était la tuile ! Un peu plus loin, la voiture d'autres personnes était garée sur le bas-côté.

Pierre tendit le bras.

– Regarde ! C'est la famille de Chloé, là-bas !

– Ah, ça ! C'est fort ! Il y avait des centaines de personnes sur les routes et ils se retrouvaient tous, par hasard, sur le bord de la route. À bien y regarder, les Cohen, comme tant d'autres, paraissaient être dans la galère. Ils devaient être en panne d'essence.

– Comme ta voiture, ajouta Pierre avec dépit. Il vit d'un seul coup apparaître Chloé de derrière la voiture. Son cœur fit un bond. Malgré ses cheveux défaits, emmêlés et sa robe salie, elle semblait tout droit sortie d'un rêve. Il reçut un coup de poing sur l'épaule et sursauta.

– On avance ou tu restes là à baver devant ta copine ?

– Ce n'est pas ma copine ! asséna Pierre.

– Peut-être pas dans la réalité, mais, dans tes rêves, oui !

Les Cohen furent aussi surpris qu'eux de les apercevoir. Et Chloé, Jean l'aurait presque juré, faillit prendre Pierre dans ses bras. Elle se contenta de leur faire un sourire rassuré.

Jean avait raison. Les Cohen étaient tombés en panne d'essence et, cerise sur le gâteau, n'avaient plus rien à manger !

Jean se souvint du goût de l'essence dans sa bouche, il avait failli vomir en en avalant une goutte par accident. Par la suite, avec Pierre et Jacques, ils étaient partis dans une ferme voisine chercher de quoi manger. Une grosse vache beuglait de douleur. Ses pis étaient gonflés et Jean avait trait l'animal pendant que Pierre, son ami, cherchait des œufs dans le poulailler. Ils étaient ensuite revenus vers les voitures avec leur butin mirifique.

Une vie bien remplie

Paris, mercredi 13 septembre, 9 heures

De nouveau, la silhouette du vieil homme se dessina au milieu de l'encadrement de sa porte. Son visage se figea en reconnaissant Claire.

– Encore vous ? Que voulez-vous savoir encore ? Avez-vous retrouvé Louise ?

– Bonjour, monsieur Durant, pouvons-nous entrer ? demanda la jeune femme.

L'homme s'effaça sans un mot.

– Lieutenant Trendane se présenta Pauline en lui montrant sa carte de police.

Comme lors de sa dernière visite, la femme de monsieur Durant apparut, elle était toujours en pyjama et portait un gros chapeau sur lequel étaient fichées des plumes de couleur vive. Pauline regarda Claire en écarquillant les yeux.

– Martine, va te recoucher s'il te plaît, lui dit son mari en la prenant par les épaules et en la guidant vers la chambre. Il revint vers les deux policières, un air harassé sur le visage.

– Alzheimer ? Lui demanda Claire.

Il hocha la tête. Claire le sentit au bord de la rupture.

– Ça fait longtemps ? s'enquit Pauline d'une voix douce, inhabituelle chez elle.

– Qui peut le dire ? répondit Thierry Durant. Tout ce que je peux vous dire, c'est que ça ne s'arrange pas au fil des années.

– Désolée, reprit Claire, on va essayer d'être brèves.

– Prenez votre temps, je vous en prie. Ça fait du bien de discuter avec quelqu'un de sensé, croyez-moi ! Vous voulez que je vous parle de quoi ? Des voisins ? De cet immeuble ? Du propriétaire ? Du fantôme ? Louise m'a déjà posé des questions sur tout ça, rétorqua l'homme. Vous voulez du café ou autre chose ?

– Un café, répondit Claire.

– De même, fit Pauline.

Tandis que l'homme s'activait dans la cuisine, les deux femmes firent le tour de l'appartement. De nombreuses photos ornaient les murs, on y voyait le couple Durant en pleine activité, tantôt en train de chanter sur une estrade, tantôt habillés en randonneurs sur une pente verdoyante de montagne, tantôt en train de nager sous l'eau avec des bouteilles. Une autre photo les montrait arrêtés au pied d'une grande cascade à côté de leurs vélos garnis de sacoches. L'homme revint quelques minutes plus tard avec un plateau sur lequel fumaient trois tasses. Il montra les photos d'un signe de tête.

– Bien qu'on n'ait pas eu d'enfants, on a eu une vie bien remplie. On a visité notre belle terre de long en large. Rencontré des gens extraordinaires. Je ne pensais pas que notre vie finirait de façon aussi lamentable ! Mais bon, c'est comme ça ! Il s'assit pesamment dans son fauteuil et sans attendre les premières questions, se mit à parler.

– Nous sommes arrivés dans cet immeuble en 1952, nous avions tous deux vingt ans Martine et moi, et des rêves plein la tête ! C'était une époque merveilleuse. Après les années de guerre suivies par un rationnement pas toujours facile à supporter, nous avions tout à reconstruire, il y avait du travail partout. À cette époque, si un travail ne nous convenait pas, il suffisait de donner son compte et de retrouver un boulot le lendemain. J'ai fini par me retrouver cadre dans une imprimerie et Martine, libraire dans une boutique des marais.

– Comment vous êtes-vous connus avec votre femme ? demanda Pauline.

– Ah ! C'est toute une histoire ! Figurez-vous que nous nous sommes rencontrés une première fois en juin 1940 ! Lors de l'exode !

Comme beaucoup de gens, mes parents avaient quitté Paris pour fuir les envahisseurs. Nous étions à vélo et nous comptions descendre jusque dans le sud, à Marseille, pour rejoindre les colonies. Lors de cette fuite infernale, mes parents ont aidé quantité de gens. Une fois, nous avons aidé une femme seule avec sa fillette, une gamine de mon âge. Nous sommes restés une journée avec elles. Papa, qui était photographe, n'arrêtait pas de prendre des photos. Une autre fois, c'est nous qui avons été aidés par d'autres gens. Nous n'avions plus rien à manger et ils nous ont invités à leur table champêtre. Il y avait trois familles, les Tremblay, les Dubois et les Cohen.

Claire sursauta en entendant ces noms. Tremblay, Dubois, Cohen ! Invraisemblable !

– Qui ça ? Tremblay, Dubois et Cohen ? C'est bien ça ?

Thierry sourit.

– Je savais que ces noms vous feraient réagir. Oui, ces trois familles étaient ensemble. Nous ne sommes restés avec eux que le temps du repas. C'est là que mes parents qui cherchaient un appartement à Paris ont entendu parler de ce logement. Les Cohen leur ont indiqué qu'ils possédaient un immeuble. Ils espéraient que tout redeviendrait normal après quelques semaines ou quelques mois, le temps que la guerre finisse. Ils ont donc donné leur adresse à mes parents pour après…

– Et ensuite ? demanda Claire impatiente.

– Par la suite, mes parents ont été tués sur la route, je me suis retrouvé tout seul. D'autres gens m'ont recueilli et m'ont gardé avec eux jusqu'à la fin de la guerre. Je suis ensuite parti vivre chez un oncle, imprimeur, à Puteaux. Il m'a appris le métier. Lors d'une visite chez un éditeur, j'ai rencontré Martine, elle avait dix-neuf ans comme moi. On s'est plu, on s'est raconté notre vie et là, surprise, on s'est aperçu, avec stupeur, qu'on s'était déjà rencontré des années auparavant lors de ce fameux exode. La femme avec sa gamine que mes parents avaient aidée, c'était elle ! Très vite, on a cherché un appartement. C'est là que j'ai proposé l'appartement des Cohen. Cette adresse, je l'avais précieusement gardée comme une relique. Quand nous nous sommes présentés, il n'y avait aucun Cohen dans la place et l'immeuble appartenait à Pierre Darbois. Un type pas vraiment sympathique. Comme il y avait un appartement de libre au dernier étage. Nous l'avons pris ! Et voilà, plus de cinquante ans plus tard, nous y sommes encore !

– Et c'est quoi alors ces histoires de fantômes, le questionna avidement Pauline. Pourtant, songea Claire, la jeune femme avait été la première à rire de cette histoire dans le bureau de Lazure.

– Heureusement que l'appartement nous plaisait, car, il y avait parfois de drôles de bruits. Comme des gémissements, des cris assourdis, pas de quoi nous rassurer. Mais le loyer n'était pas cher et puis il y avait quelque chose de sentimental dans ce lieu. Parfois, quand nous rentrions du travail, nous avions l'impression que des objets avaient bougé comme si quelqu'un s'était promené dans l'appartement. Les livres n'étaient plus rangés comme avant. C'est ma femme qui les rangeait en ordre, habitude de libraire sans doute ! Après, dans les années soixante à soixante-dix, les bruits ont diminué avant de cesser complètement.

– Et vous avez eu des explications ? demanda Claire.

– Non, rien de concret. Même le propriétaire ne comprenait pas et affirmait que ce n'était pas lui qui visitait notre appartement. Mais bon, quelle était la fiabilité de cette affirmation ?

– Vous pensez que c'était lui ? Demanda Claire.

– Franchement, qui d'autre ? En revanche, quant à savoir comment il procédait, je n'en ai aucune idée. Il leur indiqua la porte d'entrée pourvue de deux verrous de sécurité supplémentaires. La porte est le seul accès de l'appartement. Nous sommes les seuls à posséder les clés des serrures.

Claire reposa son carnet. Et les voisins ? demanda-t-elle.

– Pour les bruits, je n'ai pas fini ! Ils ont repris ces derniers mois ! rétorqua-t-il.

– Les filles du second m'ont dit la même chose. Que pensez-vous de votre voisin du premier ? Éric Leroux ? ajouta Claire.

L'homme réfléchit quelques secondes.

– Il est bizarre. En fait, il nous a invités à venir boire un apéritif, il y a trois mois de cela. Franchement, je l'ai trouvé, pardonnez-moi l'expression, agité du bocal. Tantôt calme, tantôt presque hystérique. Il nous avait invités, mais ne semblait pas vouloir que nous restions plus que ça. Vraiment, il était très bizarre. Il est aussi souvent absent et rentre tard chez lui, la plupart du temps.

– Comment le savez-vous ? Vous habitez au dernier étage et lui, au premier, demanda Pauline.

– Vous verrez quand vous aurez mon âge, le sommeil n'est plus ce qu'il était, d'autant, quand on a la surveillance d'une femme âgée qui chahute parfois comme un gamin de cinq ans ! Bref, je dors très mal et il m'arrive de regarder qui arrive la nuit quand j'entends une voiture qui se gare dans la rue.

– Dans ce cas, vous pouvez nous dire si ce voisin rentre accompagné ou non ? Dit Pauline.

– Il m'est arrivé de le voir accompagné, répondit Thierry.

– Et les personnes l'accompagnant, les avez-vous vu repartir ?

– Non, en général, je m'endors souvent au petit matin, je crois qu'à ce moment-là, il pourrait se passer n'importe quoi !

Il jeta un coup d'œil à sa montre.

– On a bientôt fini, monsieur Durant. Avez-vous entendu ou vu quelqu'un avec Louise, ces derniers jours ?

L'homme secoua la tête.

– Non, désolé.

– Dommage, ajouta Claire. Une dernière question : la dernière fois que je suis venue avec l'autre lieutenant de police, votre femme a dit que l'ancien propriétaire avait été tué en 1973 par un certain Michel Tarot ou Tardy. Qu'en est-il réellement ?

– Ce que j'en dis, c'est que ma femme n'a pas les idées claires. Mais elle avait raison sur un point. Pierre Darbois est bien mort assassiné en 1973. Quant à savoir si la police a trouvé des pistes, je pense que vous êtes plus à même de le savoir… la porte de la chambre s'ouvrit brusquement et Martine Durant apparut. Elle avait enfilé un pull à l'envers, portait des chaussures à haut talon et un pantalon de jogging sans forme.

– C'est Georges, l'assassin ! Il était gentil et il a tué Darbois ! s'exclama-t-elle avec aplomb !

Thierry Durant se précipita vers elle.

– Martine ! Arrête de raconter n'importe quoi ! Tu embrouilles tout !

– Il est sur la photo de ton père, pourtant ! ajouta-t-elle avant de se replier vivement vers la chambre. La porte claqua et un silence gêné revint.

– C'est quoi cette histoire de photo de votre père, monsieur Durant, demanda Claire.

Contrairement à ce qu'elle pensait, Thierry ne nia pas les faits.

– J'allais vous en parler. Après que Louise a été passée nous voir, je suis descendue dans ma cave au sous-sol. J'y ai rangé de vieilles affaires dont celles appartenant à mes parents. J'y ai retrouvé l'appareil photo de mon père. Il y avait une pellicule dedans. Je l'ai fait développer chez un photographe, soit dit en passant, il n'en reste plus beaucoup qui ont encore du matériel pour ce genre d'opérations ! Bon, bref ! Il se leva, ouvrit un tiroir et en sortit une enveloppe en papier kraft. Tenez, dit-il, voici un double des photos, je l'avais préparé pour Louise. Il ouvrit la pochette et en sortit une photo. Là, vous voyez, cette femme avec la fillette, c'est la mère de Martine et là, c'est Martine ! Voici une autre photo sur laquelle posent les familles Tremblay, Dubois et Cohen. Il leur tendit. Claire comme Pauline purent voir plus d'une douzaine de personnes posant devant une antique Peugeot et une traction avant noire. Malheureusement, reprit Thierry, je ne peux pas vous dire avec certitude qui est qui sur cette photo, c'est trop loin dans le temps pour que je m'en souvienne.

Voilà, souffla-t-il. Je pense que je vous ai tout dit.

– Encore deux questions, dit Pauline en montrant une photo, connaissez-vous cet homme ?

Thierry chaussa ses lunettes et la regarda longuement.

– J'ai l'impression de l'avoir déjà vu. Je ne sais plus où ni quand, désolé de ne pas être plus précis. Qui est-ce ?

– Éric Leroux, votre voisin !

Thierry ouvrit des yeux ronds.

– Ça alors, ce n'est pas du tout le souvenir que j'en avais. L'homme que j'ai rencontré avait une petite queue de cheval et portait des petites lunettes rondes comme celles de Lennon !

Claire hocha la tête. Que voulais-tu demander de plus à monsieur Durant, Pauline ?

– Comment sont les caves de l'immeuble, s'il vous plait ? Dit la jeune femme.

– Les caves ? Ecoutez, je vais vous donner la clé qui ouvre le sous-sol, vous verrez par vous-même ! Après, vous les remettrez dans la boîte aux lettres, je les récupérerais demain matin en allant chercher le pain.

– Merci, monsieur Durant, on ne vous embête plus ! Bon courage avec votre femme.

Les deux policiers quittèrent l'appartement. Elles se regardèrent quand la porte se retrouva fermée.

– Bon sang ! Dit Pauline à voix basse, je n'aimerais pas être à sa place. Pourquoi ne met-il pas sa femme dans un institut spécialisé ?

Claire haussa les épaules.

– On va aller voir les autres voisins, surtout celui du quatrième, Filipe Lopez, j'aimerais bien lui parler, dit-elle.

Une fois de plus, les autres locataires étaient absents.

Les deux policières descendirent ensuite au sous-sol. Six caves de quatre mètres sur quatre, séparées par un étroit couloir se faisaient face. Après avoir éclairé l'intérieur de chacune d'entre elles par les portes ajourées, au moyen de leurs torches, elles remontèrent au rez-de-chaussée sans avoir vu quoi que ce soit de suspect. Ce n'était pas ici qu'était enfermée Louise ou, qui que ce soit d'autre !

– Bon, fit Pauline après avoir jeté la clé du sous-sol dans la boîte aux lettres des Durant. On va au bureau avant de passer voir ton autre témoin à Poissy. Tremblay, c'est ça ?

– C'est ça, Jean Tremblay.

Une fois de plus, en sortant de l'immeuble, Claire eut l'impression de rater une chose importante.

Souvenirs.

Jean se réveilla brusquement. Le livre posé sur ses genoux avait glissé par terre, c'est le bruit qui l'avait réveillé. Ce n'était pas la première fois qu'il s'endormait dans son fauteuil en lisant. Il ramassa le livre avec difficulté et se repositionna dans son fauteuil. La maison était calme, trop calme. Normal quand on vit seul ! Dans un peu moins d'un mois, le 11 octobre, il allait avoir 94 ans. Cette année, pour la première fois depuis 63 ans, il serait seul ce jour-là. Yvette, sa femme depuis 69 ans, s'était endormie pour toujours pendant son sommeil, le jour de son anniversaire, le 18 juin 2016. Jean était fatigué. Il en avait marre et repensa avec nostalgie à ces vieilles années.

Ils avaient quitté Pierre, sa mère et les Cohen, deux jours auparavant pour rejoindre la ferme de la Genevraye, tenue par une autre de ses tantes. Jean ne savait pas s'il les reverrait, tout allait si vite avec ces avions qui mitraillaient la foule et les bombes qui tombaient sur les ponts. Qu'en moins d'une seconde, n'importe qui pouvait mourir. Pourquoi Pierre et les Cohen n'avaient-ils pas voulu se joindre à eux plutôt que de continuer à descendre en direction du sud vers un hypothétique havre de paix. Au fil des jours, les explosions et le bruit des bombes se faisaient de plus en plus présents et proches. Au loin, la nuit, le ciel s'illuminait et la terre tremblait comme une bête blessée.

La ferme de la Genevraye lui avait semblé être un havre de paix ! On y mangeait et dormait en paix. Même les Allemands, qui pourtant progressaient toujours aussi rapidement, ne semblaient plus être une menace à présent. Paris était tombée sans résister. Tout le monde était parti et leur Hitler était venu parader sur les champs Élysée. Quelle honte pour le gouvernement français qui semblait avoir disparu de la surface de la Terre.

Jean avait discuté avec sa mère et ses tantes. S'ils le voulaient, les Cohen et les Dubois pouvaient venir à la ferme, il y avait de quoi manger et les accueillir quelques semaines. Jean était aussitôt reparti les retrouver. D'après les nouvelles diffusées dans la radio, leur voyage avait dû s'interrompre devant Sully-sur-Loire.

C'est ainsi que le lendemain, Pierre et sa mère, accompagnés des Cohen, arrivèrent avec leur voiture dans laquelle Jean avait remis de l'essence. Tous étaient éprouvés, surtout la mère de Pierre, qui ne semblait pas aller très bien depuis des jours. Deux semaines étaient passées et Jean avait trouvé un homme capable de faire des faux papiers, il s'appelait Bertrand Mareil. En deux jours, il avait refait des papiers pour Chloé et ses frères, ceux-ci s'appelaient maintenant Darbois comme la sœur de madame Cohen. Ainsi, s'ils étaient interrogés, il leur serait plus facile de décrire un environnement qu'ils connaissaient pour y avoir été de nombreuses fois.

Jean se souvenait de cette remontée vers Paris. Il y avait des contrôles allemands presque tous les dix kilomètres, il n'avait jamais eu aussi peur de sa vie, enfin si, quand les avions mitraillaient les gens, il avait eu encore plus peur ! Ils étaient ensuite arrivés à Paris et Chloé et ses frères avaient retrouvé leur maison tout comme Pierre et sa mère. De leurs côtés, Jean et Pierre avaient repris leurs petits trafics.

La voiture.

Claire regardait les vidéos du douzième collectées par les collègues. Elle avait axé sa recherche sur la rue de l'immeuble où habitait Louise. Sur quelques-unes, elle avait reconnu des locataires. Monsieur Durant rentrant de chez le boulanger avec une baguette à la main, le propriétaire se rendant à son travail, il travaillait dans une petite agence bancaire située non loin de là. Elle avait aussi aperçu Élodie Després en compagnie d'une autre fille, elle supposa qu'il s'agissait de sa colocatrice Charlotte Vallon et aussi d'autres personnes dont elle estima l'identité d'après leurs dossiers de location remis par Darbois. Le couple Legoff et Filipe Lopez. Sur de vieux enregistrements datant d'une semaine, elle remarqua même la présence de Louise et fut heureuse de la voir. Hormis ce point intéressant, il ne se passa rien. Des voitures passaient, s'arrêtaient parfois. L'une d'entre elles retint son attention, une voiture d'artisan. Elle arrêta la vidéo sur elle et tressaillit en lisant l'inscription peinte sur le côté.

« La plomberie, c'est mon métier ! »

– Bon sang ! C'est la voiture de société du copain de Louise ! s'écria Claire.

Aussitôt, Pauline et Guillaume rappliquèrent à ses côtés.

– T'as trouvé quelque chose ? demanda Pauline.

– Oui, le copain de Louise est venu à Paris, une journée avant que Louise disparaisse ! Pourquoi ne m'a-t-il rien dit ?

– Attends, tu permets, dit Pauline en faisant défiler une autre bande. Elle arrêta l'image et la plaque d'immatriculation, légèrement floutée par la définition médiocre, apparut. Elle écrivit le numéro sur le logiciel national des immatriculations et lança l'application.

– Antoine Leguérinel ! Suivait l'adresse de l'homme, au Guilvinec.

– J'appelle la gendarmerie ! dit Claire.

Un peu de réconfort

Une nouvelle bouteille d'eau accompagnée cette fois-ci d'un sandwich fut jetée sur le sol. Louise s'en empara avec difficulté. Elle avait mal au cœur et le moindre effort le faisait cogner comme un oiseau affolé dans sa poitrine. Une fois de plus, elle eut un mal de chien à ouvrir le papier fermant l'emballage. Elle mordit enfin dans le pain de mie avec une avidité sans borne. Il fallait que ce repas inespéré dure dans le temps, qu'elle apprécie chaque bouchée comme un cadeau du ciel. Pas rassasiée, cependant l'estomac comblé, elle s'appuya sur le bord de sa couche. Sa tête tournait sans arrêt. Que voulait son tortionnaire ? Pourquoi la gardait-il en vie ? À quoi s'amusait-il ?

Quelques heures auparavant, elle avait entendu la porte d'à côté s'ouvrir. Quelques plaintes vite étouffées s'étaient élevées et puis, plus rien, l'homme était reparti en laissant la porte ouverte. Il était revenu quelques minutes plus tard, Louise l'avait entendu traîner quelque chose de lourd par terre. Son sang n'avait fait qu'un tour et elle avait tourné de l'œil. Quand elle était revenue à elle, tout était silencieux, comme dans une tombe !

L'idée.

En attendant des nouvelles à venir de la gendarmerie, toute l'équipe s'était remise sur les affaires en cours. Ils avaient enfin trouvé quelque chose sur Gilles. La voiture aperçue par l'un des voisins du policier avait fini par être repérée, une Citroën C4 grise, un ancien modèle, l'immatriculation indiquait qu'elle appartenait à Germain Grisou, un type décédé depuis plus de cinq ans. Il y avait un détail intéressant, la famille Grisou avait été un temps la famille d'accueil de Léopold Foulard. L'étrangleur avait séjourné chez eux. Encore une fois, il y avait un rapport avec l'ex-commercial. Tout s'orientait, une fois de plus, vers l'ancien détenu. Claire ne pouvait s'empêcher de penser que Foulard faisait un trop bon suspect. Et puis, coup de théâtre, on avait trouvé une autre vidéo où l'on voyait le conducteur s'extirper de la voiture. Il devait avoir mal à une jambe et boitait fortement. La silhouette rappela aussitôt des souvenirs à Claire. Celle du vagabond aperçu par sa fenêtre à Mantes, le jour où le message avait été collé sur l'une de ses fenêtres. Le même homme ? En tous cas, pas Foulard qui, d'après les gardiens du pénitencier de Fresnes, était en parfaite santé le jour de sa sortie. À moins qu'il se soit blessé entre-deux ? Claire appela Benoît. S'il avait le chic pour reconnaître des silhouettes parmi tant d'autres, peut-être reconnaitrait-il celle de Foulard dans cette vidéo en la comparant avec l'une, faites lors de l'interrogatoire de Foulard dans les locaux de police ?

– Non, certifia le policier, ce n'est pas le même homme !

– Sûr ? ajouta Claire.

– Je connais mon boulot, Lieutenant, cet homme n'est pas Foulard, c'est quelqu'un d'autre !

– Merci, Benoît !

Claire soupira. Ses certitudes se renforçaient, quelqu'un cherchait à faire porter le chapeau des meurtres à d'autres. D'un côté, sur Foulard et d'un autre, sur Gilles ! Qui pouvait en vouloir au jeune lieutenant de police ? Aucun nom ne venait à l'esprit de Claire. À s'arracher les cheveux ! En plus, l'enquête n'avançait pas.

L'étrangleur était-il cet homme boiteux ? Pourquoi conduisait-il la voiture d'un type mort depuis plusieurs années ? Claire se souvenait de cette affaire. Après l'arrestation de Foulard, la police était allée chez l'ancienne famille d'accueil Grisou. Les policiers y avaient trouvé le cadavre desséché d'une vieille femme battue à mort. Foulard avait toujours nié l'avoir tué. La voiture des époux Grisou n'avait jamais été retrouvée.

Claire se déplaça vers les tableaux blancs récapitulant les éléments des enquêtes en cours et s'arrêta devant celui de l'étrangleur.

<u>L'étrangleur :</u>

Sortie de prison de Léopold Foulard le vendredi 8 septembre
Meurtre du maire Kipper de Boissy-Mauvoisin, le 11 septembre.
Indice indiquant que ce meurtre est lié à GG et CG, donc à Gilles et Claire probablement.
Cheveu de Gilles trouvé sur ordinateur portable de la victime.
Alibi par Claire.
Lundi 11 septembre soit le soir même du premier meurtre.
Assassinat d'une voisine de Gilles vers 22 heures trente.
Empreinte main droite de Gilles trouvée sur un meuble en formica chez la victime.
Vidéo montrant un homme qui boîte dans une voiture en rapport avec Léopold Foulard.
Ce n'est pas Foulard d'après Benoît.

Bon, pensa Claire en relisant les notes. Si ce n'est pas Foulard, où est donc passé ce type ? Elle lut l'heure sur son portable. Il était déjà 19 heures trente. Il ne restait qu'elle dans les bureaux. Un passage vers les cellules pour voir Gilles et après, elle rentrerait à Mantes, afin de dormir un peu. Elle avait faim aussi.

Il était 21 heures passées lorsqu'elle arriva à Mantes. Elle se fit une omelette au gruyère accompagnée de salade verte et mangea une pomme. Malgré qu'il se morfonde dans sa cellule, elle avait trouvé Gilles plutôt en forme. Les gardiens lui apportaient des petits plats. Si ça continuait à ce rythme, il allait prendre quelques kilos supplémentaires à ne pas faire d'exercice tout en s'empiffrant !

Elle se vautra dans un fauteuil et s'aperçut qu'elle avait laissé la télécommande de la télévision sur la commode, elle se leva. Elle allait s'emparer de l'objet quand son regard se posa sur une photo encadrée. On y voyait Gilles cachant son visage avec sa main droite ! Claire se souvenait du moment. Gilles mangeait une gaufre remplie de chantilly et Claire lui avait gentiment bousculé le coude. Le visage de Gilles avait été recouvert de chantilly. C'est à ce moment-là que Claire avait pris la photo ! Le type même de photo sur laquelle on pouvait voir précisément la main de Gilles ! Et d'un coup, Claire eut une idée pouvant disculper Gilles sans coup férir ! Bon, de toute façon, il était trop tard pour faire quoi que ce soit. Elle décrocha la photo du mur pour l'emmener au bureau et se frotta les mains, elle en était sûre, elle pouvait disculper son bonhomme ! Cette idée lui fit plaisir au plus point.

Son portable bipa indiquant qu'un message venait d'arriver. La gendarmerie du Guilvinec.

– « Bonjour. Conformément à votre demande, nous avons cherché à interroger monsieur Leguérinel. Celui-ci n'était pas chez lui. Renseignement pris auprès de son entourage, il serait parti travailler pour plusieurs jours sur un chantier à Rennes. Nous avons pris contact avec la gendarmerie de Rennes. Aucune trace de monsieur Leguérinel n'a été trouvée sur le chantier en question. D'après le chef de chantier, votre suspect n'est pas venu comme il l'aurait dû, pourtant, l'homme est, paraît-il, sérieux. Il ne comprend pas.

Nous poursuivons notre enquête.

Salutations,

Commandant Lebrac. »

Claire lui envoya aussitôt un message de remerciements pour ses recherches sur Antoine Leguérinel et reposa son portable.

Se pouvait-il que Leguérinel soit pour quelque chose dans la disparition de Louise ? Le mystère s'épaississait chaque jour davantage. Mais, il restait des pistes, à commencer par le locataire du premier étage de l'immeuble. La dernière adresse connue d'Éric

Leroux étant celle du centre Emmaüs, Claire s'y rendrait demain matin. Dans ces lieux, il semblait impossible que personne n'eût de nouvelles d'un ancien copain sorti de la mouise, comme par miracle !

– Bon sang, Louise ! Où es-tu passée ? murmura-t-elle.

Souvenirs.
Paris, 1942.

Jean travaillait dans les ateliers municipaux sur la maintenance des véhicules de l'administration et accessoirement sur celles des ennemis tandis que son ami Pierre s'occupait de l'approvisionnement de l'armée d'occupation. Dès leurs retours à Paris, tous deux avaient repris leurs affaires de marché noir. L'argent n'était plus un problème maintenant pour Pierre et il s'était acheté une voiture avec laquelle il véhiculait Chloé et ses amis, Sarah et Carl. Les parents de Chloé restaient maintenant cloîtrés chez eux et devaient accrocher une étoile jaune sur leurs vêtements chaque fois qu'ils sortaient dans la rue.

Jean comme Pierre, devaient faire particulièrement attention quand ils allaient chercher de la nourriture, des cigarettes et autres produits divers pendant le couvre-feu. Plusieurs fois déjà, ils avaient failli se faire avoir et n'avaient dû leur salut qu'à une fuite effrénée à travers les rues de la capitale. Pierre avait changé, il était devenu plus rude en affaires, plus dur aussi. Jean avait parfois du mal à reconnaître son ami. Malheureusement, il n'était pas le seul dans son cas et nombre des amis de Jean, avaient suivi la même voie par la force des choses.

En France, d'après le réseau, la situation peinait à s'améliorer. Le réseau de résistance se mettait doucement en place à des postes stratégiques. Pour l'instant, c'était la collecte des renseignements qui importaient, le nombre de soldats, leurs armements, les rotations, l'état des stocks, etc. ... Par le responsable, personne ne savait qui exactement était cet homme et le flou restait de mise, ces collectes serviraient à préparer des attaques. Il était encore trop tôt pour cela. Les alliés n'étaient pas suffisamment forts pour l'instant. Mais, il y avait de l'espoir ! Depuis l'attaque d'un de leurs ports de guerre par les Japonais en décembre 41, le géant américain s'était enfin lancé dans une course à l'armement. D'après le réseau, les Japonais avaient commis une erreur monumentale en s'attaquant de façon aussi sournoise aux Américains. Ceux-ci avaient une force industrielle incroyable et il ne leur faudrait pas des années avant que leurs navires de guerre et leurs armes commencent à déferler dans le monde entier. Pour l'instant, il était trop tôt pour agir ! Londres leur donnerait les objectifs en temps voulu.

Quand il ne travaillait pas, Jean aidait sa mère et sa famille. Ensuite, il partait rejoindre Pierre et Chloé. Drôle de couple que ces deux-là ! S'ils sortaient souvent ensemble, ils n'étaient pas en couple. Jean voyait bien que le père de Chloé, juif non pratiquant comme sa femme, aurait bien voulu que sa fille accepte de se marier avec Pierre. En ces temps difficiles, Pierre était celui qui nourrissait la famille Cohen. Les deux frères de Chloé étaient en admiration devant lui. Du coup, c'était Joséphine, la mère de Chloé, qui s'occupait de celle de Pierre. Noémie avait vu mourir devant elle des enfants et leurs mères lors de l'épreuve de l'exode et ne s'en était pas remise. La vie restait cependant pleine de dangers pour les juifs. Plus de treize mille des leurs avaient été arrêtés par la police française et envoyés au Vélodrome d'hiver. Heureusement, Jean et Pierre avaient entendu parler de l'opération et avaient pu mettre les Cohen à l'abri.

La coupure

Jeudi 14 septembre, 9 heures

– Alors, comme ça, tu peux de nouveau prouver que ce n'est pas Gilles qui était présent dans l'appartement de sa voisine, Rosalie Hoarau ! Pourtant, ce sont les empreintes de sa main que nous avons retrouvées sur place, Claire, dit Lazure d'un air pincé.

– Justement, ce sont ses empreintes qui vont le disculper. Sachant que Gilles habitait à côté de la victime, les enquêteurs ont comparé l'empreinte trouvée avec celles prises sur Gilles quand on a trouvé le cheveu avec son ADN.

– Justement, ce sont les mêmes empreintes ! Appuya Lazure qui ne voyait pas où Claire voulait en venir.

– Je vais t'expliquer. Juste après être sortis de la DRPJ, nous sommes allés boire un verre avec les collègues au café du coin.

– Décidément, je ne vois pas le rapport, souffla Soizic Lazure.

– Attends ! Alors que nous buvions notre boisson, un verre est tombé sur le sol et s'est brisé. En ramassant des morceaux, Gilles s'est coupé au pouce, une petite entaille sans gravité.

– Le pouce droit ? questionna Lazure, qui d'un coup, vit où Claire voulait en venir. Tu veux dire que Gilles s'est coupé le pouce avant d'aller à son appartement ? Par conséquent, on devrait retrouver la trace de la coupure sur les empreintes de son pouce droit, voire même un peu de sang, c'est ça ?

Claire opina du chef.

– C'est ça !

– J'espère que tu as raison ! J'appelle tout de suite la scientifique pour qu'il envoie quelqu'un reprendre les empreintes de la main de Gilles et compare avec l'empreinte trouvée. En revanche, si les empreintes correspondent...c'est que...

– Je ne connais pas Gilles ! rétorqua Claire.

Lazure téléphona aussitôt au service scientifique et raccrocha son téléphone tout en réfléchissant.

– Ça n'explique cependant pas pourquoi, on trouve une empreinte de Gandin sur les lieux du crime, Claire.

La jeune femme sortit la photo récupérée dans sa maison et la montra à Lazure.

– J'avais cette photo chez moi, je suis certaine que les positions des doigts de cette photo correspondent avec celles trouvées sur le lieu du meurtre. L'assassin est venu chez moi, a prélevé des échantillons de cheveux et Dieu sait quoi d'autre et a photographié cette photo. On sait qu'avec un bon appareil photo numérique et un peu de matériel, on peut reproduire une empreinte digitale ! Je pense que c'est ce qui a été fait ici ! affirma Claire.[5]

---

[5] Lors de la 31e convention annuelle (27-30 décembre, Hambourg, Allemagne) du Chaos Computer Club, la plus grande association de hackers européens, un hacker du nom de Jan

Une heure plus tard, au grand soulagement de Claire, Gilles put sortir de sa cellule. Claire avait vu juste. L'écartement des doigts correspondait exactement à ceux de la photo et la petite cicatrice de son pouce était bien absente des empreintes prélevées chez Rosalie Hoarau. Comme les collègues avaient aussi corroboré l'histoire du verre brisé dans le café, Gilles put enfin sortir de sa cellule. Pour ne pas être de nouveau accusé de meurtre pour une autre affaire, Guillaume Ratisseau resta avec lui en tant que témoin potentiel. Gilles n'avait plus le droit de s'occuper de l'affaire de l'étrangleur jusqu'à nouvel ordre.

– Bon, fit Gilles à Guillaume, nous voilà condamnés à rester ensemble dans la maison de Claire. Je pensais qu'… on pourrait continuer à chercher pour les autres affaires en restant ici, qu'est-ce que t'en penses ?

Guillaume qui était en train de regarder les nombreux titres trônant dans la bibliothèque fournie de Claire se retourna vers Gilles.

– Pas de problème ! De toute manière, j'avais déjà les dossiers avec moi, il suffit de s'y mettre. Euh… j'ai vu que t'avais le film « Titanic » dans ta DVDthèque, ça te dirait de le revoir ?

– Titanic ? Tu vas faire plaisir à Claire, elle adore ce film !

Le père Noël

– Éric Leroux ? répéta l'homme en regardant la photo que Pauline brandissait devant lui. Oui, je me souviens de lui. Un pauvre gars bien

---

Krissler, également connu sous le pseudonyme de « Starbug », a expliqué comment reproduire les empreintes digitales d'une personne à partir de simples photos. Pour sa démonstration, il a copié l'empreinte de la ministre de la Défense allemande, Ursula Von der Leyen. En effet, il suffit de prendre la photo des doigts de la personne ciblée avec un appareil photo classique pour récupérer ses empreintes digitales. Étant donné que ces empreintes peuvent être utilisées pour l'authentification biométrique, « Starbug » estime que sa démonstration va vraisemblablement obliger « les politiciens à porter des gants lors de leurs apparitions publiques ». Pour réussir son exploit, Jan Krissler a utilisé le logiciel VeriFinger disponible dans le commerce. Comme source, il est reparti d'un gros plan du pouce de la ministre, pris lors d'une conférence de presse donnée en octobre dernier, plus d'autres photos prises sous des angles différents pour restituer une image complète de l'empreinte digitale. Article rédigé par Jean Elyan.

tranquille, enfin sauf quand il avait un coup dans le nez ! Pourquoi le cherchez-vous ? Il s'est encore battu ?

– Non, on cherche plutôt à rencontrer des gens qui l'ont connu alors qu'il vivait dans votre refuge, répondit Claire.

L'homme, un bénévole qui travaillait au refuge d'Emmaüs, les regarda avec un certain énervement.

– Quand des flics recherchent un pauvre type comme Éric, ce n'est surement pas pour prendre de ses nouvelles ! Répondez à ma question ! Pourquoi voulez-vous en savoir plus pour lui ?

– Je vais formuler ça différemment, dit Pauline sans se démonter. Comment, un type comme Leroux, a-t-il réussi à louer un appartement dans le douzième arrondissement de Paris tout en faisant des soirées chez lui ?

Les yeux de l'homme marquèrent son incrédulité.

– Je… je ne savais pas. C'est quoi cette histoire ?

– La vérité, monsieur Frémant ! Seulement la vérité, ironisa Pauline.

L'homme ne remarqua pas le ton ironique.

– Passez voir Émile Lebrun, il loge dans la chambre 12 au deuxième étage. Il était très lié avec Leroux.

Sans attendre de réponse, il retourna à ses papiers.

– Merci ! dit Pauline en passant.

Les deux femmes montèrent l'escalier menant à l'étage et frappèrent à la porte de la chambre 12. Une voix éraillée leur répondit et la porte s'ouvrit sur un petit homme. Un mètre cinquante tout au plus, des yeux bleus délavés, une barbe fournie de couleur blanche comme ses cheveux. Pour un peu, on aurait dit un père Noël avec des yeux d'alcoolique. Il resta en arrêt devant les deux femmes.

– Vous êtes qui ?

– Police, répondirent ensemble Pauline et Claire.

Un instant, les yeux de l'homme reflétèrent la terreur.

– Nous ne venons pas pour vous, monsieur Lebrun. Nous venons pour l'une de vos connaissances, monsieur Leroux, Éric Leroux.

– Leroux ! cria l'homme. C'est un enfoiré ! Il devait passer me voir, il est jamais revenu !

– Du calme, monsieur Lebrun. Pouvez-vous nous en dire plus, s'il vous plaît, répondit Claire en posant une main apaisante sur l'épaule du père Noël miniature.

– Il est mort ? demanda celui-ci.

– Je ne crois pas, dit Claire. Cependant, dans le cadre d'une enquête sur une disparition, on cherche à en savoir un peu plus sur lui. Racontez-nous son histoire.

Émile s'assit sur son lit en se frottant les mains. Il regarda une nouvelle fois les deux femmes et se lança.

– J'ai rencontré Éric dans la rue, c'était en 2014. C'était l'hiver et il flottait sans arrêt ! Il était assis sous un abri en attendant que le temps passe avant de se faire expulser du lieu. Vous connaissez pas ça, hein ? Faut bien qu'on crèche quelque part ! On n'est pas des bêtes !

Claire hocha la tête.

– Non, vous n'êtes pas des bêtes. Et après ?

– Y m'faisait pitié ce type, on aurait dit qu'il allait rester là toute sa vie. Il était au bout. J'les reconnais les types qu'sont au bout du bout ! Un regard vide, un corps tout mou sans p'us rien d'dans ! Des loques, quoi ! Je lui ai offert un café, on s'est partagé un bout d'pain. On est dev'nu copain. On avait vécu des trucs pareils. Un travail, une boîte qui ferme et pis, l'chômage. Après, direct la rue ! ça faisait un an qu'il était d'hors comme un chien ! À se battre avec des types venus de Syrie ou d'ailleurs, pour un bout d'pain ! Après, on s'est fait ramasser par vos collègues. Et y'a une chambre qui s'est libérée au r'fuge. Un vrai lit, des repas chauds, une douche, le bonheur, quoi !

Et puis, y'a six mois ou sept ! J'sais p'us ! Y'a un type qu'est v'nu et il a proposé à mon pote un boulot. Il s'rait payé et aurait un logement. Éric a demandé c'était quoi l'boulot ? Et vous savez ce que le type a dit ?

– Non.

– Qu'Eric aurait rien à foutre ! Il restait dans le logement et pis ; c'est tout ! s'écria le bonhomme. Éric a dit oui. Il m'a dit qui passerait m'voir quand y s'rait installé. Il est jamais r'venu ! Et voilà que vous venez m'parler de lui ! Il haussa les épaules. Ch'ais pas ce qu'il est devenu ! Mais j'sais qu'y m'en dois une !

– Vous pourriez nous décrire l'homme qui est venu proposer cette offre alléchante à votre copain ? demanda Claire.

Le père Noël en puissance se gratta la tête un instant. À croire qu'il cherchait des souvenirs dans sa tignasse emmêlée.

– Il était plus grand qu'moi ! Ça, Claire et Pauline n'en doutaient pas ! Un peu comme Éric. D'ailleurs, ils se ressemblaient un peu tous les deux ! On aurait dit des frères, maintenant qu'j'y pense. Dans les cinquante balais, peut-être plus ou peut-être moins. Dégarni comme Éric. Une tête passe-partout à bien y réfléchir. Il haussa de nouveau les épaules. V'là, c'est tout !

– Merci, monsieur Lebrun, bonne journée à vous ! Dit Claire en partant.

– Eh, les fliquettes ! Si vous voyez Éric, dites-lui que son copain, celui qui s'appelle Émile, est toujours à l'attendre !

– On lui dira, monsieur Lebrun, on lui dira ! répondit Pauline.

Les deux femmes ressortirent du refuge.

– Qu'en penses-tu ? demanda Pauline.

– Surement comme toi ! Quelqu'un s'est servi d'Éric Leroux pour se créer un personnage ! D'ailleurs, c'est ce que m'ont dit les locataires interrogés. Au début, il était très discret avant de devenir bizarre et imprévisible. J'ai un mauvais pressentiment pour Leroux. À mon avis, je pense qu'il croupit dans un coin, pas sous un abri de bus, non ! Dans un trou ! Faut demander au juge qu'il nous délivre une commission rogatoire pour fouiller l'appartement de Leroux ! conclut Claire. Attends, j'ai reçu un message.

Elle attrapa son portable dans sa poche et lut le message. Une moue de contrariété se lut sur son visage.

– Que se passe-t-il ? demanda Pauline.

– C'est un message de la gendarmerie du Guilvinec, ils disent qu'ils m'ont appelé, mais, qu'ils tombaient directement sur ma messagerie. On ne devait pas capter dans le refuge ! Ils me disent qu'ils ont retrouvé Antoine Leguérinel, celui-ci a eu un accident de voiture mercredi matin vers 10 heures en allant à Rennes. Il est dans le coma !

– Il était seul quand il a eu son accident ?

– Oui, il n'y avait pas de passager ! Donc, pas de Louise si c'est à ça que tu penses ! Elle rangea son portable dans sa poche de jeans en réfléchissant. Je crois que je vais demander une seconde commission rogatoire pour la maison de Leguérinel au Guilvinec. Si Louise est emprisonnée là-bas et que Leguérinel est dans le coma à l'hôpital, elle risque de mourir ! Elle haussa les épaules. Qu'est-ce qu'on risque ?

– En attendant, on fait quoi ? On va voir notre retraité, Jean Tremblay ? demanda Pauline.

– Je l'appelle et on file là-bas ! De ton côté, appelle Lazure qu'elle demande au juge Labérue les commissions rogatoires pour l'appartement de Leroux et la maison de Leguérinel.

Enfin !

Jean reposa le téléphone sur son chargeur. Ça y est, le moment arrivait, enfin ! Il allait pouvoir décharger sa conscience de ce poids qui l'étouffait de plus en plus. Il fallait que quelqu'un sache ce qu'il avait fait. De toute façon, il était trop vieux pour aller en prison et puis il devait bien ça à la petite Louise ! Ce devait être elle qui avait donné son numéro de téléphone aux flics. Il se renfonça dans son fauteuil et replongea dans ses souvenirs.

1944,

C'était la débâcle chez les Allemands, les alliés, aidés et armés par les États-Unis, étaient en train de gagner la guerre. En France, le réseau de résistance auquel appartenait Pierre et Jean, organisait un peu partout, des actes de sabotage, distribuait des tracts enjoignant les gens à se battre contre l'envahisseur. Les Allemands rendaient coup pour coup ! Pour un mort dans leur rang, c'étaient plusieurs hommes qui étaient fusillés. Il était temps que la guerre s'arrête d'autant que des membres de leur réseau de résistance se faisaient arrêter les uns après les autres. Le bruit courait qu'il y avait une taupe dans leur réseau ! Du coup, Pierre et Jean se faisaient plutôt discrets. Une semaine auparavant, Émile, le père de jean était arrivé en pleine nuit à sa maison. Trois ans, qu'ils ne l'avaient pas vu. Il travaillait sur un chantier de maçonnerie destiné à protéger les sous-marins allemands amarrés à Bordeaux. Profitant d'un bombardement allié, il en avait profité pour s'enfuir. Il avait mis plus de six semaines à remonter de Bordeaux en voyageant de nuit, en chapardant des fruits, des œufs et même des chaussures. D'ailleurs, il portait deux chaussures de tailles différentes en arrivant à la maison. Ça avait été la joie dans la maison ! Puis, mine de rien, il avait repris ses travaux de maçonnerie. Il fallait bien vivre ! Une dizaine de jours plus tard, Pierre était venu trouver Jean.

– Des voisins ont fait un signalement. Ils disent que ton père est revenu. La police va venir l'arrêter. Partez ! Jean l'avait remercié. Il savait que quand un homme désertait le service du travail obligatoire, c'était son fils qui le remplaçait !

– Je passe te voir ce soir ! avait répondu Jean.

Le soir même, il voyait Chloé pour lui annoncer son départ. Il avait appris à l'apprécier et savait que c'était une fille bien. Il lui avait dit qu'il allait se cacher à la ferme de la Genevraye avec son père jusqu'à la fin de la guerre. Il regrettait d'être obligé de partir. Il n'avait cependant pas le choix et puis il savait qu'il pouvait compter sur Pierre pour protéger la famille de Chloé.

Jean Tremblay.

Le carillon de la porte d'entrée résonna dans le vestibule. Ça y est ! la police était là ! Il se leva avec difficulté et partit ouvrir la porte. Deux jeunes femmes présentèrent leurs plaques de police.

– Monsieur Tremblay ? Lieutenant Gailleau et Trendane de la DRPJ de Versailles. Pouvons-nous entrer ?

– Suivez-moi ! Ce n'est pas tous les jours que je reçois deux ravissantes jeunes femmes, surtout de la police !

Claire et Pauline suivirent le vieil homme, toujours alerte malgré ses 94 ans. Il paraissait cependant respirer avec difficulté en arrivant dans le salon. Il les invita à s'asseoir, leur proposa un café que Pauline et Claire déclinèrent. Claire avait reçu un message de Lazure les informant que les commissions rogatoires arriveraient dans la soirée, elles avaient hâte de visiter l'appartement d'Éric Leroux !

– Que puis-je pour vous ? leur demanda-t-il.

– Monsieur Tremblay, nous sommes à la recherche de madame Louise Leguen, portée disparue depuis samedi dernier.

– La petite Louise ? Ça alors ! Elle est si gentille !

– Vous l'avez donc vue ? demanda Claire.

– Oui, elle est passée me voir, il y a quoi, un mois, peut-être. C'était au mois d'août.

– Savez-vous comment elle vous a trouvé ? intervint Claire.

– Oui ! Grâce à un journal qui avait appartenu à sa grand-mère Chloé. Elle est allée voir les gens habitant à l'adresse où j'habitais du temps de ma jeunesse. Une personne avait des papiers indiquant mon adresse actuelle, une lettre de mes parents, je crois. Peu après, elle est passée me voir.

– Voulait-elle avoir des renseignements sur sa grand-mère ? demanda Claire.

– Oui. Le visage de jean avait pâli d'un seul coup et Claire comme Pauline, se demandèrent s'il ne faisait pas un malaise.

– Ça va, monsieur Tremblay ? demanda Claire.

– Oui, pouvez-vous m'apporter un verre d'eau, s'il vous plaît ?

Pauline courut aussitôt dans la cuisine et revint avec le verre d'eau demandé. Jean le but et sembla reprendre des couleurs. Il reposa son verre sur une petite table recouverte d'une vitre.

– Je dois vous dire quelque chose d'important.

– En rapport avec Louise ? s'enquit Claire.

– Peut-être. Enfin, oui, je pense.

– Allez-y monsieur Tremblay, nous vous écoutons. Pouvons-nous vous enregistrer, s'il vous plaît ?

– Oui. Euh… je vous préviens, ça risque d'être un peu long ! Mais, il faut que ça sorte ! Il fallait que ça sorte un jour !

Claire et Pauline se regardèrent, intriguées. Les paroles du vieil homme ressemblaient à une confession !

– En 1937, mes parents habitaient dans une maison située dans le douzième arrondissement de Paris, non loin d'un immeuble appartenant à la famille Cohen. C'est là qu'habitait la grand-mère de Chloé ainsi que mon meilleur ami, Pierre Dubois. À cette époque, nous faisions pas mal de conneries. Rien de grave cependant comparé à la période de guerre qui suivit. En juin 1940, les Allemands envahirent la France et mes parents, enfin, ma mère, car mon père était à l'intendance dans l'armée, partirent sur les routes en même temps que des millions d'autres personnes dont, les Cohen et les Dubois. Nous nous sommes retrouvés par hasard sur la même route et par la suite, quand les Allemands ont rejoint les gens sur les routes, nous sommes tous partis nous réfugier quelques semaines, chez une tante possédant une ferme à côté du village de la Genevraye. C'est à ce moment-là que Chloé Cohen, la fille aînée des Cohen ainsi que ses frères Joseph et Simon se sont fait fabriquer de faux papiers.

– Savez-vous qui a fait ces faux papiers ? demanda Claire.

– Oui. C'est moi qui me suis occupé de l'affaire. Pas loin de la Genevraye se trouvait la ville de Moret-sur-Loing, lieu notamment apprécié par des peintres, c'est l'un d'eux qui a réalisé les faux papiers, il s'appelait Bertrand Mareil, je crois. Bref, grâce à ces papiers, Chloé et ses frères ont réussi à remonter sans encombre jusqu'à Paris. Par la suite, ses parents ont réussi à les rejoindre. L'occupation a duré quatre longues années. Moi, je travaillais dans l'atelier mécanique de la capitale et Pierre dans l'intendance. Parallèlement à ces activités, nous faisions aussi du marché noir. On descendait à la campagne et on achetait de la viande, des œufs, du beurre, des fruits. Ainsi, nous pouvions aider tout un tas de gens. Pierre et moi avions rejoint un réseau de la résistance et chacun d'entre nous faisait ce qu'il pouvait pour renseigner les réseaux et aider nos proches. Malheureusement, il y avait aussi des dénonciations et nombre de nos amis résistants furent arrêtés. Fin 1944, je dus partir en catastrophe avec mon père à la ferme de la Genevraye.

– Ce devait être plus calme qu'à Paris, non ? demanda Pauline.

– En règle générale, oui, mais bon, j'ai failli quand même y laisser ma vie. Un jour, alors que nous étions dehors, deux avions de guerre se sont mis à se tirer dessus en plein ciel. Ça tirait sec ! Nous étions tous scotchés, le nez en l'air, à regarder les deux pilotes s'étriper. Puis, ma tante nous a appelés pour le repas. À regret, nous avons quitté les lieux pour y revenir une demi-heure plus tard. Les avions avaient disparu depuis longtemps. C'est là que nous nous sommes rendu compte, que juste à l'endroit où nous nous trouvions à les observer, il y avait des impacts de balles !

– Si votre tante ne vous avait pas appelé, vous seriez mort, alors ! s'exclama Pauline.

– Exactement ! Et je dirais même que nous avons eu deux fois de la chance. Un jour de mars 1945, alors que ma mère et mon frère étaient passés nous voir à la ferme, un gars de la résistance nous a appelés. Notre maison avait entièrement brûlé ! Si nous n'avions pas été à la Genevraye, nous aurions pu y rester. Aussi, à la fin de la guerre, nous sommes allés habiter dans l'hôtel de mon grand-père, dans la rue de l'abbaye, à Yerres, le lieu même où j'étais né, 21 ans plus tôt.

– Et Chloé, les Cohen et votre ami Pierre, qu'étaient-ils devenus ? s'enquit Claire.

– Nous avions beaucoup de travail quand nous sommes arrivés à l'hôtel, il fallait refaire des chambres, rénover les lieux pour nous accueillir et il y avait tellement de boulot que je n'ai pas réussi à revenir à Paris avant six mois. Cependant, j'avais eu des nouvelles d'eux par d'anciens amis résistants. Il ne restait personne ! J'appris que les parents de Chloé avaient été arrêtés par la police en mai 1944 et déportés dans des camps. Ils n'en étaient pas revenus. J'appris aussi que Chloé et ses frères avaient disparu comme mon ami Pierre et sa mère. En plus, l'immeuble des Cohen avait été vendu ! J'étais effondré ! Et il me fut impossible d'y revenir avant des années.

– Et après ? demanda Claire. Pour l'instant, Jean Tremblay n'avait rien dit de compromettant pour lui, au contraire ! Elle pensait en apprendre un peu plus sur Chloé et s'apercevait qu'il n'en était rien.

– Ensuite, je suis parti avec les TOA, les troupes d'occupation en Allemagne pendant deux ans. Comme beaucoup de soldats, j'ai eu une marraine de guerre, elle habitait dans les Vosges, à Rambervillers et s'appelait Yvette Viriat et était l'ainée d'une fratrie de huit enfants, Yvette, Marie-Rose, Nicole, Odette, Paulette, André, Francine et

Claudine, elle aussi avait connu la guerre et l'absence de son père. Contrairement à Jean, elle n'avait pas vécu l'exode, leur mère, Yvonne, n'en ayant pas vu l'utilité. Vers la fin de la guerre, elle avait vu des chars flambants neufs s'arrêter devant la maison. Les Américains arrivaient et des gamins d'à peine quatorze ou quinze ans étaient sortis des chars avant de s'évanouir dans la campagne. Par la suite, elle s'était retrouvée à travailler avec ses sœurs dans la papèterie voisine, de Rambervillers. Comme des soldats en garnison en Allemagne se cherchaient des marraines, elle avait vu là une occasion de rencontrer quelqu'un et de changer de vie. On s'est marié le 27 décembre 1949. Quand je suis revenu de l'armée, j'ai continué à travailler avec mon père pendant plusieurs années. Nous habitions à Brunoy, non loin d'Yerres dans une vieille maison chauffée au charbon et avec des toilettes communes, située à l'étage. Ce n'était pas vraiment le luxe, mais bon, on était jeune et la présence de l'autre nous suffisait ! Puis, Yvette est tombée enceinte, c'était fin 1955, Yvette a accouché de Brigitte et c'est à ce moment-là que je suis parti travailler ailleurs. Une personne à qui j'avais réparé le moteur de sa voiture m'a dit qu'il embauchait aux usines Simca de Poissy, j'ai postulé et on m'a embauché tout de suite après ! En deux semaines, je touchais plus qu'en un mois chez mon père ! En 1958, nous sommes allés habiter dans les nouveaux logements HLM à Vernouillet, dans les Yvelines. Par rapport à notre ancien logement, c'était fantastique ! Nous avions des toilettes individuelles, une salle de bain, le chauffage central et même deux chambres et un salon ! C'était le grand luxe et Yvette comme moi-même, nous n'avions jamais connu cela ! Puis, le temps est passé. Alain est né en mars 1958, puis Jean-Yves en 1961. J'avoue que je ne pensais plus tellement à mon ancienne vie même si, de temps en temps, quelques pointes de nostalgie m'envahissaient le cœur en pensant à ceux qui avaient disparu à jamais. Je grimpais dans les échelons de l'usine, devenait chef d'équipe puis, contremaitre. À cette époque, nous habitions dans les nouveaux logements HLM de Poissy situés à la Coudraie, un ancien domaine pourvu d'un château, d'un grand parc qui fut, peu après, transformé en terrains sportifs.

Puis, en 1973, quelqu'un se présenta à notre appartement. Il s'appelait Thomas Darbois et avait eu mon adresse par une lettre que j'avais envoyée à son père en 1945 alors que la guerre était finie. Je suis tombé des nues ! Je connaissais bien Pierre Darbois, c'était un résistant avec qui je m'entendais bien. La surprise, c'est que nous avions cessé toute correspondance à partir de septembre 1945. Comme je lui avais envoyé une lettre et n'en avais eu aucun retour, j'avais alors pensé qu'il ne voulait plus entendre parler de moi. Et puis, j'avais ma propre vie à mener. C'est là que Thomas m'a annoncé que son père était remonté sur Paris en septembre 1945 pour avoir des nouvelles de la famille de sa femme. Personne ne l'avait revu. Il m'a aussi demandé si je connaissais une Chloé dont il ignorait le nom de famille. Je lui ai indiqué que oui, je connaissais bien une Chloé Cohen. Mais, que celle-ci et toute sa famille, avaient disparu en 1945. Après cela, Thomas Darbois est parti. Nous étions le 13 juillet 1973.

Jean se tût et avala une gorgée d'eau. Il reposa le verre vide et regarda les deux policières. Voilà, le moment fatidique était arrivé !

– C'est le lendemain que ça s'est passé, ajouta-t-il d'une voix basse.

– Quoi ? Que s'est-il passé le 14 juillet 1973 ? cria presque Claire. Bon sang ! C'était le jour où Pierre Darbois, le propriétaire de l'immeuble, avait été tué ! Se pouvait-il que…

Jean Tremblay parut se recroqueviller dans son fauteuil comme s'il avait trop loin !

– Je…

– Excusez-moi, monsieur Tremblay ! Dit claire, ça m'a échappé. Que vouliez-vous nous raconter, nous dire ? Euh… que s'est-il passé ce 14 juillet 73 ?

L'homme parut reprendre du poil de la bête, il respira profondément et se lança, enfin !

– Le soir où Thomas Darbois est venu, j'ai eu comme un doute. Et si Pierre ou Chloé étaient revenus chez eux après toutes ses années. Même si cela semblait fou, un espoir insensé m'avait saisi. En plus, il y avait cette histoire avec Pierre Darbois remonté sur Paris en 1945, passé voir un immeuble où habitait une certaine Chloé. À l'époque, je n'avais jamais fait le rapprochement entre mon ami, le résistant

Pierre Darbois, et Chloé Cohen ! Se pouvaient-ils qu'ils fussent de la même famille ? La coïncidence aurait été incroyable. Profitant du fait que le lendemain était un jour férié, je suis remonté à Paris, sur les lieux mêmes de mon enfance. En quelques années, tout avait changé et l'image que j'avais du quartier avait du mal à se superposer à celle de l'instant présent. À l'ancienne adresse de mes parents, là où avait brûlé leur maison, un immeuble de quatre étages avait été construit. Puis, j'eus un coup au cœur en reconnaissant l'immeuble des Cohen. Il n'avait quasiment pas changé et pour un peu, regardant les fenêtres du rez-de-chaussée ou du premier étage, je n'aurais pas été étonné d'y apercevoir le visage de mes amis Pierre et Chloé, en fait, je l'espérais ! Puis, un rideau bougea et le visage d'une femme dans mes âges, apparut. Quelques secondes plus tard, elle sortit et prit la direction de la boulangerie située non loin de là. Ce n'était pas Chloé ! Cependant, il fallait que j'en ai le cœur net ! J'ai ouvert la porte de l'immeuble. À l'époque, il n'y avait pas de digicode à chaque coin de rue comme maintenant. Avant de taper sur la porte, je suis allé lire les noms sur les boîtes aux lettres. Les gens qui habitaient au rez-de-chaussée s'appelaient effectivement Pierre et Madeleine Darbois. Pierre, comme le prénom du père de Thomas, venu aux nouvelles à la maison. Un instant, j'ai eu un doute et j'ai failli repartir. Puis, je me suis repris ! Maintenant que j'étais là, autant savoir si ce Pierre Darbois était bien le gars de la résistance que je connaissais !

J'ai tapé à la porte du rez-de-chaussée, là où j'avais vu le visage de la femme. La porte s'est ouverte et là… Jean resta silencieux comme si le moment lui revenait en mémoire avec la même intensité !

– Et là, quoi ? s'impatienta Pauline.

Titanic.

– T'en penses quoi, Gilles ? demanda Guillaume Ratisseau.

– Qu'on ne risque rien à demander à Benoît ce qu'il en pense. Après tout, il parait plus efficace qu'une machine pour reconnaître un visage !

– Alors, okay, j'envoie !

Le policier appuya sur le bouton Entrée et envoya l'image à son collègue.

– Voilà, il n'y a qu'à attendre son verdict. Bon, on met Titanic ? ajouta Guillaume.

Le visage de Gilles s'orna d'un sourire. Jamais, il n'aurait parié un kopeck sur les goûts cinématographiques de Ratisseau qu'il imaginait, branché Star-War ou autre film du même genre. Il se leva, partit chercher deux bières dans le réfrigérateur de Claire et envoya le film. Même si la menace sur lui s'était plus ou moins allégée, il vivait encore avec l'appréhension qu'un nouveau meurtre se fasse, le meurtre d'une connaissance plus ou moins rapprochée. Qui allait servir de cible au tueur ? Quel artifice allait-il utiliser pour l'incriminer encore plus ? Sur l'écran, Léonardo Di Caprio courait sur les quais.

Le poignard

– L'homme qui m'a ouvert n'était pas Pierre Darbois, le résistant que j'avais connu. Non ! C'était mon ami ! C'était Pierre Dubois, celui que je pensais mort depuis la fin de la guerre ! À son regard, j'ai tout de suite vu qu'il m'avait reconnu et son visage a brusquement pâli.

– Pierre ? ai-je bredouillé. Je n'en revenais pas ! Pourquoi s'appelait-il Pierre Darbois, maintenant ? Pourquoi, avait-il ce regard fuyant ? Du pied, j'ai poussé la porte et je suis rentré et là, j'ai vu le poignard.

– Le poignard ? firent en chœur Pauline et Claire, ne comprenant rien à cette allusion. C'est quoi cette histoire de poignard ? ajouta Pauline.

– Oui, c'est vrai, vous ne pouvez pas savoir. Je vous ai dit que j'avais fait des conneries dans ma jeunesse, celle-ci en est une. Avec Pierre, nous sommes allés dévaliser la maison d'un type riche et nous en avions ramené de l'argent et aussi un magnifique couteau constellé de bijoux. Sa lame était en argent massif. Une œuvre d'art ! Les yeux de Pierre étincelaient comme s'il avait vu le Graal ! On s'est partagé l'argent et je lui ai dit que je gardais le couteau pour le revendre dès que je le pourrais. Je m'étais bien aperçu qu'il aurait voulu l'avoir pour lui, vous savez, comme Gollum avec l'anneau dans le seigneur des anneaux. Les sourcils de Claire et de Pauline se levèrent d'étonnement. À croire que le roman de Tolkien avait traversé les âges et les générations. J'ai aussi vu le film, ajouta Jean. Même des gens comme moi vont au cinéma, vous savez !

– Hum ! Vous disiez pour le couteau ? reprit Claire.

– Malheureusement, je ne l'ai pas gardé très longtemps. Par mon jeune frère, mon père a su ce que j'avais fait. Il m'a supprimé le couteau et flanqué une correction mémorable.

Quand la guerre a éclaté, mon père Émile est parti pour le service du travail obligatoire et c'est moi qui me suis occupé de la maison. En aout 1944, en allant chercher du charbon dans la cave, j'ai alors retrouvé l'arme emmitouflée dans un chiffon et cachée dans un trou du mur. Le lendemain, j'en ai parlé avec Pierre. Je devais la lui montrer le lendemain même. Mais cette nuit-là, mon père est revenu des chantiers de Bordeaux sur lesquels il travaillait pour les Allemands. Oublié, le couteau ! On avait tellement de choses à se dire ! Deux semaines plus tard, Pierre est passé me voir. Je devais fuir avec mon père, des voisins médisants nous avaient dénoncé à la police. Nous sommes alors partis vivre à la ferme de la Genevraye dont je vous parlais tout à l'heure.

Plus tard, ma mère et mon frère Jacques sont venus nous retrouver là-bas. Ma mère, Cécile, était toute retournée. La veille, la police était venue fouiller la maison de fond en comble. Ils recherchaient des armes, des papiers de propagande. Ils n'avaient rien trouvé. Ma mère avait alors décidé de nous rejoindre. À peine deux jours plus tard, un type de la résistance nous a appris que notre maison avait entièrement brûlé !

– Bon d'accord, dit Claire conciliante. Si je résume, le couteau aurait dû disparaître dans les débris de la maison de vos parents et pourtant, vous l'avez aperçu chez votre ancien ami Pierre Dubois, alias Pierre Darbois ! Comment est-ce possible ? Il serait retourné fouiller les ruines ?

– Non ! La vérité est bien plus terrible. Tout à l'heure, je vous ai dit que nous pensions qu'il y avait un traître parmi les résistants. Ce traitre, c'était lui ! Celui que je croyais mon ami ! Pierre Dubois ! Quand la police a fouillé la maison de mes parents, elle a sûrement dû trouver le couteau grâce aux indications que j'avais données à Pierre. Celui-ci a alors récupéré l'arme qui ne portait aucune trace de brûlure. C'est à la peur lue dans son regard que j'ai tout compris ! Pierre Darbois, les Cohen ! C'est Pierre qui avait tout manigancé ! Je savais qu'il jalousait les Cohen. Mais jamais, je n'aurais cru que ce fut à ce point !

Au fur et à mesure que je criais, la vérité m'apparaissait. C'est Pierre qui avait dénoncé les Cohen à la police ! Puis, quand les parents n'avaient plus été un obstacle, il avait dû, d'une manière ou d'une autre, faire disparaître les frères de Chloé. Celle-ci s'était sûrement sauvée.

Puis, à un moment donné, il s'est saisi du poignard posé sur un support en bois et a cherché à me tuer ! Je n'ai eu que le temps de me pousser. Il est revenu à la charge. J'ai attrapé son bras, lui ai fait lâcher le poignard. L'arme est tombée sur le sol, nous nous sommes jetés dessus ! Je l'ai saisie et lui ai enfoncé dans la poitrine !

C'est moi qui l'ai tué ! C'est moi le coupable ! Vous pouvez m'arrêter ! cria Jean en se redressant dans son fauteuil. Il fut pris d'une quinte de toux et se ratatina en avant devant Pauline et Claire, médusées par la violence de la scène. Claire s'avança vers le vieil homme et l'aida à se rasseoir dans son fauteuil.

– Calmez-vous, monsieur Tremblay. Non, nous n'allons pas vous arrêter. Il faut que nous discutions de cette situation avec notre hiérarchie. C'est elle qui en avisera le procureur ! Après, on verra.

Pauline lui tendit un verre d'eau. Les yeux humides et rougis par l'émotion, l'homme le but presque avec avidité.

– Avez-vous encore cette arme ? Monsieur Tremblay.

Il indiqua une commode.

– Le poignard est rangé dans le premier tiroir, rangé dans un sac en plastique. Je ne l'ai jamais nettoyé ! Si le temps ne l'a pas détruit, vous y trouverez l'ADN de Pierre Dubois.

– Merci, monsieur Tremblay, dit Claire. Avez-vous parlé de cet épisode à Louise ?

– Non, je ne lui ai rien dit, pas même indiqué l'adresse de l'immeuble. Savez-vous ce qu'elle est devenue ? C'est tout de même la petite fille de Chloé. Il se tut un instant et resta les yeux dans le vague. J'aimerais tant la revoir une dernière fois ! reprit-il quelques secondes plus tard. Il y a autre chose que j'aimerais vous dire. Quand je me suis remis debout après avoir tué Pierre, j'ai aperçu un gamin, un môme de quatre, cinq ans, il avait tout vu ! Pauvre môme, ça a dû le traumatiser pour le restant de ses jours !

Ces mots laissèrent Claire pensive.

– On va vous laisser, monsieur Tremblay. Voulez-vous que nous appelions quelqu'un pour vous tenir compagnie ? demanda-t-elle d'une voix douce.

– Vous ne m'arrêtez pas, alors ? s'étonna le vieil homme.

Une demi-heure plus tard, les deux policières quittèrent Jean Tremblay, elles l'avaient laissé avec ses voisins en leur expliquant que Jean avait besoin de rester avec quelqu'un.

– Quelle histoire ! s'exclama Pauline. Je n'aurais jamais cru entendre un truc pareil !

– Elle nous ouvre surtout d'autres possibilités. Tout un scénario ! Imagine ! Pierre Darbois, le père de Thomas Darbois, l'oncle de Chloé arrive à Paris en septembre 1945, il vient voir si les Cohen sont toujours vivants. Il frappe à la porte comme monsieur Tremblay. Et là, surprise, c'est un inconnu qui lui ouvre !

– Ils se connaissaient peut-être, émit Pauline. Darbois faisait partie de la résistance comme Jean Tremblay et Pierre ! Mais bon, continue !

– Darbois apprend à Pierre que Madame Cohen est la sœur de sa femme. Il lui demande ce qu'il fait là dans l'immeuble, à la place des Cohen ! Dubois tombe des nues ! Il s'est ingénié à faire disparaitre toute la famille Cohen pour s'approprier l'immeuble et voilà qu'un type, un inconnu, lui annonce qu'il est le beau-frère de Joséphine Cohen. Si les Cohen sont déclarés disparus, l'immeuble reviendra forcément à sa plus proche famille. Sauf…

– S'il prend l'identité de Pierre Darbois ! Tu penses qu'il l'a tué, alors ?

– En effet ! Cependant, ce n'est pas suffisant ! Pour ne pas passer pour un usurpateur, il ne doit pas être reconnu par qui que ce soit ! Il prend donc sa voiture… *femme*

– Une traction avant Citroën noire, par exemple ! s'écria Pauline.

– Et il descend à Bordeaux ! Là, il tue la mère et la sœur de Pierre Darbois. Du coup, il en profite pour fouiller les maisons et s'empare de divers papiers afin de prouver qu'il est Pierre Darbois !

– En plus, il connait un faussaire en faux papiers, tu te souviens, Chloé Cohen pendant la guerre ! ajouta Pauline.

– Tu penses à Bertrand Mareil ? Bon sang, ce serait le pompon ! Mais bon, on n'est sûre de rien ! Maintenant, il y a autre chose. Imagine qu'aujourd'hui, un descendant des Cohen se fasse connaitre !

– Tu penses à Louise ? Pauline haussa les épaules. Pierre Dubois a été assassiné en 1973 par Tremblay ! Son visage se figea. Le gamin ! Le propriétaire actuel de l'immeuble. Des années après que son père a été assassiné, il trouve des papiers et comprend que son père a dépouillé les Cohen de leur bien. Comme aucune personne ne l'a réclamé depuis toutes ces années. Il est donc tranquille !

– Mais un jour, une femme arrive et prend un logement vacant. Elle pose des questions aux voisins, enquête ! Le propriétaire ne tarde pas à se douter qu'il se trame quelque chose ! Il parle avec les voisins et se rend compte que cette fille est une descendante des Cohen ! Et là, sans même parler du scandale, il s'aperçoit aussitôt qu'il va perdre tout l'immeuble !

– J'appelle Lazure ! s'exclama Pauline en arrachant son portable de sa poche.

La perquisition

Il ne fallut qu'une demi-heure à Pauline et Claire pour rejoindre l'immeuble, Lazure et le reste de l'équipe, hormis Gilles et Guillaume, pas avertis de la suite des évènements, les attendaient en compagnie d'une dizaine d'autres policiers. Lazure appuya sur le dictaphone.

– Oui ? C'est pour quoi.

– Monsieur Darbois, c'est la police, pouvez-vous nous ouvrir ?

– La police, mais…

– Ouvrez, s'il vous plaît !

La clenche électrique émit un petit clac, libérant la porte d'entrée. Lazure suivie de Claire, Pauline, Arnaud et Benoît, entra à sa suite.

– Arnaud, Benoît, ordonna Lazure, vous filez avec des hommes à l'étage du dessus : celui d'Éric Leroux. Vous faites d'abord des relevés d'empreintes ! Nous, on s'occupe du rez-de-chaussée.

– Mais enfin ! Que cherchez-vous, madame ? s'exclama Gaston d'une voix geignarde. J'ai déjà raconté tout ce que je savais à vos collègues.

– Nous avons de nouveaux éléments, monsieur Darbois. Nous devons fouiller votre appartement. Lazure lui tendit un papier. Voici la commission rogatoire ! Elle fit signe aux autres policiers d'entrer. Vous fouillez partout. On cherche des papiers, de vieilles photos aussi.

– Quels papiers ? Geignit une fois de plus, Gaston. Je peux vous en donner des papiers si vous voulez ! Vous cherchez encore le locataire du premier ?

– Non, des actes de propriété de votre immeuble ! Les avez-vous, monsieur Darbois ? demanda Lazure tandis que Claire fouillait dans un secrétaire.

– L'acte de propriété de l'immeuble ? Ouh ! Laissez-moi y réfléchir quelques minutes, s'il vous plait. Ne touchez pas à ça ! s'exclama-t-il en voyant Pauline soulever un horrible tableau du mur. C'était à ma mère, elle l'adorait ! Les papiers ! Les papiers ! Je ne sais pas où ils sont ! C'est ma mère qui les a rangés !

– Où sont-ils rangés, monsieur Darbois ? insista Lazure.

– Je sais plus ! Je sais plus ! Sortez de ma maison ! Je n'ai rien fait !

Le type semblait sur le point de pleurer. Dégoûtée, Lazure haussa les épaules. Ce type était une vraie mauviette ! Elle se mit aussi de la partie et fouilla l'appartement. Au bout d'une heure, il fallut se rendre à l'évidence. Hormis des papiers usuels de quittance, d'impôts et autres papiers administratifs, il n'y avait rien ! Les seules photos provenaient d'un antique album de photo représentant Gaston et sa mère à différents stades de leurs vies. Aucune de son père !

– Merde ! lâcha Lazure en regardant Claire et Pauline d'un air mauvais.

Elle quitta les lieux et monta au premier étage. Accoudés sur la balustrade de l'escalier menant aux étages supérieurs, tous les voisins, y compris Filipe Lopez et le couple Legoff, regardaient les flics en pleine opération. C'était mieux qu'à la télé ! Lazure fit signe à Claire et à Pauline d'aller les interroger. Elle entra ensuite dans l'appartement d'Éric Leroux. Horrifiée, elle s'arrêta dans l'entrée. Le lieu ressemblait à une scène de guerre.

– C'est vous, qui avez foutu ce bordel ? s'exclama-t-elle en s'adressant à Arnaud et Benoît.

– Non, c'était déjà comme ça ! s'indigna Arnaud. Un vrai capharnaüm ! Le type qui vit là-dedans est un vrai porc ! Des bouteilles vides, des poubelles pas vidées. Les toilettes et la salle de bain sont d'une saleté invraisemblable !

– Des empreintes ?

La tête d'Arnaud refléta son désarroi.

– Pfft ! Il y en a à chier ! Ce n'est pas dans son taudis qu'on trouvera quelque chose !

– Des vêtements ou des sous-vêtements féminins ? demanda Lazure.

– En pagaille ! Il y a aussi des perruques d'hommes, de femmes, des blondes, des brunes, des courtes, des longues, des…

– C'est bon ! J'ai compris, dit Lazure en secouant la tête. On fait venir la scientifique et on sort de cette porcherie.

Benoît et Arnaud acquiescèrent.

Lazure était dépitée. Avec tout ce merdier, la scientifique allait mettre des jours avant de pouvoir tirer quelque chose de tout ça ! Quant à Gaston Darbois, le propriétaire, c'était un échec ! Pauline et Claire s'étaient plantées sur toute la ligne ! Elle donna le signal du départ à ses hommes.

Colère

Une fois dans la rue, elle apostropha ses deux lieutenants.

– Merde ! Vous m'aviez affirmé que vous étiez sûres de vous ! Je suis allée emmerder le proc pour avoir les commissions rogatoires aujourd'hui au lieu de demain !

Pauline soupira fortement.

– Franchement, tout se tenait ! Ce Darbois avait toutes les raisons de vouloir faire disparaître Louise Leguen ! On s'est planté ! cria-t-elle. Dis quelque chose, Claire !

La jeune femme regarda Pauline en soupirant. Oui, elles s'étaient plantées en beauté ! Pourtant, tout se tenait et un instant, elle y avait cru. Mais, non ! C'était foutu ! Elle ne reverrait jamais Louise, vivante !

Le visage.

Benoît attrapa son portable et le regarda. Il avait coupé la sonnerie et le vibreur pour ne pas être importuné pendant la perquisition. L'appareil émit un BIP presque aussitôt et un nouveau message s'afficha. Un message de Gilles Gandin. Pour ne l'avoir rencontré qu'une fois depuis qu'il était arrivé dans la section de Soizic Lazure, il le connaissait peu.

« Bonjour, Benoît. Guillaume m'a dit que tu avais un don pour reconnaître les gens, aussi, peux-tu me dire si la photo du visage de l'homme que je t'envoie, te rappelle quelqu'un ?
Merci,
Gilles ».

Le policier ouvrit le fichier joint. Certains points du visage lui rappelèrent immédiatement les détails qu'il avait vus sur les vidéos du tueur du douzième ! Cependant, s'il l'avait reconnu, il ne le connaissait pas ! C'était le problème quand on intégrait une enquête en cours. Il tapa aussitôt la réponse et l'envoya.

Reconnaissance

L'eau envahissait les chambres du bateau ! Léonardo, accroché à sa paire de menottes, allait périr !

Un bip retentit et Gilles délaissa momentanément l'homme en mauvaise posture. La réponse de Benoît venait d'arriver. Tout aux péripéties du film, Kate Winsley venait d'entrer dans la chambre, Guillaume ne s'était même pas aperçu que Gilles avait quitté son fauteuil.

Le sang de Gilles se figea en lisant le message.

« Bonjour Gilles, je suis formel, la photo que tu viens de m'envoyer correspond à celle du tueur. Qui est-ce ?
Benoît. »

– Bon sang ! cria aussitôt Gilles. Guillaume ! Benoît a reconnu l'homme sur la photo ! C'est lui ! On le tient !

– Quoi ? Quoi ? Benoît en est sûr ! répondit Guillaume en se saisissant de la télécommande mettant l'image en arrêt fixe. Bon sang ! Il faut avertir Lazure !

– Je viens d'envoyer un message à Claire, elle est sur place avec Lazure !

Guillaume souffla.

– J'aurais aimé y être, dit le jeune policier en jetant un coup d'œil sur l'écran de télévision figé sur un gros plan de l'actrice.

– Sûrement, sûrement ! L'assura, Gilles.

Ce qui n'allait pas.

– Qu'est-ce que tu fous, Claire ? T'as vu quelque chose ? s'écria Pauline.

Son téléphone à la main, la jeune femme était immobile et regardait l'immeuble. Elle venait enfin de comprendre ce qui la gênait à chaque fois qu'elle quittait le coin ! Le sourire aux lèvres, elle se retourna vers Pauline et Lazure et montra son téléphone.

– Gilles vient de m'envoyer un message. Il a envoyé une photo à Benoît et celui-ci a reconnu formellement le type qui était sur les vidéos. On connaît le tueur !

– C'est qui ? cria presque Lazure.

Claire tendit son index vers l'immeuble.

– Alors, c'est bien Leroux ! Pourtant, Benoît ne l'a pas identifié quand il a vu sa photo.

– Non, ce n'est pas Leroux, c'est Gaston Darbois ! C'est le propriétaire de l'immeuble ! Et surtout, je pense savoir où est Louise.

– Claire, accouche ! cria Lazure. On ne va pas retourner une nouvelle fois là-bas, sans bille !

La jeune femme ne put s'empêcher de sourire, l'accouchement n'était pas pour maintenant. Elle montra l'immeuble du doigt. Regardez ! L'immeuble est beaucoup plus large de l'extérieur que de l'intérieur ! Darbois nous a caché l'essentiel ! Je suis certaine qu'il y a des pièces secrètes cachées derrière le mur du fond, là où sont rangés ces grands placards !

– T'es sûre ? dit Pauline.

– Certaine ! Avant d'entrer à l'école de police, j'avais fait une école d'architecture. Du coup, à chaque fois que je rentre dans un appartement, je mesure machinalement les distances en comptant le nombre de pas. L'appartement des Durant mesure quinze pas sur dix, idem pour celui d'Élodie Després et celui de Louise. Ce qui fait environ dix mètres sur sept !

– Abrège s'il te plaît, Claire ! Dit Pauline.

– Compte tenu de l'épaisseur des murs et de la largeur de la cage d'escalier, l'immeuble devrait mesurer dans les treize mètres de longueur or, il en mesure plus de quinze, voire seize ! On a raté un truc ! s'exclama Claire.

Lazure fit un signe aux hommes en train de rembarquer leurs matériels.

– On y retourne ! fit Lazure.

– J'espère que tu ne te plantes pas ! jeta Pauline en passant à côté de Claire.

La cachette

Gaston Darbois ouvrit la porte violemment malmenée par Lazure. Il avait des yeux arrondis de chien fou.

– Mais qu'est-ce que voulez encore ? eut-il cependant la force de crier. Vous avez déjà tout fouillé !

Il fallait absolument que Lazure soit sûre de son coup ! Si Benoît ne s'était pas trompé, Lazure ne devait pas lui mettre la puce à l'oreille pour les femmes disparues.

– Que cachez-vous derrière ce placard ? s'écria Lazure. On sait qu'il y a quelque chose !

En un instant, le visage de l'homme se métamorphosa en un masque dur. D'une bourrade, il fit basculer la commandante en arrière, celle-ci entraîna dans sa chute, Claire et Pauline qui la suivait. Le temps qu'elles se redressent, Darbois avait disparu de l'appartement !

– Bon sang ! Où est-il passé ?

Accompagnée par les deux policières, Lazure se rua vers le placard cachant le mur du fond. Elle ouvrit les portes en grand, tapa sur les cloisons. De son côté, Claire était passée dans la salle de bain. Rien non plus ! Restait juste un petit placard à balais. Elle ouvrit la porte. Le fond du placard était recouvert d'une peinture beige et trois balais y étaient accrochés. Elle attrapa sa Mag.Lite et éclaira le mur. Rien, elle allait refermer la porte quand un détail l'interpella. Un cheveu était collé au sol et semblait sortir du mur ! Tout excitée, Claire attrapa le manche des balais. L'un d'eux pivota. Un déclic se fit entendre et toute la cloison du fond pivota sur un des gonds !

– J'ai trouvé ! C'est dans la salle de bains !

Elle sortit son arme et s'avança. Derrière elle, Pauline la poussa en avant. Claire se retrouva dans une petite pièce de deux mètres sur deux entièrement recouverte de lambris. Pauline finit par s'incruster à sa suite.

– Arrête de pousser, Pauline, c'est une pièce fermée, il n'y a pas de porte !

– Il y en a obligatoirement une, répondit la voix de Lazure arrivée juste derrière Pauline. Le type n'a pas pu s'évaporer !

– Il y a un interrupteur, dit Claire en appuyant dessus.

Une petite lumière jaillit.

– Merde ! cria Lazure, où est cette porte ? Il y en a obligatoirement une, répéta-t-elle.

Elles eurent beau pousser sur les murs, rien ne bougea. Excédée, Lazure donna un grand coup de pied sur le sol. Un carrelage pivota sur sa base et tout un panneau se souleva laissant apparaître un palier sur lequel un escalier descendait dans l'obscurité tandis qu'un autre, montait vers les étages. Les trois femmes, l'arme à la main, descendirent et arrivèrent dans un étroit couloir desservant quatre cellules. Un coup de feu retentit ! Une porte s'ouvrit et Gaston Darbois apparut, un bouclier humain, tenant à peine debout, devant lui.

– Si vous avancez ! Je la tue !

– C'est Louise, murmura Claire à Pauline.

– Louise ! hurla Pauline.

Instinctivement, Louise se redressa. Darbois se pencha. L'arme de Pauline claqua !

Atteint à la poitrine, Darbois poussa un hurlement et lâcha son arme ! L'instant d'après, Claire l'avait plaqué au sol. Lazure posa un doigt sur la jugulaire de l'homme. Le visage pâle, elle se redressa.

– Ah merde, Pauline ! Tu l'as tué.

Il ne restait plus qu'à espérer que Pauline ait abattu le bon coupable, pas seulement le kidnappeur de Louise Leguen !

Claire se pencha vers Louise, couchée sur le sol, inanimée. Elle se redressa, une expression inquiète sur le visage.

– Il faut appeler une ambulance, vite !

Le charnier

Louise emmenée par les ambulanciers à l'hôpital et Darbois à l'IML. Les policiers ouvrirent toutes les portes des petites pièces, deux d'entre elles étaient entièrement capitonnées de l'intérieur pour étouffer les cris. Des anneaux, scellés dans le plafond, étaient incrustés de sang coagulé, le sol, recouvert d'excréments.

– Eh ! venez vite ! Appela l'un des policiers. Lazure, Claire et Pauline accoururent. À l'aide de sa torche, le policier éclaira une grande pièce au sol en terre battue recouverte en partie de corps et de squelettes.

L'un d'eux semblait plus récent que les autres et il s'en exhalait une odeur de charogne en décomposition. Claire dut se retenir de vomir et s'éloigna le cœur au bord des lèvres. Un mouchoir sur le nez, Lazure s'en approcha et éclaira son visage. Elle fit aussitôt la grimace en reconnaissant le corps de Séverine Combesse, la nièce du procureur. Au moins, elle savait maintenant que c'était bien le tueur que Pauline avait abattu ! Il y avait aussi fort à parier que le corps d'Éric Leroux était ici, entassé vraisemblablement au milieu de tous les autres. Elle prit quelques photos avec son portable et sortit de la pièce. Les techniciens de la scientifique avaient du pain sur la planche.

Elles sortirent des lieux et retrouvèrent avec plaisir l'air du dehors malgré ses odeurs de gaz d'échappement.

– À ton avis ? Demanda Pauline à Claire, il y a combien de cadavres là-dedans, j'en ai compté au moins huit ! Ça fait combien de temps que ce type tue des gens ?

– L'analyse des corps nous permettra d'y voir plus clair, répondit Lazure. Moi, il y a une autre chose qui m'a surprise. Certains des squelettes sont plus petits que les autres et semblent aussi très anciens. Comme si, c'étaient des corps d'enfants ! Pourtant, Gaston Darbois ne semblait s'en prendre qu'à des femmes en règle générale. C'est inquiétant !

Claire eut l'impression désagréable que cette découverte macabre cachait encore bien d'autres secrets. Les jours suivants allaient malheureusement lui confirmer cette sensation. Pour l'instant, comme à chaque fois qu'ils résolvaient une sale affaire comme celle-ci, elle n'avait qu'une seule envie, se faire couler un bain chaud et se laver le corps et l'esprit en même temps !

Les pages manquantes
Mardi 19 septembre,

Dès qu'elle eut franchi la porte de l'hôpital au bras de son amie Claire, Louise aspira l'air avec bonheur.

– Pourquoi faut-il vivre des moments douloureux pour réaliser combien la vie est merveilleuse ! Tout me paraît beau ! Elle enlaça Claire par l'épaule et l'embrassa sur la joue. Après toutes ces années, j'avais espéré que nous nous reverrions d'une autre façon.

– Moi aussi. J'ai souvent pensé à toi. Mais, il fallait faire le premier pas, s'envoyer un message, une simple lettre. Et puis, le temps passe et on se rend compte qu'on n'a jamais appelé. Bon, tu vois, finalement, on se retrouve quand même après toutes ces années. Alors, on y va ? demanda Claire, aussi impatiente que son amie.

– Plutôt deux fois qu'une ! Le gars tient une boutique dans le marais.

– Tu aurais dû commencer par-là, cela t'aurait peut-être épargné tous ces problèmes, Louise. Viens, ma voiture est là-bas.

Vingt minutes plus tard, Claire se garait dans une petite rue du marais et les deux femmes continuèrent leur chemin à pied. Elles furent à la boutique dix minutes plus tard. Une clochette tinta gaiement quand elles ouvrirent la porte. La boutique sentait l'encre et le papier et des centaines de vieux livres garnissaient ses murs. Un homme sortit du fond du magasin. Un sourire orna son visage quand il reconnut l'une des visiteuses.

– Ah, madame Leguen ! Il y a tellement longtemps que je vous ai appelé que je ne pensais pas vous revoir !

– Désolée, j'ai eu des petits soucis. Alors, vous l'avez ? demanda la jeune femme.

– Je vais le chercher, attendez-moi là !

Il revint une minute plus tard avec un petit paquet soigneusement emballé dans un papier. Il le tendit à Louise.

– Regardez si ça vous convient ! Euh… il faut aussi que je vous dise que vous devriez être assise quand vous le lirez. Certains passages, je m'excuse, je ne pouvais faire autrement que de les lire, sont assez difficiles !

Louise ôta le papier avec délicatesse. Le journal de Chloé fit son apparition. Restauré et nettoyé, on aurait dit un autre objet. Elle ouvrit la première page, lissa le papier presque avec dévotion et tourna d'autres pages au hasard, aussitôt, son regard fut attiré par les mots, par les passages inconnus et au combien convoités. L'homme souleva la main de Louise et referma le journal.

– N'oubliez pas mon conseil ! Prenez votre temps et appréciez le moment. C'est un morceau de vie que vous tenez entre vos mains, prenez-en soin !

Après que Louise eut payé la prestation, les deux femmes sortirent de la boutique.

– Où veux-tu aller, Louise ? demanda Claire. Mon copain est absent pour le moment. Si tu veux, on peut aller chez moi, on se prend un truc à manger en passant et après, on se met sur le journal. Enfin, si tu veux toujours que je le lise !

– Ça me va ! Bien sûr que tu peux le lire ! Après tout, tu connais déjà une partie de l'histoire de Chloé !

Il était dix-neuf heures passées quand Louise et Claire, assises face à face dans des fauteuils, commencèrent à lire le journal de Chloé. Par commodité, Claire avait photocopié toutes les pages du journal et commençait déjà à le lire.

Je m'appelle Chloé et j'ai 13 ans et demi. Un âge déjà...

Quant à Louise, elle sauta rapidement les pages déjà lues et s'arrêta sur les pages inconnues.

... histoires de garçons ! De toute façon, je ne serais pas sorti avec lui ce soir. Ma copine Sarah et son cousin Carl passent me prendre en voiture.

Malheureusement, malgré la restauration minutieuse de la relique, la lecture restait toujours impossible à l'endroit où l'encre formant les mots avait coulé. Elle poussa un soupir de dépit et passa aux pages suivantes.

Paris, mai 1939

Désormais, c'est une habitude que nous avons prise... Et mon travail ? Répond papa. Je risque de le perdre ! Non, on ne partira pas rejoindre cet imbécile d'Ephraïm en Amérique.

Il se rend brusquement compte que je suis là et me fait signe de déguerpir. Maman en profite pour partir aussi et fait claquer la porte en partant. Je vois encore la tête de papa, médusé par tant de violence.

Juin 1939 à mars 1940,

Il y a tellement de nouvelles que j'essaye de noter les différents événements dans mon journal. Mes copines d'école racontent tellement de choses que je préfère me fier à mon seul jugement. Plus tard, je pense que j'écrirai un livre sur cette période. Ça s'appellera « Délires de gamines ».

Les gouvernements anglais et français acceptent d'aider la Pologne si celle-ci est attaquée. Hitler signe des pactes de non-agression avec Staline et aussi avec le Danemark et l'Estonie.

Qu'est-ce que ça veut dire ? Que La France et L'Angleterre ne seront pas aidées par ces pays, s'il y a une guerre avec l'Allemagne ? Si on en croit papa, ou du moins, le général qui met ses sous dans la banque de papa, la France est prête pour entrer en guerre. D'ailleurs, les réservistes de l'aviation ont été rappelés. Je pense que les adultes sont fous ! Pourquoi les gens élisent-ils des cinglés comme cet Hitler ?

Ça y est, l'Allemagne a mobilisé toutes ses troupes. Les visages de papa et maman sont devenus tout pâles !

La Pologne a mobilisé toutes ses troupes, mais les jours passent et les Allemands ne semblent plus vouloir attaquer ce pays. Peut-être ont-ils peur des conséquences ?

Maman s'est une nouvelle fois énervée contre papa, elle veut rejoindre sa sœur Élise à Bordeaux. Papa a refusé une fois de plus !

Le 1er septembre, les Allemands ont envahi la Pologne ! Du coup, c'est la mobilisation générale un peu partout, en France, en Angleterre, en Union soviétique, en Suisse...

La guerre a été déclarée ! J'ai peur ! Joseph et Simon qui ne comprennent rien de rien sont venus pleurer avec moi dans ma chambre plus par solidarité que par la compréhension de la situation.

Les États-Unis disent vouloir rester neutres. Les Canadiens et les Africains du Sud, eux, ont déclaré la guerre à l'Allemagne. Après avoir entendu ces nouvelles, j'ai regardé la carte du monde. J'ai remarqué que ces pays étaient vraiment très loin de la France. Comment peuvent-ils nous aider ? Un attentat a eu lieu contre Hitler. Dommage, il était parti quand la bombe a explosé !

L'Union soviétique a envahi la Finlande et celle-ci demande de l'aide aux autres pays. La Belgique vient elle aussi de mobiliser ses troupes.

Paris, mai 1940
La porte d'entrée de l'appartement vient de claquer brutalement contre son chambranle et la voix stridente de mon frère Simon se fait entendre.
– Les boches sont entrés en Belgique !...

Louise survola les pages qu'elle avait déjà lues auparavant en insistant plus sur certains passages.

... Nous reprîmes notre allure d'escargots. Au moins avec la voiture, nous n'avions pas à porter les bagages, restait à espérer que nous trouverions de l'essence sur la route...

La nuit a été longue et bruyante. Malgré la fatigue, des gens continuent à avancer comme si les Allemands les talonnaient. Des enfants et des adultes pleurent. Je me suis souvent endormie avant d'être réveillée en sursaut. Au petit matin, nous nous sommes aperçus que des gens nous ont volé de la nourriture. Heureusement, maman a dormi dans la voiture avec Simon collé contre elle comme quand il était petit. Du coup, les voleurs n'ont pas pris le panier qu'elle avait à ses pieds.

La voiture a démarré et nous sommes repartis cahin-caha sur les routes. La colonne s'est un peu étiré le long de la route et parfois la voiture peut rouler un peu plus vite.

12 juin,

Je suis fatiguée et mes chaussures de ville me font mal. J'ai faim et j'ai soif. Pourquoi sommes-nous partis de la maison ? ... Joseph n'arrête pas de pleurer et de réclamer à manger et à boire. Moi aussi, j'ai soif ! Comme par un fait exprès, il n'est pas tombé une goutte de pluie depuis que nous sommes partis de la maison...
... Nous sommes restés là des heures durant. Joseph a fini par s'endormir en mâchouillant un bout de pain donné par une âme charitable. Alors que je commençais à désespérer, le salut est venu par un biais inattendu.

Ah ! L'arrivée de Pierre Dubois et de son copain Jean Tremblay, nota Louise à la lueur de ses souvenirs récents.

... Pierre, le fils de la voisine et son inséparable copain Jean sont arrivés brusquement devant nous. Eux aussi ont été étonnés par notre présence. Mon premier réflexe a été de les prendre dans mes bras, heureusement, je me suis retenue in extrémis.
– Vous êtes en panne ? À lâché bêtement Pierre avant de s'apercevoir de sa Lapalissade. Nous aussi, on cherche de l'essence. Il se retourne et me montre une voiture noire surchargée de bagages et de gens. Jean me fait un signe de tête, je lui réponds de même, même si je sais pour l'avoir entendu qu'il me considère comme une... chieuse. Mes parents arrivent...

14 juin,
Les avions ont fait plusieurs passages. Je n'ai jamais eu aussi peur de ma vie et...

16 juin,
Impossible de passer la Loire, des avions volent très haut dans le
ciel et larguent des bombes…

17 ou 18 juin
Je ne sais plus trop quel jour nous sommes. Nous sommes restés
bloqués devant la ville de Sully-sur-Loire…
… Jean est revenu vers nous, il nous a trouvé à manger et nous
propose de venir à une ferme de la Genevraye, appartenant à l'une
de ses tantes. Même papa approuve, de toute façon, rentrer à Paris
va nous prendre du temps.

3 septembre,
Nous voici revenus à Paris…

Février 1941
Papa n'a pas repris son travail à la banque, désormais on ne survit
que grâce à Pierre et à son ami Jean, ces deux- là sont une véritable
bénédiction pour notre famille… bien que Pierre soit gentil avec moi,
je n'arrive pas à sortir avec lui comme il le voudrait. Je vois bien que
mes refus successifs l'agacent. Néanmoins, il ne dit rien et continue
de me faire des cadeaux.

Malgré l'occupation et même si c'est difficile, la vie a repris son
cours. Papa travaille désormais à la maison et s'occupe de la
comptabilité de quelques commerçants, il a aussi appris à jardiner,
je ne l'aurais pas cru ! Maman fait de la couture et confectionne des
habits. Elle s'occupe aussi de la maman de Pierre. Noémie ne s'est
pas remise de notre marche forcée pendant l'exode. Pierre travaille
à préfecture et s'occupe de l'approvisionnement des occupants, il en
profite pour récupérer de la nourriture et malgré le rationnement,
nous ne manquons pas de grand-chose. De son côté, Jean travaille
dans les ateliers municipaux et s'occupe de la maintenance des
véhicules. Depuis que je le connais, je l'ai toujours vu avec des doigts
plus ou moins recouverts de cambouis. Je ne sais pas ce que font ces

deux-là. Parfois, ils partent quelques jours et reviennent avec de la viande, des œufs. À chaque fois, on dirait qu'ils ont vécu des aventures insensées ! Parfois, j'aimerais venir avec eux. Mes deux frères ont grandi et ne parlent que de guerres et de batailles. Des garçons, quoi !

À la radio, les commentateurs parlent souvent d'actes ignobles commis contre nos « gentils envahisseurs », des traîtres ont été arrêtés et fusillés. Je sais aussi, même s'ils n'en parlent pas, que Pierre et Jean aident la résistance. S'ils font partie de ces traîtres dont on parle à la radio, alors, moi aussi, j'en suis une ! Si ce n'est par les actes, c'est au moins par la pensée !

Juillet 1942
Voici bien longtemps que je n'ai pas ouvert mon journal. Mais aujourd'hui, il s'est passé quelque chose de grave. Plus de treize mille juifs ont été arrêtés par la police française… voici la preuve que le gouvernement français collabore avec l'occupant.

Septembre 1942.
Je ne sais pas où est passée Sarah… les juifs, tous les juifs même les enfants à partir de six ans, sont obligés de porter une étoile jaune sur leurs vestes ou leurs manteaux… depuis le bombardement de Pearl Harbor par les Japonais, l'Amérique est entrée en guerre et a commencé la fabrication de nombreux bateaux de guerre. Jean m'a dit que la guerre allait basculer, dans les mois à venir… un soir, j'avais un peu bu, j'ai laissé Pierre m'embrasser. Cela n'a pas été plus loin… celui avec qui je ferai l'amour n'est pas encore né !

Louise pensa à Bertrand Mareil, son grand-père. Elle ne pouvait s'empêcher de trouver curieuse sa venue dans cette histoire. Comment Chloé était-elle arrivée chez lui ? Elle avait hâte de lire le récit de leur rencontre, si, comme elle l'espérait, récit, il y avait !

Février 1944

Je viens de retrouver mon vieux journal… résistants ont été arrêtés, torturés par la Gestapo avant d'être fusillés. Il en est de même pour le réseau auquel appartiennent Pierre et Jean. Celui-ci me confiait, il y a peu, qu'il pensait avoir une taupe au sein de leur mouvement, de nombreux compagnons sont tombés… Pierre est venu manger à la maison. On lui doit bien ça, c'est lui qui apporte la nourriture. Après le repas, lui et papa sont partis boire un verre dans le bureau de papa. Je ne sais pas ce qu'ils se sont dit, mais Pierre m'a paru particulièrement réjoui… je suis tombée sur Jean, il m'a annoncé que son père venait d'arriver chez lui… il vient aussi d'apprendre que quelqu'un l'a dénoncé à la Gestapo… avec son père, ils partent se cacher à la ferme de la Genevraye… j'espère que je le reverrais à la fin de la guerre ? C'est un chic type !

Mai 1944

La police est venue à la maison et a emmené papa et maman. Cachés avec mes frères dans la salle secrète, nous avons tout entendu de leurs arrestations… je ne reverrai vraisemblablement jamais papa et maman. Il me sembla qu'un pan entier de ma vie venait de se refermer, un pan derrière lequel toute ma vie d'enfant, tous mes souvenirs heureux s'évanouissaient comme gommés par ce maléfice horrible qu'était cette pourriture de guerre !

Comme la première fois où elle avait lu ce passage, Louise ne put s'empêcher de pleurer. Claire releva les yeux de sa lecture et la regarda.

– Ça va ? Tu as appris de nouvelles choses ?

Louise essuya ses larmes.

– Non, pas encore. Je te dirai !

Septembre 1944

Trois mois que papa et maman ont été volés à notre amour… la question que je me pose, c'est pourquoi Jean m'a envoyé la lettre à moi plutôt qu'à Pierre ? Celui-ci n'a pas su quoi me répondre.

Louise arriva enfin au passage attendu et aussi redouté. Enfin ! Allait-elle connaître les raisons de l'arrivée de Chloé en Bretagne ? Et, où étaient passés Simon et Joseph ?

Novembre 1944,

Une semaine que Simon et Joseph ont disparu ! Mes yeux sont douloureux d'avoir trop pleuré ! Où sont-ils passés ? La police les a-t-elle arrêtés ? Pierre essaye de faire jouer toutes ses relations. Rien n'y fait ! Personne ne sait où ils sont partis ! Cette attente est intolérable et je ne dors quasiment plus ! Parfois, il me semble entendre une porte qui s'ouvre, des voix qui retentissent ! À chaque fois, je me lève, le cœur plein d'espoir ! À chaque fois, ce n'est que mon imagination ou bien des gens qui passent dans la rue.

Décembre 1944,

Mes frères ne sont pas revenus. Je sais qu'il leur est arrivé quelque chose, je le sens au fond de moi comme pourrait le ressentir maman.
Pierre est de plus en plus bizarre. Lorsqu'il n'est pas à la préfecture, il hante l'immeuble pendant des heures. Je ne sais pas ce qu'il fait. Parfois, il me regarde et son regard me fait peur ! J'y ressens comme de la colère, de la peur et aussi une dureté que je ne lui connaissais pas. J'aimerais en parler avec Jean qui le connaît bien.
Pierre est rentré dans ma chambre. Il sentait l'alcool et m'a regardé d'un air trouble avant de quitter ma chambre. Il m'a fait peur ! Je ne sais pas ce qui se passerait s'il voulait coucher avec moi !

27 décembre 1944,

Il y a deux jours, c'était Noël ! Cela aurait pu être un beau jour si Simon et Joseph s'étaient trouvés avec moi. Malheureusement, ce n'est pas le cas ! Pierre avait ramené un petit sapin et avait mis à son

pied trois cadeaux, un pour Simon, un pour Joseph et un pour moi !
Je n'ai pas pu m'empêcher d'éclater en sanglots en voyant leurs
prénoms écrits dessus. Pierre m'a pris dans ses bras. Il sentait encore
l'alcool et quand son corps s'est rapproché du mien, je n'ai pas pu
faire autrement que de ressentir son sexe contre mon ventre !
Comment peut-il ? Je me suis aussitôt reculée ! Il m'a alors attrapé
par le bras et m'a forcé à me coucher sur la table ! Ses mains ont
retroussé ma jupe et sont remontées entre mes jambes ! J'ai
crié quand ses doigts se sont insinués en moi ! Ce n'est pas possible !
J'ai alors saisi le vase posé sur la table et je l'ai écrasé sur sa tête. Il
m'a lâché ! Je me suis relevée et sans même saisir un manteau, je me
suis enfuie dans la rue. Et j'ai couru, couru sans même me rendre
compte où j'allais. C'est le froid qui m'a immobilisée dans une petite
rue. J'étais perdue, mes pieds et mon corps étaient gelés. Il n'y avait
personne dans les rues. J'ai traversé une petite rue et c'est là que j'ai
aperçu une lumière, une boutique ou un atelier derrière les vitres
duquel se distinguait une silhouette en train de peindre. Je me suis
approchée et c'est là que j'ai reconnu l'homme, celui qui nous avait
fait les faux papiers au nom de Darbois. J'ai frappé au carreau. Son
pinceau s'est relevé et son visage a alors marqué son étonnement.
Sans attendre, il a ouvert la porte de sa boutique et m'a fait entrer. Il
faisait bon et avant même d'avoir pu dire le moindre mot, j'ai éclaté
en sanglots. Il m'a alors pris dans ses bras, m'a soulevé et m'a glissé
dans son lit. Peu après, il est revenu avec des habits secs et un gros
bol de soupe fumant. Après m'être changée et avoir mangé, je me suis
endormie. J'ai dû dormir au moins vingt heures !

Quand je me suis réveillée, il avait été cherché d'autres vêtements,
il ne m'a rien demandé et a ajouté qu'il devait partir en Bretagne. Si
je voulais, je pouvais l'accompagner. Plus rien ne me retenait ici, j'ai
accepté.

Voilà ! C'est ainsi que ça s'est fait, murmura Louise pour elle-même. La fuite de Chloé avait été causée par une tentative de viol par Pierre Dubois. Cependant, il n'y avait aucune explication sur la disparition de Simon et Joseph. Y en aurait-il une un jour ? Louise en doutait.

Janvier 1945

C'est la première fois que je viens en Bretagne... il est très grand, très beau aussi et sent toujours une odeur particulière, plutôt agréable. Il m'incite à écrire ce que je pense ou ce que je ressens dans mon journal, c'est un exutoire, me répète-t-il, une manière d'exorciser le malheur qui est en moi. Je ne sais pas si j'y arriverai un jour ! Parfois, je le regarde à la dérobée. Son visage paraît parfois torturé, triste aussi ! Comme s'il avait un lourd secret enfoui au fond de lui ! Quand il s'aperçoit que je le regarde, son visage s'éclaircit et il me fait son fameux sourire, celui qui a dû charmer plus d'une femme ! ...Les voisins, les Dupray, sont aussi les propriétaires de la maison du peintre... je crois que monsi... Bertrand, lui fait beaucoup d'effet. Je n'ai pas encore réussi à voir tous ses enfants.

Mars 1945.

– Ça y est, j'ai sauté le pas ! ... Quand la guerre sera terminée, je pense que je resterai par ici. J'imagine que je me marierai et que j'aurais des enfants qui aiment la mer, la pêche et le folklore de la région. Je ne sais pas si je pourrais revenir à Paris. Désormais, plus rien ne m'y retient hormis des souvenirs douloureux.

Devant moi, je vois le visage de Bertrand esquisser une grimace, j'ai encore dû bouger !

8 mai 1945.

– Ça y est, la guerre est enfin finie !... nos vêtements éparpillés sur le sol ou jetés sur des chevalets. Je suis heureuse ! Enfin !

Aout 1945

Je crois que je suis enceinte... Peut-être que papa et maman sont rentrés, peut-être aussi que Joseph et Simon sont revenus à la maison ? Mais je ne vais pas y aller maintenant. Je ne suis pas bien, j'ai sans arrêt envie de vomir. Je vais écrire des lettres, à maman, à sa sœur Élise aussi. Peut-être en saurais-je un peu plus ?

Septembre 1945,
Élise m'a répondu... J'ai appris que mon oncle Paul avait été arrêté et fusillé en mai 1944 par les Allemands. Heureusement que mon cousin Pierre veille sur elle. Elle est heureuse d'avoir de mes nouvelles, car elle n'en a aucune de mes parents. Elle me dit aussi que Pierre va remonter sur Paris, ainsi, il pourra dire ce qu'il en est de ma famille. Bien que je lui aie parlé de mon état, elle ne m'en a rien dit, ne s'étonnant même pas que je ne sois pas mariée. Nous avons vécu une période bien difficile. Je lui ai renvoyé une lettre où je la remerciais d'envoyer mon cousin Pierre à Paris. Moi, je sais que pour l'instant, je suis incapable de faire cette démarche. Quand mon bébé sera né, je viendrai la voir. Au moins, ainsi, pourrons-nous reformer une famille à défaut de retrouver tous nos proches. La lettre que j'ai envoyée à mes parents est revenue. D'après la poste, aucun Cohen n'habite cette adresse !

Octobre 1945
– Je suis inquiète. Je n'ai aucune nouvelle d'Élise. J'ai pourtant renvoyé deux lettres pensant que la première avait été perdue. Mais rien ! Bertrand me dit qu'il y a énormément de problèmes de réorganisations dans le pays. Les administrations doivent se remettre en marche. Les lignes de trains et de nombreux ponts doivent être réparés ou reconstruits. L'agriculture doit être restaurée. Et si nous ne nous en rendons pas trop compte en vivant au bord de la mer, beaucoup de gens manquent de nourriture. Le gouvernement nous demande d'éviter de nous déplacer si nous n'en avons pas le besoin impératif.
Ses paroles rassurantes ne diminuent en rien mes doutes et mes peurs. Pourquoi Élise ne répondait-elle pas à mes lettres ? Qu'a découvert son fils ? Est-il simplement monté à Paris ?
Bertrand qui devait y aller préfère rester à mes côtés jusqu'à la naissance du bébé, il me dit qu'il s'agit d'une fille. Si c'est le cas, il

aimerait bien qu'elle s'appelle Agathe, sa mère s'appelait ainsi et elle était très jolie. Ce sera également le cas de mon bébé. J'aime ses certitudes, elles me rassurent dans cette période de doute où je vis. Malgré tout, j'aimerais aller à Paris. Malheureusement, mon état de femme enceinte me l'interdit. Contrairement à Marcelle qui affirme avoir travaillé jusqu'à la naissance de ses huit enfants, moi je ne peux que rester allongée sous peine de ressentir des douleurs dans mon bas ventre. Aujourd'hui, j'ai senti le bébé bouger !

Avril 1946

Bertrand avait raison ! C'est une fille et elle s'appelle Agathe. C'est un beau bébé ! Maman aurait été heureuse de la voir et de la tenir dans ses bras. L'accouchement m'a beaucoup fatiguée et les pleurs d'Agathe pendant la nuit n'arrangent rien, heureusement que Marcelle et ses filles me donnent un bon coup de main. Bertrand m'inquiète, je ne sais pas si c'est à cause du bébé, mais il parait énormément fatigué !

Septembre 1946

J'ai mis du temps à remonter la pente. Heureusement que Marcelle était là pour m'aider. C'est elle qui s'est occupée de toutes les démarches pour l'enterrement de Bertrand. Il n'aura connu sa fille que pendant deux petits mois. Tout le monde le pensait fort comme un roc et personne n'a compris quand il s'est écroulé d'un coup dans son atelier. Le docteur nous a dit que son cœur était fragile. Je suis de nouveau perdue. Je ne possède rien et je n'arrive pas à m'imaginer un avenir sans Bertrand. Je crois qu'il est temps que je remonte à Paris. Je n'ai plus le choix, cette décision longtemps repoussée pour x raisons, est devenue vitale. Je dois savoir ce qu'il est advenu de mes parents, de mes frères, de ma tante, de ma famille ! Marcelle m'a proposé de garder Agathe le temps que je retrouve les miens, je sais qu'elle l'aime bien même si son mari parait indifférent à ma situation. J'espère qu'à mon retour de Paris, je pourrais écrire de bonnes nouvelles dans mon journal.

Voilà, c'était fini. Si les pages l'avaient remise dans le contexte et lui avaient donné quelques explications, Louise ne savait toujours pas qui avait tué Chloé. Se pouvait-il que ce fût Pierre Dubois ? Que s'était-il passé avec Pierre Darbois ? De son côté, Claire se redressa. Elle aussi venait de finir de lire le journal de Chloé.

– Pfft ! Quelle histoire ! Je comprends que tu te sois emballée en lisant ce journal. J'espère que nous aurons des réponses à certaines des questions. Euh… j'ai reçu un message de Lazure. Elle a reçu les premiers résultats de la police scientifique et aussi de l'IML[6]. On se voit demain matin.

– Est-ce que je peux…

– Je lui ai demandé si tu pouvais être présente, la coupa Claire. C'est oui !

– Elle ne t'a rien dit sur les petits squelettes, les plus anciens ?

En voyant la tête de son amie, Claire savait déjà ce qu'elle pensait.

– Si ! Ce que tu penses est la réalité. Les deux squelettes sont ceux de garçons d'environ dix et quatorze ans. Ils portent encore des vêtements d'époque, des années 40.

Les larmes s'étaient mises à couler sur les joues de Louise. Claire se leva et la prit dans ses bras. Elles savaient maintenant toutes deux où avaient disparu les frères de Chloé.

La maison de Laure
Mercredi 20 septembre 2017, 9 heures

Assis dans la voiture, Guillaume et Gilles attendaient que le suspect montre enfin le bout de son nez. La veille, avec l'aide de Benoît, ils avaient refait le point sur toutes les anciennes affaires de Gilles. L'un des suspects d'une affaire, celle avec Marc Lamarque[7] avait retenu l'attention de Benoît. Cette fille, Marie Mollay, présentait des points de similitude avec le suspect. Les oreilles, avait précisé le policier.

– Les oreilles ? avait répété Gilles. Pourtant, la silhouette boiteuse aperçue sur la vidéo de surveillance était incontestablement celle d'un

---

[6] Institut Médico-Légal
[7] Le billet de train

homme. Si le suspect est un homme, comment une femme peut-elle avoir des oreilles identiques ou presque à une autre personne ?

– Ce peut être quelqu'un de sa famille, un frère, un oncle, un cousin proche, précisa le policier. Avait-elle un frère ?

Gilles se souvenait bien de Jacques Lagarde, le frère de Marie Mollay plus connue sous son pseudonyme de comédienne, Laure Eslane.

– Oui, elle a un frère ! Il y a cependant un problème, il a disparu lors de l'effondrement d'une carrière de calcaire, il y a un an de cela. On n'a jamais retrouvé son corps.

– Y a-t-il une photo de lui parmi celles des suspects que tu m'as fait voir ? demanda Benoît.

– Ben… non ! Comme il était mort… Attends, je vais en chercher une. Gilles feuilleta le dossier de Lamarque et en sortit une photo qu'il tendit au jeune policier. Benoît s'en saisit et la regarda attentivement tout en la comparant plusieurs fois avec l'image tirée de la vidéo. Il reposa la photo et regarda Gilles et Guillaume.

– C'est lui !

Ils avaient ensuite passé la journée à rechercher où avait pu vivre Jacques Lagarde ces derniers mois et avaient fini par le repérer, toujours par le biais de caméras de surveillance, en train de se garer dans la Citroën C4, la même que sur les vidéos, non loin de l'ancien domicile de Laure Eslane.

Deux heures plus tard, ils s'étaient garés non loin de la maison de la comédienne et depuis, attendaient la visite de Lagarde. Maintenant, Gilles comprenait pourquoi l'homme boitait fortement. S'il avait survécu à l'effondrement de la grotte, il en avait aussi gardé des séquelles. À ses côtés, Guillaume souffla bruyamment.

– C'est long !

– Et si on allait y voir de plus près plutôt que d'attendre bêtement en se morfondant ? suggéra Gilles. Et puis, un peu de marche ne nous fera pas de mal.

Guillaume approuva aussitôt. Les deux hommes sortirent de la voiture et s'approchèrent de l'habitation.

La vérité, enfin !

Louise salua Lazure et toute l'équipe de policiers. Elle était intimidée de se retrouver dans les locaux de la DRPJ de Versailles, lieu qu'elle ne pensait pas visiter un jour.

– Bonjour, madame Leguen, l'accueillit Soizic, je vois que vous allez mieux. Ce matin, vous allez en savoir un peu plus sur les cadavres trouvés dans les caves de l'immeuble de monsieur Darbois. Tout d'abord, vous pouvez remercier le lieutenant de police, Claire Gailleau, c'est elle qui a insisté pour que vous soyez présente. Ce n'est pas dans nos habitudes de convier une personne étrangère au service dans nos réunions.

Louise fit un signe de tête à Claire pendant que Lazure allumait l'écran de télévision.

– Commençons ! Une photo des deux petits squelettes envahit l'écran. Comme vous avez dû vous en douter, excusez-moi d'être un peu directe, il s'agit bien des squelettes de vos grands oncles, Simon et Joseph Cohen. Nous en sommes sûrs, car nous avons comparé votre ADN avec les leurs. D'après le médecin légiste, aucun d'eux n'a reçu de coups pouvant entraîner la mort. Non, il semble bien qu'ils soient morts tous deux de déshydratation.

Louise, pour avoir été confrontée au même calvaire, se sentit pâlir. Elle imagina deux enfants, enfermés dans le noir pendant des jours hurlant et criant leur désespoir ! Horrible ! Elle dut se retenir de pleurer.

– Ça va, madame Leguen ? Voulez-vous sortir un moment ? Prendre un verre d'eau ? lui demanda Lazure. L'intéressée secoua la tête. Bien ! ajouta Lazure. Je ne vais pas vous parler de tous les autres corps, car ceux-ci relèvent d'une autre enquête. Elle actionna la souris et le curseur clignotant vint se placer sur un autre dossier. Une autre image apparut, celle d'une cave remplie de quelques caisses métalliques.

– Dans une autre cave, nous avons trouvé de nombreux documents relatifs à cette époque. L'un d'entre eux est une carte d'identité de Chloé Cohen au nom de Chloé Darbois. Une autre photo apparut et Louise découvrit le visage tout jeune encore de sa grand-mère. Lazure se tourna vers Louise. Il faut que vous sachiez une chose. Nous avons aussi retrouvé l'acte de vente de l'immeuble de vos arrière-grands-parents au nom de Pierre Darbois. Pour information, nous avons vérifié, c'est un faux ! Du coup, nous l'avons comparé avec la photo d'identité de Chloé Darbois, une fausse carte d'identité, elle aussi. Lazure se tut une seconde et Louise se demanda où voulait en venir la policière.

– Madame Leguen, reprit Lazure. Nos experts sont formels, les personnes qui ont fabriqué ces faux ne sont qu'une seule et unique personne, en l'occurrence Bertrand Mareil ! Votre grand-père !

– Ah !

Louise n'en revenait pas ! Mareil savait pour Chloé ! Il savait que Dubois avait volé l'immeuble des Cohen ! Pourtant, il n'en avait rien dit ! Au contraire, il l'avait emmené loin de Paris et lui avait même fait un enfant ! L'enfoiré ! murmura-t-elle. Elle se souvint du passage dans le journal de Chloé dans lequel celle-ci écrivait que le visage du peintre lui apparaissait parfois torturé, comme s'il cachait un secret !

– En creusant dans la cave, l'équipe scientifique a également retrouvé un autre squelette, continua Lazure après quelques secondes d'interruption. Là aussi, il s'agit de l'un de vos parents, un homme d'environ trente ans mort dans la même période que les deux enfants. Sans extrapoler outre mesure, on pense qu'il s'agit du corps de Pierre Darbois, le fils d'Élise Darbois, la sœur de votre arrière-grand-mère, Joséphine Cohen. D'ailleurs, en examinant les papiers trouvés dans les malles, nous avons mis à jour sa carte d'identité, Pierre Dubois a bien tué Pierre Darbois et a pris sa place. Les deux hommes se ressemblaient beaucoup physiquement et pour quelqu'un qui ne connaissait pas Pierre Darbois, la supercherie était quasiment indécelable.

Louise hocha la tête d'un air entendu.

– C'est donc pour ça que Pierre Dubois a tué Élise Darbois et la femme de Pierre Darbois ! Pour ne pas être reconnu par l'une d'entre elles si elles avaient eu l'idée de remonter sur Paris ! Ajouta Louise, d'une voix sourde.

Lazure approuva d'un hochement de tête et fit apparaître une nouvelle photo.

– Pierre Dubois possédait effectivement une traction avant Citroën de couleur noire ! Comme celle qui a été signalée par les témoins de l'époque. Une photo apparut. Pierre Dubois était adossé sur le capot de sa voiture aux côtés de Jean Tremblay, de Chloé et d'une autre jeune femme inconnue. Sûrement une copine de Jean qui semblait les collectionner, pensa Louise.

– Et pour Chloé ? demanda-t-elle. Avez-vous réussi à savoir qui l'a tuée ?

Une nouvelle fois, Lazure hocha la tête.

– Oui, grâce à l'arme du crime ! Celle-ci était en possession de Jean Tremblay qui dit l'avoir récupérée auprès de « son ami ». Tremblay a dit vrai ! Du sang appartenant à votre grand-mère a été retrouvé sur le manche du couteau. Comme Dubois détenait l'arme, on peut en déduire que c'est lui qui a tué Chloé. On ne saura vraisemblablement jamais la vérité ! Cependant, on peut déduire que Chloé s'est rendue à Paris pour voir l'immeuble de ses parents. Elle avait dû apprendre que c'était un certain Pierre Darbois, son oncle, qui le détenait à présent. Elle a dû s'y présenter et s'apercevoir de la supercherie. Après avoir reconnu Pierre Dubois, elle s'est enfuie. Celui-ci l'a poursuivi avant de la rejoindre et de la frapper de plusieurs coups de couteau.

Cette fois-ci, Louise ne retint pas ses larmes.

Peu après, Claire la conduisit dans une salle réservée aux personnes extérieures au service.

– Je reviens te voir dans une petite heure, lui dit-elle. Ça ira ?

– Oui, merci. C'était chouette que tu sois à mes côtés. À tout à l'heure.

– Okay ! Si tu as besoin de quelque chose, tu peux passer voir l'agent de garde à l'entrée, je l'ai prévenu ! À tout à l'heure !

– Vous allez parler des autres meurtres ? s'enquit Louise.

Claire acquiesça d'un signe de tête.

L'intrusion

– Qu'en penses-tu ? demanda Gilles à Guillaume. Il est là ou pas ?

L'intéressé haussa les épaules avant de répondre.

– Je ne vois rien.

– Bon, on rentre si on peut, on visite un peu les lieux et on revient à la voiture, c'est bon ?

Guillaume approuva d'un hochement de tête.

Les deux policiers firent le tour de la grande maison de la comédienne Laure Eslane, actuellement emprisonnée dans le centre pénitentiaire de Rennes, seule prison exclusivement réservée aux femmes. A l'arrière de la maison, Guillaume trouva une porte non fermée à clé, Il appela son collègue. Arme au poing, les deux policiers pénétrèrent dans la maison silencieuse. Ils firent un rapide tour des pièces du rez-de-chaussée avant de grimper à l'étage. Protégé par Guillaume, Gilles poussa une porte blanche d'un coup sec et pénétra dans une vaste pièce recouverte d'un parquet ciré. Une vraie salle de bal, songea-t-il en y entrant. Il fit signe à Guillaume de le rejoindre. Les deux policiers se glissèrent vers une porte située au fond de la salle. Ce fut à ce moment-là que la porte de la grande salle se referma dans un claquement sec !

Le tueur du douzième

– Ton amie va bien ? demanda Soizic Lazure à Claire.

– Ça va, pour l'instant, elle digère les informations.

– Bien ! Passons donc au reste des réjouissances. Elle alluma l'ordinateur et lança la première photo. Celle d'un cadavre plus ou moins desséché.

Je vous présente Éric Leroux ! Il est mort empoisonné, il y a plus de trois mois de cela. A priori, ce n'est pas lui le tueur du douzième puisque Séverine Combesse est morte, il y a seulement deux jours. Notre Gaston Darbois était bien le tueur recherché d'autant que des traces de son ADN ont été retrouvées sur différents cadavres. On pense cependant qu'il n'était pas seul.

– Il y en aurait un autre ? s'inquiéta Pauline. Merde alors !

– Il ne semble pas qu'il y ait lieu de s'affoler, Pauline. Si Gaston Darbois a tué quatre personnes, nous avons retrouvé également d'autres squelettes enterrés au-dessus de cadavre du vrai Pierre Darbois. Sept cadavres ! Cinq femmes et deux hommes. Les identifications sont en cours. Détail intéressant, ces meurtres ont eu lieu entre 1950 et 1973.

– Pierre Dubois ! cria Pauline en levant la main comme une gamine. Euh… excusez-moi.

Un léger sourire aux lèvres, Lazure continua sa diatribe.

– On peut en effet le supposer. Voici donc les conclusions auxquelles, je suis arrivée. Arrêtez-moi si quelque chose vous semble incorrect.

Après la guerre, voici donc notre Pierre Dubois, alias Pierre Darbois, propriétaire de l'immeuble des Cohen. Les locataires, les Durant, seuls locataires d'époque si on peut dire, le décrive comme un homme dur. Il est alors marié à une femme plutôt effacée s'appelant Madeleine Bertrand, qu'il a épousée en 1950. Cependant, sa seule épouse ne semble pas lui suffire, il a d'autres envies. Il faut qu'il les assouvisse.

– Comment as-tu appris cela ? demanda Arnaud

– Figurez-vous que sa mère, Noémie, était encore en vie quand son fils a été assassiné. À sa mort, en 1996, elle a écrit un courrier. Cette lettre n'a jamais été envoyée. Lors de l'enquête sur Noémie Dubois, la maison de retraite où elle avait fini ses jours a retrouvé le document perdu au fond d'un vieux dossier. Dans cette lettre, elle dit ses tourments et sa honte d'avoir un fils tel que Pierre. Elle connaissait son problème et n'avait jamais pu se résoudre à le dire à qui que ce soit.

Donc, reprit Lazure, Pierre Dubois avait de gros problèmes et il semble qu'il libérait ses pulsions et ses fantasmes en tuant des femmes. À la vue des éléments dont nous disposons, nous pensons que les hommes trouvés dans la cave ont fait partie, à un moment ou un autre, des locataires de l'immeuble. Pourquoi les a-t-il tués, on ne peut qu'imaginer qu'ils aient découvert les agissements de Dubois et que celui-ci les ait tués pour garder son secret. On ne le saura probablement jamais.

Voilà pour le père ! Reste le fils Gaston. Né tardivement en 1969, on sait, toujours par les Durant, qu'il était couvé par sa mère. On sait également qu'il était présent quand son père a été assassiné par Jean

Tremblay. Bref, un gamin traumatisé, vraisemblablement fragilisé par une mère castratrice et un père violent. En décembre 2016, voici que Madeleine meurt. Gaston se retrouve alors tout seul. Jamais, une telle situation ne s'était produite. On pense que c'est à ce moment-là qu'il a découvert le contenu des caves. On sait aussi qu'il connaissait déjà les passages secrets menant aux appartements des locataires ! Pour preuve, les objets et vêtements intimes qui disparaissaient chez les locataires dans les années 1984 à nos jours. Objets qui ont été trouvés dans une malle. Après avoir découvert le secret maudit de son père, il décide ou bien il a envie de continuer dans cette voie.

– Pourquoi Éric Leroux, alors ? demanda Claire.

– On en a beaucoup discuté avec le profileur de la DRPJ. Leroux était un leurre, un artifice destiné à attirer les soupçons des flics si nous nous intéressions d'un peu trop près à l'immeuble. Et il a réussi ! Dans un premier temps, nous avons foncé tête baissée vers ce type. Il faut dire qu'il avait tout du suspect idéal. Un type bizarre, tantôt discret, tantôt exubérant. Des tenues différentes, des yeux verts, marrons ou bleus, au choix ! Des coupes de cheveux courts ou longs, bruns ou blonds ! Bref, un vrai caméléon ressemblant trait pour trait au profil du tueur du douzième !

Lazure se tut.

– Voilà, ajouta-t-elle, je pense que nous avons fait le tour. Bon boulot !

– Et pour Jean Tremblay ? demanda Pauline. Que va-t-il se passer pour lui ?

– J'en ai discuté avec le procureur. Il ne se passera rien. L'affaire date de 1973 et est prescrite ! De plus, on peut dire qu'il a fait une bonne action en supprimant Pierre Dubois. Ainsi, il a surement évité toute une quantité d'autres meurtres. Il a mérité de finir sa vie tranquillement !

– Alors ? fit Arnaud, on est enfin tranquille, on va pouvoir rentrer chez nous ?

– Pas tout à fait ! Il reste encore à trouver l'étrangleur ! Gilles et Guillaume sont sur une piste. J'attends de leurs nouvelles !

L'étrangleur

Guillaume et Gilles se retournèrent prestement. Une silhouette, appuyée sur une canne, pointait une arme sur eux !

– Bonjour Lieutenant Gandin ! Vous voici enfin ! je pensais que vous viendriez plus tôt. Je commençais à perdre patience !

– Qu'est-ce que tu veux, Lagarde ? répondit aussitôt Gilles. Pourquoi cherches-tu à m'accuser des meurtres que tu commets ?

– Je veux te faire payer pour ce que tu m'as fait. À cause de toi, je suis défiguré à jamais, ma jambe droite ne marche quasiment plus et tu as mis ma sœur chérie en prison : il y a de quoi être en colère, non ?

– Que veux-tu ?

L'homme souffla un coup.

– Comme mes meurtres n'ont pas eu le résultat escompté, il ne me reste plus qu'une seule option.

– Laquelle ? demanda Guillaume.

Un coup de feu retentit.

– Celle-là !

Guillaume riposta aussitôt et tandis que Lagarde s'écroulait sur le parquet ciré, il se rua aux côtés de Gilles.

– Gilles ! Gilles ! Oh non ! Merde, merde, merde !

Octobre 2017

L'enterrement de Gilles avait été d'une tristesse sans nom. Ses parents avaient vieilli de vingt ans en quelques semaines. Quant à Claire, complètement démoralisée par la mort inattendue de Gilles, elle avait démissionné de la police pour la seconde fois. Cette fois-ci, elle en était certaine, elle ne reviendrait plus !

Elle était descendue à Léognan, avait discuté de vive voix, cette fois-ci, avec Anna Darbois et son père et leur avait expliqué toute l'affaire. Navrés d'apprendre la tragédie vécue par Claire, ils n'avaient pas réussi à la retenir.

Louise avait promis de passer les voir avec son fiancé Antoine, sorti de l'hôpital depuis peu. La jeune femme, complètement remise de son emprisonnement, était pressée de rencontrer Anna. Elles avaient tant de choses à se raconter, à commencer par leur vie !

Le cadavre de Léopold Foulard avait été retrouvé dans la cave de la maison de Laure Eslane. Au moins, pensa Claire, il semblait qu'une certaine justice existât !

L'ancien immeuble des Cohen était maintenant la propriété de Louise. L'examen de ses murs avait confirmé qu'un ancien escalier provenant de l'immeuble voisin, entièrement reconstruit en 1850, desservait chacun des appartements. Tout s'expliquait, les disparitions d'objets, la sensation d'être épiés, les cris qui résonnaient dans la cage d'escalier comme autant de funestes oraisons. La réputation de l'immeuble hanté était justifiée !

Claire, en route vers Peyrat le Château dans la Haute-Vienne, ne pouvait s'empêcher de penser à Gilles. Pour la seconde fois dans sa vie, elle était confrontée à un drame. À se demander si elle n'était pas maudite ! Malgré sa douleur, elle était contente de rejoindre Natacha Lentier, son mari et ses trois enfants, les deux femmes s'appréciaient et le Docteur Lemarquant était un homme adorable tout comme les parents de Gilles. Elle soupira en pensant à eux et une larme perla au coin de ses yeux. Elle passerait ses derniers mois de grossesse dans la grande maison de Natacha située non loin de la ferme des parents de Gilles. Ainsi, ceux-ci auraient le bonheur de partager les premiers moments de la vie de leur premier et unique petit enfant. À écouter

Natacha, elle pouvait rester le temps qu'elle voulait, rien ne pressait !
Après, inévitablement, il y aurait un après, elle ne savait pas ce qu'elle
allait faire. Il serait toujours temps d'aviser ! Après tout, ne dit-on pas
que le temps guérit toutes les blessures !

Note de l'auteur

Il y avait longtemps que je voulais rendre hommage à mes parents par le biais de l'un de mes romans, l'histoire de celui-ci m'en a fourni l'occasion. Si pour coller avec l'histoire, Jean est né en 1923 et non en 1930 comme c'est le cas dans la réalité, il s'avère cependant que la majorité des moments où il intervient est le reflet de ce qu'il a vécu, il en est ainsi pour l'exode, pour les approvisionnements dans les fermes abandonnées, pour la raison de sa fuite avec son père dans une ferme et également, pour sa vie d'après-guerre, sa rencontre avec Yvette, les enfants et sa carrière chez Simca.

Pierre Dubois, son ami, a été inventé pour l'occasion comme d'ailleurs le cambriolage et le vol du couteau et diverses autres histoires du roman.

Ainsi, même si l'histoire n'est qu'une fiction, ai-je eu le plaisir de participer, un tout petit peu, il est vrai, à cette vie de guerre et d'après-guerre. Merci à mes parents, par le biais de ce livre, d'avoir permis d'être spectateur du début de leur histoire.

Du même auteur,
Ebook

Fantastique/Science-fiction

Le clan des Sorces
La coupole   (Tome I)
Prélude   (Tome II)

<u>« Les mondes imaginaires »</u>

Tome I : Le sauveur de mondes
Tome II : La magie de l'elfe
Tome III : Le voleur de rêves

Policier

Tueur numérique
Du sang dans les bois
Point final
Seconde mort
Le billet de train

En version papier

Tueur numérique
Du sang dans les bois
Point Final
Le billet de train

Printed in Great Britain
by Amazon

58760974R00139